ISBN: 978-3986601300

© 2024 Kampenwand Verlag
Raiffeisenstr. 4 · D-83377 Vachendorf
www.kampenwand-verlag.de

Versand & Vertrieb durch Nova MD GmbH
www.novamd.de · bestellung@novamd.de · +49 (0) 861 166 17 27

Text: Andrea Micus
Bilder: ©Polina Katritch / Shutterstock, arxichtu4ki / Shutterstock,
©Leila_lng / Shutterstock, © Anastasia Lembrik / Shutterstock,
©Elena_Medvedeva / Shutterstock, ©Iya Balushkina / Shutterstock,
©Mendeed / Shutterstock, ©Vasilyev Alexandr / Shutterstock,
©sruilk / Shutterstock, ©Kamenetskiy Konstantin / Shutterstock,
©mimomy / Shutterstock, ©Vera Petrunina / Shutterstock
Druck: CUSTOM PRINTING
Wał Miedzeszynski 217, 04-987 Warszawa, Polen

ANDREA MICUS

DIE KLEINE

Finca

AM MITTELMEER

TEIL 3
ORANGENDUFT
UND DIE
UNVERGESSENE
LIEBE

Liebe Antje, Sabine, Iris, Bettina, Katrin oder Petra,
ihr alle, und viele andere mehr, habt mir geschrieben
(und sogar angerufen), weil euch Inas Reise ans Mittel-
meer so gut gefallen hat. Ich danke euch von Herzen dafür!
Ihr habt mir auch geschrieben, dass ihr Ina treu bleiben
und ihren Neustart im sonnigen Spanien weiterhin be-
gleiten möchtet. Deshalb habt ihr auch Veras Abenteuerlust
verfolgt und seid jetzt wieder gespannt, wie es weitergeht.
Ina geht es übrigens gut, na ja, einige Turbulenzen hat sie
gerade auch erlebt. Aber das ist nicht vergleichbar mit dem,
was Margarethe alles durchmachen muss. Doch sie hat zum
Glück Ina an der Seite. Und Helga, tja, die mischt auch
wieder kräftig mit.

Ihr seid neugierig, was auf der Finca am Mittelmeer alles
passiert ist? Dann will ich euch nicht länger aufhalten.

Los geht's. Und es wird spannend – versprochen!
Eure Andrea

KAPITEL 1

Früher war alles so schön,
oder etwa doch nicht?

Bleibt es bei heute Abend?", tickerte Margarethe mit ihrem Zeigefinger auf der Handytastatur und schob schnell noch ein „bei mir ist heute die Hölle los" hinterher. Sie hatte gerade Orangenkisten in den Lieferwagen gewuchtet und lehnte jetzt an der Ladefläche, um mit ihrer Freundin die heutige Verabredung abzuklären. Doch noch bevor die Antwort eintrudeln konnte, klingelte es bereits. „Gut, dass du anrufst", meinte Margarethe. „Sprechen geht schneller als die viele Tipperei." Sie klemmte das Handy zwischen Ohr und Schulter und versuchte, die letzte Kiste zurechtzurücken, als die prompt umfiel und die Früchte durch den Wagen kullerten. „Puh, Mensch Ina, warum gewöhne ich mir nicht endlich mal ab, alles gleichzeitig zu machen", stöhnte sie und zuppelte mit der Hand, in der sie das Handy hielt, den Riemen ihrer Umhängetasche zurück auf die Schulter.

„Willkommen im Club", feixte Ina. „Wenn du sehen könntest, wie ich hier gerade zwischen Küche und PC hantiere, Kundengespräche führe und gleichzeitig den Hund füttere, dann würdest du mich für deine Schwester halten. Ach so, und meine Paderborner Freundin Sybille kommt auch angeflogen und ich muss noch das Gästezimmer für sie herrichten. Aber ich beende das verrückte Durcheinander gleich und treffe mich mit Ingo in der Bar. Er will mir dringend etwas erzählen. Und du? Was hast du heute vor?"

„Ich fahre auf den Markt, habe jedoch vorher noch eine Verabredung mit ein paar Freunden zum Almuerzo, und so ein spätes Frühstück kann ich jetzt wirklich gebrauchen. Geht heute Abend mit uns alles klar? Ich bin dann bei dir."

„Das ist großartig. Ich freue mich auf dich. Genieß den Start in den Tag mit deinen Freunden und mach gute Geschäfte", hörte Margarethe Ina flöten, bevor sie auf den Aus-Knopf drückte.

Margarethe schloss die Augen und atmete genüsslich die um diese Zeit noch frische Winterluft ein. Sie spürte, wie gut ihr jeder Atemzug tat. Sie sah auf die sattgrünen Orangenbäume, die sich bis zum Horizont vor ihr ausbreiteten. Die orangefarbenen Früchte leuchteten in der Morgensonne und dazwischen blitzten immer wieder weiße Blüten, die einen besonders aromatischen Duft verströmten. Meine Güte, sie war ein Glückskind, weil sie auf diesem wunderschönen Fleckchen Erde wohnen durfte.

Seit mehr als fünfzehn Jahren lebte sie hier im Hinterland des Mittelmeerstädtchens Gandia, eine gute Autostunde von der Touristenmetropole Valencia entfernt und hatte sich in der hügeligen Landschaft ein gutgehendes Unternehmen aufgebaut, die Finca Biologica, ehemals Finca Organica. Bei ihr wuchsen neben Orangen und weiterem Obst auch Gemüsesorten, für die sie ständig Lob bekam. Besonders gefragt waren die brokkoliähnlichen Bimis, eine spanische Spezialität, und ihre geschmacklich hervorragenden Zucchini. Aber eigentlich baute sie alles an, was gesund war und schmeckte. Sie belieferte Restaurants und kleinere Geschäfte in der Region und verkaufte täglich an einem Marktstand im wenige Kilometer entfernten Simat de la Valldigna ihre Waren. Der Stand war an manchen Tagen regelrecht belagert, so sehr freuten sich die Kunden aus der Region auf ihre Erzeugnisse. Margarethe tat aber auch viel dafür. Sie hatte nach ihrem Umzug aus Deutschland, oder besser, nach ihrer Flucht nach Spanien, viel Zeit, Geld und vor allem Herzblut in den Aufbau ihrer ersten eigenen Existenz gesteckt. Ein bisschen Gespür für das Thema hatte sie zum Glück bereits mitgebracht. Ihre Eltern waren überzeugte Landwirte gewesen und sie war mit ihrem Bruder Georg auf einem Bauernhof in der Nähe von Bamberg aufgewachsen. Doch während Georg den elterlichen Hof übernommen hatte, hatte Margarethe einen kaufmännischen Beruf erlernen wollen. Aber ihr Leben war danach alles andere als in ruhigen Bahnen verlaufen. Denn nach einer unglücklichen Liebe hatte sie nur noch ganz weit weggewollt, und als sie in dieser Zeit in der Zeitschrift eines landwirtschaftlichen Verlags das Angebot zur Übernahme einer Bio-Finca gelesen hatte, hatte sie schnell zugegriffen und war glücklich, die Expertise ihres Bruders zu haben. Denn Georg hatte von Anfang an mitgemacht, seine freie Zeit in den Aufbau der Finca investiert und sie auch immer aus der Ferne unterstützt.

Heute konnte sie stolz auf das Erreichte sein. Ihr leuchtend weißes Wohnhaus stand auf einem großzügigen Grundstück, umgeben von Orangen- und Olivenbäumen und weitflächigen Gemüsefeldern. Ein grünes Paradies, das für Margarethe zu einer liebgewonnenen Heimat geworden war.

Wie war das mit dem Frühstück? Schon der Gedanke daran löste gerade bei ihr ein mächtiges Hungergefühl aus. Sie war heute früh um fünf mit einer Tasse Kaffee an die Arbeit gegangen und jetzt drückte ihr Magen so sehr, dass sie in ihrer Fantasie eine leckere Tortilla bereits riechen konnte. Sie beugte sich nach vorn, sammelte die Früchte weiter ein und schob die Kisten auf der Ladefläche zurecht. Rasch tippte sie noch ein „bis heute Abend" in ihr Handy. Smiley dazu und weg damit. Nachdem sie auf Senden gedrückt hatte, sah sie als Nächstes auf die abgespeicherte Liste und prüfte, ob sie alle Obst- und Gemüsekisten bereits verladen hatte.

Sie hatte noch etwas Luft, ging zurück ins Haus und machte sich „markstandschick", wie sie immer gern über sich selbst alberte. Sie steckte sich das lange dunkelbraune Haar locker hoch und zog mit einem Kajal die Augenlider dezent nach. Wimperntusche und etwas Highlighter, das war's. Margarethe prüfte sich kurz vor dem Flurspiegel und beschloss, dass sie mit sich zufrieden sein konnte. Seitdem sie das Haar nicht mehr blond, sondern dunkler trug, fand sie sich viel jugendlicher. Sie war nie gertenschlank gewesen, hatte aber, wie ihre Freundin Ina immer sagte, die Pfunde an der richtigen Stelle. „Sportlich-weiblich" hatte sie ihr Äußeres einmal beschrieben und Margarethe hatte das als treffend empfunden. Denn Ina kannte sich aus. Sie war erst seit knapp einem Jahr in Spanien. Davor hatte sie als Modejournalistin und Ressortleiterin einer Tageszeitung gearbeitet und einen Modekanal für Frauen Ü50 aufgebaut, den sie mittlerweile auch sehr erfolgreich von Spanien aus führte. Ina hatte Stil, konnte bestens beraten und Margarethe vertraute ihr bei allen Styling-Tipps. Aber die brauchte sie nur für besondere Anlässe und die Sonntage. Während der Woche gab es für Margarethe kein Styling. Im Job trug sie immer Jeans, Shirt und eine Sweatjacke. Die Arbeit im Grünen ließ nichts anderes zu und am Marktstand brauchte sie ebenfalls nur praktisch-schlichte Kleidung. Aber sie mochte sich auch in einer ganz anderen Aufmachung, nämlich der weiblichen, in farbenfrohen dekolletierten Kleidern oder Hosenanzügen. Um diese Seite zu zeigen, machte sie sich sonntags gern schick und flanierte über die eleganten Straßen von Valencia oder durch die bei Touristen so beliebten Orte Dénia oder Alicante.

Aber heute ging es nicht an einen Jachthafen oder einen berühmten Platz, sondern in ein Bergstädtchen auf einen Markt. Dafür fand sie sich genau richtig.

Margarethe sah auf ihr Handy. Ein paar ruhige Minuten auf ihrer Bank vor dem Haus wären jetzt noch drin, dachte sie, schob das Telefon in die Tasche und trat nach draußen an die Luft. Ach herrje, schoss es ihr durch den Kopf. Sie hatte ganz vergessen, den Briefkasten zu leeren.

Sie ging zur Einfahrt, an der an einem großen Pfosten der Briefkasten angebracht war, öffnete die Klappe und nahm einige der üblichen Schreiben vom Stromversorger beziehungsweise der Bank heraus, aber auch einen weißen Umschlag, der mit einer deutschen Briefmarke frankiert war. Arglos suchte sie nach dem Absender und erschrak zutiefst. Ihre Hand begann so zu zittern, dass ihr das Kuvert aus den Fingern glitt und auf den Boden fiel. Sie musste sich am Pfosten abstützen, weil ihr vor Anspannung schwindelig wurde.

Nach einer kurzen Verschnaufpause beugte sie sich nach unten und nahm mit spitzen Fingern den Umschlag hoch. Sie wusste nicht, was sie jetzt mit dem Brief machen sollte. Wegwerfen und so tun, als hätte es ihn nicht gegeben? Oder ihn öffnen, den Inhalt lesen und sich mit einer sehr schmerzhaften Zeit in ihrer Vergangenheit auseinandersetzen?

Eine Sekunde lang zögerte sie. Dann war sie entschlossen. Sie musste wissen, was los war, und riss spontan den Brief auf. Sofort erkannte sie die Handschrift, sie setzte sich auf einen Holzstamm in der Nähe und begann, mit klopfendem Herzen zu lesen.

Es war ein langer Brief, der vier Seiten umfasste, und mit jedem Satz erhöhte sich ihr Puls. Aber es passierte noch mehr mit ihr. Eine längst vergangen geglaubte Wehmut breitete sich wie ein Feuer in ihr aus und Margarethe spürte, dass ihr warme Tränen über die Wangen liefen und ihr den Blick auf weitere Zeilen verwischten. Nur mit Mühe konnte sie die letzten Wörter noch entziffern, dann sanken ihre Hände in den Schoß und Margarethe schluchzte ihre Gefühle laut hinaus. Sie war innerlich so sehr berührt, dass ihr ganzer Körper bebte. Um irgendwie Ruhe zu finden, lehnte sie den Kopf nach hinten, atmete tief durch und schloss die Augen. Sie hoffte, so langsam wieder zur Besinnung zu kommen. Heute hatte sie einen langen Markttag vor sich und musste sich auf ihre Arbeit konzentrieren. Sie wollte und konnte sich nicht ihr gerade so schönes Leben wieder durcheinanderbringen oder gar zerstören lassen. Was zählte, war das Hier und Jetzt, und das waren ihr Geschäft, ihre Kunden, ihre Umsätze und heute Abend ein Essen mit ihrer Freundin Ina.

Margarethe seufzte. Gut, für den Kaffee blieb nun keine Zeit mehr. Sie musste los. María, ihre Mitarbeiterin, würde bereits am Stand auf sie warten, die Kunden später auch auf die Ware. Außerdem wollte sie nach dem Abladen ihre Frühstücksverabredung nicht warten lassen. Sie stand auf und schüttelte sich kurz zurecht. Dann faltete sie die Briefbögen, steckte sie zurück in den Umschlag und verstaute ihn in der Umhängetasche. „Weg damit", zischte sie und fühlte sich einen Moment lang so, als wäre das Thema damit aus der Welt. Sie zog den Autoschlüssel aus der Tasche, setzte sich in den kleinen Lieferwagen und düste los. Bis nach Simat brauchte sie nur ein paar Minuten und es tat ihr gut, sich auf den Verkehr konzentrieren zu müssen. Sie konnte immer schon gut verdrängen und jetzt war der richtige Zeitpunkt dafür. Obwohl? Ihr Herz stolperte und sie fühlte sich schummerig. Sie spürte, dass sie viel zu aufgewühlt war, um sicher weiterfahren zu können, und steuerte spontan die nächste Parkmöglichkeit an. Sie brauchte ein paar Minuten für wenige tiefe, kontrollierte Atemzüge, um die Zeilen, die sie gerade gelesen hatte, zu verstehen und wenigstens heute irgendwie damit umgehen zu können. Schwungvoll bog sie nach rechts auf einen kleinen Waldweg ab.

Rumms! Margarethe erschrak von einem lauten Poltergeräusch, riss irritiert die Tür auf und sah auf dem Weg einen Mann liegen, dessen Augen sie erschrocken anblickten. Sein Fahrrad lag ein wenig abseits und er bemühte sich gerade, wieder aufzustehen, verzog aber sein Gesicht, weil ihn offensichtlich etwas schmerzte. „Um Himmels willen", rief Margarethe besorgt und sprang aus dem Wagen, um dem Mann zu helfen. Der saß jetzt auf dem Boden und strich sich über die ausgestreckten Beine. „Haben Sie sich verletzt? Brauchen Sie einen Arzt?"

Der Mann schüttelte den Kopf. „Alles gut, das wird schon wieder."

Und während Margarethe erneut fragte, ob sie nicht doch einen Arzt rufen sollte, stand er auf, hob sein auffallend knallrot lackiertes Rad hoch und kontrollierte, ob auf den ersten Blick alles daran in Ordnung war. Dann lehnte er es an einen Baum, fuhr sich mit beiden Händen über die Knie, schüttelte die Beine aus und strich sich über die Ellbogen.

„Alles noch dran, Glück gehabt!", sagte er leise und sah Margarethe trotz allem noch freundlich an. „Warum hatten Sie es eigentlich so eilig? Sind Sie auf der Flucht?"

Margarethe schüttelte fassungslos den Kopf. „Ich? Nein!", stammelte sie. „Es tut mir so leid. Ich weiß nicht, wie mir das passieren konnte. Bitte, bitte verzeihen Sie mir. Ich wollte das doch alles nicht."

Der Mann blieb am Baum stehen und öffnete seinen Rucksack. Ohne auf Margarethes Entschuldigungsschwall einzugehen, nahm er eine Kaugummipackung aus der Seitentasche und streckte Margarethe einen Streifen entgegen.

„Nehmen Sie, das beruhigt", meinte er freundlich und als Margarethe ablehnte, wickelte er das Kaugummi aus und steckte es sich in den Mund. „Kauen beruhigt und ich habe mich gerade schon ordentlich erschreckt. Sie kamen ja wie der Blitz von der Straße über den Fahrradweg geschossen."

Er knüllte das Papier zusammen und schob es in die Jackentasche. „Ganz ehrlich, das hätte auch böse ausgehen können. Ich meine für mich. Ich hatte gerade wackelige Knie."

„Oh mein Gott, ich fahre einen Menschen um. Wie schrecklich", grämte sich Margarethe und fixierte unruhig ihr Opfer, in der Angst, doch noch eine Verletzung zu entdecken. Der Mann war in ihrem Alter, sehr schlank und groß. Zwischenzeitlich hatte er den Helm abgesetzt. Sie sah graumeliertes Haar, passend zu dem etwas verwegen wirkenden Dreitagebart. Was ihr aber sofort aufgefallen war, waren neben der durchtrainierten, muskulösen Figur die dunkelbraunen, warm blickenden Augen. Keine Frage, der Mann, der ihr hier gegenüberstand, war nicht nur attraktiv, sondern auch sympathisch. Sie war erfreut und beeindruckt zugleich, weil er sie nicht mit Vorwürfen überschüttete, sondern vielmehr besonders zugewandt und aufmerksam mit ihr umging.

„Ich glaube, Sie haben mich einfach nicht gesehen", versuchte er sogar, sie zu beruhigen. „Mir geht es ja offenbar gut und da auch mein Fahrrad in Ordnung ist, nehmen wir es hier doch als schöne Begegnung."

Margarethe nickte erleichtert. „Aber ihr Kopf?", fragte sie.

„Was ist mit meinem Kopf? Gefällt er Ihnen nicht?", scherzte er.

„Nein, nein, das meine ich nicht, ich denke, vielleicht haben Sie eine Kopfverletzung", bekräftigte Margarethe und merkte, dass er sie völlig durcheinanderbrachte. „Ich sage das nur, weil Sie möglicherweise eine Gehirnerschütterung haben und sich hinlegen müssten."

Er schien Margarethes Nervosität zu genießen. „Hinlegen? Hier? Auf den Boden?" Er schüttelte den Kopf. „Nee, das passt nicht zur Jahreszeit. Keine Sorge, denn ich bin nicht auf den Kopf gefallen, zumindest heute nicht."

Er lächelte fast schon schelmisch. „Es ist alles okay, glauben Sie mir."

Während er sprach, nahm er das leichte Rennrad vom Baum, stellte es vor sich. Er untersuchte es jetzt genauer, unternahm einige Tests, drehte an beiden Rädern und Pedalen. „Perfekt, auch hier ist alles wie immer. Ich heiße übrigens Finn und komme aus Frankfurt. Und Sie?"

„Ich heiße Margarethe, lebe ganz in der Nähe und ich möchte mich wirklich bei Ihnen entschuldigen. Ich habe Sie einfach nicht gesehen. Aber Sie sollten sich schonen."

„Haben Sie noch mehr gute Ideen für meine Genesung?", meinte er und seine Stimme klang ein bisschen spöttisch.

Margarethe wollte darauf nicht eingehen. Ihr stand der Sinn nicht nach Humor. Das war hier eine bitterernste Angelegenheit. Sie war viel zu schnell und ohne zu blinken auf den Waldweg gerauscht. Es hätte alles schlimm enden können. Dessen war sie sich bewusst, deshalb stand sie auch schwer atmend da und war immer noch geschockt.

„Ich bin wirklich erleichtert, dass Sie unverletzt geblieben sind." Mit einer fahrigen Bewegung strich sie sich eine Haarsträhne hinter das Ohr. „Nicht auszudenken, wenn Ihnen etwas passiert wäre." Sie hob eine Jacke auf, die ihm beim Sturz offenbar vom Rad gefallen war, und hielt sie ihm hin. „Darf ich Sie auf den Schreck hin zu etwas einladen? Die Straße führt nach Simat und dort gibt es einige hübsche Bars."

„Da hat aber jemand ein schlechtes Gewissen." Finn sah sie verschmitzt an. „Doch eine gute Idee, denn ich hatte sowieso Lust auf eine kleine Pause. Wann und wo genau nehmen wir denn den Drink?"

Margarethe gefiel es, dass Finn weiterhin so entspannt reagierte, und langsam kam sie wieder zur Ruhe. Der Brief, der Unfall. Das war eindeutig zu viel für sie gewesen, aber ihr Herz pumperte nicht mehr aufgeregt, sondern schlug mittlerweile ganz gleichmäßig, und sie nahm jetzt bewusst die geplanten tiefen Atemzüge, um wieder Normalität zu spüren.

„Soll ich Sie mitnehmen?", wollte sie danach wissen. „Oder trauen Sie sich zu, mit dem Rad zu fahren."

Finn blickte zu dem Fahrrad. „Wir sind unzertrennlich und kommen zusammen, immer."

Sie nickte und musste kurz umplanen. Zuerst würde sie María die Ware bringen, ihren Freunden die Frühstücksverabredung absagen und sich dann mit Finn treffen können. Ja, so sollte es gehen. „Um zehn Uhr in der Bar Del Sol? Die finden Sie leicht, sie ist direkt gegenüber vom Kloster, ist alles prima ausgeschildert."

„Ich dachte übrigens, in Spanien duzt man sich", meinte ihr längst schon wieder lachendes Unfallopfer und streckte ihr die Hand entgegen. „Ich hätte dich gern auf eine andere Art kennengelernt, aber so geht es ja auch."

„Ja klar, das wäre besser gewesen", sagte sie ebenfalls lachend und schlug erleichtert ein. Sie fühlte sich wieder gut und konnte ähnlich entspannt wie Finn mit der Situation umgehen. „Jetzt freuen wir uns einfach, weil alles so glimpflich ausgegangen ist, und ich bin froh, dass du meine Entschuldigung angenommen hast. Komm, lass uns fahren. Ich brauche dringend einen Kaffee." Während sie zum Auto ging, zeigte sie auf das Rad. „Das ist aber ein tolles Gefährt. Ich bin Laie, doch ich glaube, dafür bekommt man auch einen Kleinwagen. Allein die rote Lackierung macht es zu einer Art Juwel."

Finn schmunzelte. „Du bist zwar Laie, hast aber ein sehr gutes Auge. Wer einmal in diesem Sattel saß, versteht, dass sich jeder Euro lohnt."

„Fährst du so gern?"

Er lächelte. „Das wahre Leben beginnt mit dem ersten Tritt ins Pedal."

Margarethe war von der Antwort nur kurz überrascht. „Ich denke, das erklärt alles. Vielleicht sollte ich es auch mal versuchen."

Pling. Ihr WhatsApp meldete sich „Wo bleibst du?!",
hatte ihr María geschrieben. Und ja, sie musste sich jetzt
um den Job kümmern. Für heute hatte sie genug von Dra-
men. Sie brauchte einen freien Kopf. Denn wohin es führte, wenn sie den nicht hatte, hatte sie gerade erlebt.

„Bin in zehn Minuten da", tippte sie ins Handy, verabschiedete sich freundlich von Finn und machte sich auf
den Weg.

Als sie eine halbe Stunde später mit ihm im Sonnenlicht vor der kleinen Bar saß und an einem Café con leche
nippte, war die Vergangenheit zum Glück weit weg. Sie
hatte zwei Stück Tortilla bestellt, Oliven und einen Salat,
sah jetzt auf die imposante Kulisse des Klosters und gab
Finn einen Kurzabriss der wechselhaften Geschichte des
Gemäuers. Sie erzählte auch von sich und ihrer Biofinca
und Finn berichtete von seinem Job als Elektroingenieur
und seiner Leidenschaft für den Radsport. Margarethe erfuhr, dass er seit einer Woche in der Region urlaubte, und
das sah für ihn so aus, dass er täglich per Bike die herrliche
Mittelmeerlandschaft durchkreuzte und die Abende in einem schicken Hotel am Strand von Gandia verbrachte. Er
war seit Kurzem geschieden und Neu-Single, hatte keine
Kinder und konnte sich jenseits der Arbeit alle Freiheiten
erlauben, was er laut eigener Aussage auch genoss.

Margarethe mochte Finn. Er war höflich, klug und hatte eine charmante Art, die sogar etwas in ihr zum Kribbeln brachte. Ein Gefühl, das sie lange nicht mehr gehabt
hatte. Woran das wohl lag? Vielleicht war es nur eine Art
Selbstschutz, um sich nicht weiter mit dem Inhalt des
Briefes beschäftigen zu müssen. Margarethe ging so viel

durch den Kopf, dass sie sich kaum auf das Gespräch mit Finn konzentrieren konnte, sich jedoch Mühe gab, damit er das nicht bemerkte.

Einmal schüttelte sie sogar den Kopf, so als wollte sie die unliebsamen Gedanken loswerden, was aber keinen Erfolg brachte.

„Danke für das leckere Frühstück", meinte Finn schließlich. „Ich denke, du wirst an deinem Stand schon sehnsüchtig erwartet."

Margarethe nickte. „Das stimmt, ich muss auch wirklich los."

„Ich lasse dich ziehen, aber ich würde dich gern einmal zu einem Essen einladen, am Abend, wenn ich von meiner Tour zurück bin. Was meinst du?"

Margarethe nickte sofort. „Einverstanden. Heute bin ich bei einer lieben Freundin, morgen passt es leider nicht, aber übermorgen ist gut. Ich kenne in Gandia am Hafen eine schöne Bar. Wenn du magst?"

„Gern!"

Sie tauschten noch ihre Handynummern aus, bevor sie sich schon ganz vertraut mit einem Küsschen rechts und links auf die Wangen verabschiedeten. Als Margarethe die wenigen Meter zum Markt ging, sah sie, dass María zwar fleißig die Kunden bediente, aber auch gut Unterstützung gebrauchen konnte. Margarethe band sich die Schürze um und nahm sich fest vor, sich heute nur noch auf das Geschäft zu konzentrieren. Die Einnahmen waren rückläufig. Die Inflation setzte auch den Spaniern zu. Sie kauften viel zurückhaltender ein. Möglicherweise müsste Margarethe die Firma durch zunehmend schwere Zeiten steuern. Das erforderte ihre ganze Energie. Vielleicht hatte sie noch Reserven für einen Mann wie diesen Finn, aber sicher nicht für längst Abgeschlossenes aus der Vergangenheit.

***

„Oh, du hast die gebratenen Auberginen, die ich so liebe", freute sich Margarethe und fischte sich mit zwei Fingern eine Scheibe vom Teller. Ina hatte eine bunt gemischte Tapas-Platte angerichtet, dazu etwas Brot, Oliven und einen guten Wein auf den Tisch gestellt. Sie bereitete in der Küche noch ein Gemüsegericht vor und hatte Margarethe gebeten, sich schon mal zu setzen, während sie eine Karaffe mit Wasser brachte.

„Du siehst wieder richtig klasse aus", betonte Margarethe. „Ich mag deinen Stil so gern."

Ina hatte ihren dunkelblonden Bob perfekt in Form geföhnt und war in dezenten Beigetönen geschminkt, abgestimmt auf ihre Kleidung: einer cremefarbenen Hose im lässigen Jogging-Stil und einem weit ausgeschnittenen Pulli in derselben Farbe. Margarethe mochte Inas edle Art, sich zu kleiden, und überschüttete sie dafür gern mit ernst gemeinten Komplimenten. Häufig fragte sie nach der Marke ihrer Kleidung, um sich das entsprechende Teil zu bestellen.

„Und kochen kannst du auch perfekt", lobte sie die Freundin weiter und goss Wasser aus der Karaffe in die Gläser. Sie liebte diese Abende bei Ina. Seitdem ihre Freundin bei ihren Eltern auf der Finca lebte, war Margarethe dort noch häufiger zu Gast als früher. Sie kannte Helga und Bernd schon viele Jahre. Die beiden führten eine gut gehende Ferienhausvermietung. Bernd war als ehemaliger Anwalt ein Ass in der Verwaltung, hatte aber nach einer Erkrankung etwas kürzertreten und Helga den Vortritt lassen müssen. Margarethe kannte auch die ganze Vorgeschichte der beiden. Helga hatte mit ihrem ersten Mann, Inas Vater, in Paderborn ein Möbelgeschäft geführt. Nachdem sie ihren Mann mit seiner Mitarbeiterin überrascht und die Ehe beendet hatte, kam sie kurz darauf mit Bernd, einem guten Freund der Familie zusammen. Doch der anschließende Rosenkrieg der Eheleute hatte dazu geführt, dass sie sich aus Deutschland verabschiedet und einen Neustart in Spanien versucht hatten. Mit Erfolg. Sie lebten auf einer zauberhaften Finca in den Bergen von Gandia, die jetzt auch Inas Zuhause war. Margarethe sah auf die Terrasse und genoss den Blick in den bunt angelegten Garten, in dem leuchtende Bougainvilleen wuchsen, kombiniert mit Pflanzen wie Lorbeer und üppigen Gräsern, und über um diese Zeit in milchiges Licht getauchte Felder, Wiesen und Hügel. Heute toppte diese Traumkulisse ein malerischer Sonnenuntergang. Besser hätte sie es nicht treffen können, zumal sie den Tag bislang als besonders quälend empfunden hatte. Der Brief, der Unfall und dann noch recht bescheidene Geschäfte. Die Kunden waren nur am Anfang in großer Zahl und später nur noch schleppend erschienen. Die Folge der Kaufzurückhaltung waren einige nicht verkaufte Obst- und Gemüsekisten, die Margarethe im Kühlhaus hatte einlagern müssen. Sie sah es als schlechtes Zeichen und fürchtete sich vor der Buchhaltungsarbeit am Wochenende. Hoffentlich bekäme sie dann nicht den ganz großen Schock. Dass das aktuelle Jahr ein wirtschaftlich schwieriges werden würde, hatte sie akzeptiert. Die Frage war nur noch, wie hoch der Umsatzrückgang ausfallen würde.

Die Einladung bei Ina war das nötige Highlight. Sie wollte sich ablenken, typische Frauenthemen bequatschen und auf andere Gedanken kommen. Inas Eltern waren mit Freunden in Dénia zum Essen. Inas Freund Vicente, ein in Gandia beliebter spanischer Hausarzt, hatte Notdienst und war in seiner Praxis, und Ina hatte den Mädelsabend wie immer sehr appetitlich ausgerichtet. Es gab sogar eines von Margarethes Lieblingsgerichten: Gemüse in Tempurateig. Von den Auberginen hatte sie bereits genascht und Ina tischte weitere Köstlichkeiten auf wie eine Spinattortilla, mit Öl angemachte Avocados und kross getoastetes Weißbrot. Genug zum Schlemmen!

„Das machst du besser als die meisten Spanierinnen", meinte Margarethe. „Nach nur einem knappen Jahr, das du hier lebst, ist das bombastisch."

Ina lachte. „Das letzte Jahr war so spannend, dass ich immer denke, ich wäre schon zehn Jahre da. Vermutlich wirkt sich meine Fantasie auf meine Kochkünste aus."

„Gut, dass du überhaupt hier bist, und Schuld daran hat Helga."

„Allerdings, ich werde ihr auch immer dankbar sein, denn ohne sie wäre ich garantiert in Paderborn geblieben."

Margarethe kannte Inas Geschichte. Sie war schon längere Zeit geschieden und hatte eine erwachsene Tochter aus der Ehe. Vor einem Jahr hatte sich Helga, Inas Mutter, Hilfe suchend an sie gewandt, als ihr zweiter Ehemann

Bernd nach einer Erkrankung in der Reha war und sie sich zu allem Unglück noch das Bein gebrochen hatte. So lädiert wäre die Weiterführung der erfolgreichen Ferienimmobilien-Vermittlung gescheitert. Ina hatte der Mutter die Hilfe nicht abschlagen wollen und war losgeflogen. Aus der geplanten Woche war jetzt schon ein Jahr geworden und es sah alles so aus, als würde Ina auch dauerhaft bleiben. Sie lebte zwar auf der Finca ihrer Eltern, doch Vicente drängte sehr auf einen Umzug zu ihm. Es war laut Inas Freundinnen nur eine Frage der Zeit, bis sie bei so einem Traummann schwach werden würde. Immerhin war sogar schon Leonie, ihre Tochter, eine gelernte Tischlerin, von Deutschland nach Spanien gezogen und hatte prompt eine der begehrten Arbeitsstellen als Restauratorin in Valencia bekommen.

Margarethe nahm einen Schluck von dem gerade eingeschenkten Rotwein und genoss erneut durch die Fensterfront hindurch den Blick in die herrliche spanische Bergwelt, in der jetzt in der zunehmenden Dämmerung auch einige Lichter der umliegenden Fincas leuchteten. Jedes Mal, wenn Margarethe diesen Ausblick sah, war sie völlig ergriffen von der Schönheit der Landschaft.

Rrrrr, rrrrr …, das laute Schnarchen von Carlos schreckte Margarethe kurz auf. Der kleine Hund lag die ganze Zeit zu ihren Füßen und schlummerte friedlich. Sie sah ihn lächelnd an und blieb bewusst ruhig, um ihn nicht aufzuwecken. Aber Carlos reckte und streckte sich genüsslich, schob sein Köpfchen auf ihre Füße und schien nun der Unterhaltung folgen zu wollen. Margarethe liebte den niedlichen Mischling, den Ina in Gandia Playa aus einem verwilderten Grundstück in Strandnähe gerettet hatte. Er war kniehoch, hatte sandfarbenes struppiges Fell und braune Kulleraugen, mit denen er je nach Laune alle bezirzen konnte. Man hatte den niedlichen Kerl dort an einem Baum angebunden, wo ihn ein qualvoller Tod erwartete. Ina hatte ihn entdeckt und seitdem waren sie und der kleine Hund unzertrennlich, er begleitete sie nahezu auf allen Wegen. Bei ihren Touren als Wanderführerin, wenn sie privat unterwegs war und natürlich auch zu den Modeaufnahmen. Und weil er einige Male durchs Bild gelaufen war und so gut ankam, hatte Ina noch weitere Pläne mit ihm. Carlos sollte zum Superstar werden und war bereits auf einem guten Weg. Denn Ina hatte in den letzten Videos ihren kleinen Hund immer intensiver eingebunden und ihre Followerinnen reagierten zunehmend begeisterter auf das putzige Tierchen. Seit Kurzem hatte Ina Carlos auch eine Stimme gegeben, mit der er jetzt Inas Mode mit witzigen Bemerkungen kommentierte. „Super lustig" und „Endlich ein Vierbeiner mit Geschmack" hatten seine Fans geschrieben und Ina war so überzeugt von ihm als Quotenhit, dass es seitdem feste Drehzeiten mit Carlos gab.

„Hast du eigentlich weiter gute Zuwachszahlen?", wollte Margarethe wissen.

„Und ob", frohlockte Ina und hielt Margarethe ihren Bildschirm hin. „Hier schau mal, mein kleiner Streuner ist der eigentliche Star." Sie ging zur Anrichte und holte eine Kaustange, die sie Carlos als Leckerli hinlegte und die er, obwohl noch etwas schlaftrunken, auch sofort aufknabberte.

„Ich bin gespannt, wie lange dein Superstar sich mit so billigen Snacks abspeisen lässt", ulkte Margarethe. „Bei dem Erfolg solltest du das Honorar bald kräftig erhöhen, sonst wechselt er zur Konkurrenz."

Ina lachte und setzte sich wieder an den Tisch. „Zum Glück ist er treu. Und ich bin wirklich happy, denn natürlich habe ich immer Druck, hier meinen Lebensunterhalt zu sichern, und bin auf ständig gute Ideen angewiesen."

„Aber insgesamt ist dein Start in der neuen Heimat doch wirklich gut gelaufen. Jetzt hast du drei Standbeine mit deinem Online-Job für die Redaktion in Paderborn. Zum Glück kannst du dort weiterarbeiten. Deinen Kanal, der seit Carlos' Mitwirkung durch die Decke geht, und deine Wandertouren, mit denen du Ansässige und Urlauber gleichermaßen begeisterst."

Ina beugte sich nach vorn und strich Margarethe über den Arm. „So, wie du es sagst, hört es sich nach einem Superunternehmen an, doch – ganz ehrlich – es läuft gut, aber kämpfen muss ich weiterhin."

„Ja, das ist leider normal", pflichtete ihr Margarethe bei. „Ausruhen darf man sich nie auf seinen Erfolgen. Ich war eigentlich in letzter Zeit sehr zufrieden, doch plötzlich habe ich Umsatzeinbußen und muss hellwach sein."

„Umsatzrückgänge machen mich sofort nervös. Da kann ich deine Anspannung gut verstehen", pflichtete ihr Ina bei. „Aber du bist nicht bedrückt, weil du weniger Ware verkaufst, sehe ich das richtig? Ich finde, du solltest mir schnellstens sagen, was eigentlich los ist? Der Moment ist gut. Wir sind allein, haben Ruhe, ein Glas Wein. Also, schieß los."

„Ich starte erst einmal mit einer wirklich unglaublichen Geschichte. Ich fahre jemanden fast über den Haufen und derjenige lädt mich dann noch für übermorgen zum Essen ein. Verrückte Welt!"

„Oh, ist denn nichts passiert?"

Margarethe schüttelte den Kopf und erzählte die ganze Geschichte.

„Oje, da hast du allerdings wirklich Glück gehabt. Das hätte schlimm ausgehen können", entgegnete Ina. „Schummle mich nicht an. Dein Opfer lädt dich nur zum Essen ein, weil ihr euch gut gefallt, richtig?" Sie goss sich etwas Wein nach. „Ich habe deinen Blick gesehen, als du von ihm erzählt hast. Du hattest Funkelaugen."

„Funkelaugen, was ist das denn?"

„Na ja, so funkelnde. Ein untrügliches Zeichen, dass man verliebt ist."

Verliebt? Was redete Ina da? Sie kannte Finn doch kaum und außerdem war sie kein Teenager mehr, der sich in Sekunden unsterblich verlieben konnte. Margarethe drehte mit dem Zeigefinger an einer ihrer Haarsträhnen. „Weißt du, ich habe ja schon vor einiger Zeit davon erzählt, dass ich mir langsam vorstellen könnte, unter die Haube zu kommen. Erinnerst du dich?"

„Oh ja, sehr gut sogar. Wir waren hier bei meinen Eltern und haben uns über das Happy End von Vera und Georg gefreut, stimmt's?"

Margarethe nickte. „Genau, kurz darauf ist ja mein Bruder abgerauscht und ein paar Wochen später ist ihm Vera hinterhergeflogen."

Ina gab Carlos ein weiteres Leckerli. „Wie geht es den beiden denn? Vera, die eigentlich die Welt erobern wollte, ist jetzt auf einem fränkischen Bauernhof gelandet. Irre Geschichte. Und? Ist sie glücklich?"

„Oh ja, und wie, aber du kannst sie das bald fragen. Die beiden kommen Ostern."

„Wirklich? Das freut mich riesig. Dann können wir Vera ja richtig ausfragen nach dem neuen Leben zwischen Landwirtschaft und Weißbier."

„Du kannst dich auf zwei Glückstrunkene einstellen. Die haben für nichts mehr Augen als für einander", meinte Margarethe und nahm einen kräftigen Schluck aus dem Wasserglas.

Das Wetter war für die Jahreszeit ungeheuer mild. Das Thermometer zeigte noch am Abend sechzehn Grad. Ina hatte zwei Flügeltüren zur Terrasse geöffnet und beide genossen die würzige frische Luft.

Ina sah jetzt Margarethe ernst an. „Nun mal heraus damit. Etwas stimmt nicht. Du wirkst so unruhig. Das kann nicht allein an diesem Radfahrer-Finn liegen."

Margarethe schob mit der Gabel ein Bröckchen auf dem Teller hin und her, bevor sie allen Mut zusammennahm. „Du hast recht! Es ist was passiert, das wirklich nichts mit diesem Finn zu tun hat. Aber ich muss weit ausholen, denn du weißt nicht alles. Was mich gerade bewegt, hat seinen Ursprung vor vielen Jahren."

Ina legte ihr die Hand auf den Unterarm. „Ich habe alle Zeit der Welt für dich, Margarethe." Sie tätschelte ihr die Wange. „Pass mal auf, ich schenke uns Wein nach, hole noch frisches Wasser und du erzählst mir alles.

Anschließend legst du dich bei uns ins Bett und fährst morgen zeitig los."

„Du hast Angst, dass ich wieder jemanden umfahre, oder?"

„Ja, mit einem Glas Wein intus wäre das dann wirklich schlimm. Doch jetzt denken wir nicht daran, sondern nur an das, was auf deiner Seele lastet, okay?"

Margarethe nickte. „Ich erzähle dir gern alles", versicherte sie. „Aber bitte keinen Alkohol mehr. Ich brauche heute mein Bett."

„Alles klar, dann machen wir es anders", sagte Ina, schloss die Türen zur Terrasse und verschwand kurz in der Küche. Wenig später kam sie mit einem Tablett zurück, auf dem eine Karaffe Orangensaft und eine Schale Nüsse standen.

Sie goss Margarethe ein, dann sich selbst und setzte sich wieder.

„So, meine Liebe, jetzt bin ich ganz für dich da."

Margarethe nahm einen Schluck von dem Saft, lehnte sich in ihrem Stuhl zurück und atmete einige Male bewusst ein und aus. „Du weißt du, dass ich früher Nonne war?"

Ina nickte stumm.

„Gut, daraus habe ich auch nie ein Geheimnis gemacht. Ich glaube, deine Mutter weiß etwas mehr, mit ihr habe ich mal darüber gesprochen, als ich nach Spanien kam. Sie ist übrigens eine wunderbare Frau, offen, verständnisvoll. Sie wusste, wie gut es mir damals tat, mir alles einmal von der Seele reden zu können."

„Mama hat mir aber nichts erzählt!", betonte Ina schnell.

„Hätte sie gerne gekonnt, das ist doch egal. Also von vorn: Ich bin eigentlich gelernte Kauffrau und habe mich bis zur Abteilungsleiterin in einem Metallverarbeitungsbetrieb hochgearbeitet, bevor ich in einem Kloster angefangen habe. Dort hatte ich einen Buchhaltungsjob in der Verwaltung. Viele in meinem Umfeld waren damals über meinen Jobwechsel verwundert gewesen, aber ich hatte einfach genug von der kalten Businesswelt gehabt und etwas ganz anderes gebraucht. Da ich aus einem christlichen Elternhaus komme, hat mir das Arbeiten im Kloster richtig gut gefallen. Natürlich habe ich mich nebenbei auch für das Leben der Nonnen interessiert und so nach und nach mehr Zugang zu ihnen gefunden. Die Oberin, eine ganz patente Frau, hat mich damals ein bisschen unter ihre Fittiche genommen und mir viel über ihren Glauben erzählt. Das hat mich mehr und mehr fasziniert. Tja, und irgendwann konnte ich mir vorstellen, auch in den Orden einzutreten."

„Wie hat denn deine Familie auf diesen Schritt reagiert?", hakte Ina nach und griff nach den Nüssen.

„Tja, die waren alles andere als begeistert. Da geht es um ausbleibende Enkelkinder, sozialen Rückzug, die Angst, nicht mehr genug Zeit füreinander zu haben. Dazu kommt, dass kaum jemand eine Vorstellung vom Leben im Kloster hat. Das klingt alles so dunkel und unheimlich und Eltern haben meistens Angst, ihre Kinder zu verlieren, an Gott und an das Kloster. So war es auch bei mir."

Ina nickte mitfühlend. „Das war bestimmt eine schwere Zeit für dich."

„Allerdings, aber zum Glück war Georg immer für mich da. Er hat von Anfang an meinen Wunsch respektiert und mich unterstützt. Auch, nachdem ich das Gelübde abgelegt hatte."

„Hat es dir denn wirklich gefallen?"

„Insgesamt ja, aber natürlich hatte ich auch schwere Zeiten", gab Margarethe zu. „Ich hatte immer wieder mal Zweifel und Wochen, in denen ich mich ausgesprochen einsam fühlte. Du darfst nicht vergessen, du hast versprochen, nur mit Gott zusammen zu sein."

„Männer sind Fehlanzeige, klar", sagte Ina flapsig und entschuldigte sich sofort dafür, dass sie das Thema so oberflächlich angegangen war.

Margarethe winkte ab. „Eben nicht, es gab da jemanden."

„Wie?" Ina sah sie an, als hätte sie ihr erzählt, dass gerade Außerirdische in ihrem Garten gelandet wären.

„Ja, ich habe mich bis über beide Ohren verliebt und kam dadurch in einen richtigen Strudel aus Ängsten und Gewissensbissen. Denn der Mann, auf den ich mich damals ziemlich ausgehungert nach Zuwendung und auch Erotik einließ, war der Pfarrer der kleinen Gemeinde, in der unser Kloster angesiedelt war."

Ina nahm einen Schluck Wein und beugte sich zu Margarethe hinüber. „Weißt du", sagte sie salopp. „Ich kann dich verstehen. Ich finde, ein Geistlicher hat einen ganz besonderen Reiz. Es ist das Verbotene, das ihn für Frauen interessant macht."

„Hast du eigene Erfahrungen gemacht?"

„Nun ja, ich habe mal in Rom in einem Kloster Urlaub verbracht und die schönen Geistlichen haben mich ganz wuschig gemacht. Wenn mir da jemand ein Zeichen gegeben hätte, wer weiß, vielleicht hätte ich mich auch verliebt." Sie lächelte. „Aber bei mir waren es nur Fantasien. Bei dir ja offenbar mehr."

„Allerdings." Margarethe nickte. „Mark, so hieß der Pfarrer, war mein Traummann. Als er die Gemeinde übernahm und seinen Antrittsgottesdienst abhielt, war ich bereits hin und weg. Meine ganzen Gelübde stellte ich in dieser Messe infrage. Ich rutschte nervös auf der Kirchenbank hin und her und hatte nur einen Wunsch: Ich wollte in seinen Armen sein."

„Was hatte er denn, was dich so faszinierte?"

„Ganz weltliche Dinge", gab Margarethe zu. „Er sah hinreißend aus. Mark ist ein paar Jahre älter als ich, war damals groß, muskulös. Er hatte ein wunderschönes Lächeln und blaue, lebendig blitzende Augen." Margarethe schüttelte den Kopf. „Meine Güte, ich rede wie ein Teenager. Aber ganz ehrlich, obwohl ich schon knapp dreißig war, habe ich mich genauso gefühlt. Ich hatte Herzklopfen auf meiner Kirchenbank, so stark, dass mich meine Mitschwester unruhig ansah, weil sie sich Sorgen machte."

„Und wie seid ihr zusammengekommen?"

„Du wirst es nicht glauben, die entsprechenden Signale haben wir noch an diesem Tag gesendet. Es gab später in der Gemeinde einen Kennenlernabend und rate mal, wer sich sofort neben mich stellte und mich ansprach."

„Echt? Ihr habt euch ja wirklich angezogen wie die Motten das Licht."

„Das stimmt, er fragte mich, ob ich ihm bei einem Text für eine christliche Zeitung helfen könnte und in den nächsten Tagen einmal Zeit hätte." Margarethe zwinkerte Ina zu. „Ich sollte ins Pfarrhaus kommen und habe äußerlich genickt und innerlich gejubelt. Mit diesem Mann allein im Pfarrhaus, das erschien mir wie ein Sechser im Lotto."

„Aber irgendwie geht mir das zu schnell. Ihr hattet schließlich beide ein Gelübde abgelegt. Das wirft man doch nicht einfach über den Haufen?"

„Das stimmt, und es war auch so, dass ich zurück in meinem Zimmer ganz anders darüber dachte. Ich habe so viel gebetet, wie schon lange nicht mehr, und natürlich den Termin abgesagt."

„Ach ehrlich?", meinte Ina sichtlich überrascht.

„Ja, aber Mark war danach die treibende Kraft. Er hatte ständig irgendwelche Anliegen, zu denen er mich unbedingt sprechen wollte. Mal brauchte er meine kaufmännische Expertise, mal meinen menschlichen Rat. Als das alles nicht klappte und ich ihm immer einen Korb gab, kam er mit der Mitleidsmasche. Er fühle sich einsam und brauche einen Gesprächspartner."

„Raffiniert!"

„Oh ja, darauf bin ich auch hereingefallen. Ich dachte, da kann ich nicht nein sagen, habe aber unterschätzt, wie es ist, wenn wir beide zusammenkommen, in einem Pfarrhaus, abends, allein, als die Haushälterin längst zu Hause war. Überall flackerten Kerzen, wir waren zu zweit. Im Hintergrund lief leise Musik, Mark hatte eine Flasche Wein geöffnet. Es sah aus wie ein Date und es war dann auch eins."

„Und ihr seid an dem Abend im Schlafzimmer gelandet?", fragte Ina unbekümmert nach.

„So genau habe ich es noch niemandem erzählt, aber es stimmt, wir hatten bereits an dem Tag Sex. Und während ich danach komplett konfus war, blieb Mark zumindest äußerlich ganz locker. Ich habe damals gedacht, dass ich nicht die Erste bin, mit der er sich trotz Zölibat eingelassen hatte. Übrigens hat er das mir gegenüber auch zugegeben. Es hatte damals schon mehrere kurze Affären gegeben." Sie seufzte. „Mark war trotzdem mit sich im Reinen. Er konnte, wie viele Geistliche, mit dem Gelübde und der gelebten Realität zurechtkommen. "

„Das wundert mich nicht", ergänzte Ina. „Der Zölibat ist auch aus der Zeit gefallen. Und früher wie heute gehen die Geistlichen damit entsprechend um. Sexualität ist natürlich, man kann sie nicht lebenslang unterdrücken, und solange das nicht auffällt, sieht die Kirche weg." Ina winkte mit der Hand ab.

„Aber was rede ich eigentlich … du weißt es doch viel besser."

„So ist es", bestätigte Margarethe. „Und so war es ja bei mir auch."

Ina blickte über das dunkle Tal und Margarethe folgte ihrem Blick.

Ein Wagen bahnte sich den Weg durch die mittlerweile aufgezogene Nacht und die Lichter der umliegenden Häuser funkelten mit den Sternen um die Wette.

„Wie ging es denn weiter?", hakte Ina nach. „Wurde es eine Beziehung oder blieb es bei dem Ausrutscher."

Margarethe lachte. „Nein, es war kein Ausrutscher, es war Liebe, die ganz große, die richtige. Ich habe mich zwar gefühlt wie ein Teenager, aber ich war ja keiner mehr und konnte schon gut meinen Gefühlen vertrauen. Mark war mein Traummann und hat das auch bewiesen."

„Inwiefern?"

„Er war aufmerksam, liebevoll, wirklich an mir interessiert. Wir konnten stundenlang miteinander diskutieren, oft über unseren Glauben, was uns beiden sehr wichtig war, aber auch über alles andere. Er hat mich mit jeder Stunde Zweisamkeit bereichert."

„Und was meinte die Gemeinde?"

„Die haben davon nichts mitbekommen. Wir haben es schlau angestellt und Mark hat mir diverse Aufgaben zugeteilt, sodass wir auch offiziell viel Zeit miteinander verbringen konnten."

„Und die Nächte?"

„Tja, das war schon spannend. Aber ein Kloster ist still und wir sind ja nicht eingeschlossen. Ich bin einfach nachts ausgebüxt und im Schatten der Dunkelheit ins Pfarrhaus gehuscht."

Ina lächelte. „Verzeih, ich stelle mir das gerade bildlich vor."

„Ja, das muss witzig ausgesehen haben, doch es hat geklappt. Ein, zwei Abende in der Woche war ich auf Tour."

„Aber ich stelle mir das schwierig vor, wenn man nie herausdarf, sich immer nur heimlich in einem Zimmer begegnen kann. Man möchte doch auch mal ausgehen, etwas unternehmen, Spaß mit anderen Menschen haben."

„Da unterschätzt du die Möglichkeiten. Man fährt gemeinsam nach Rom oder macht ein Seminar irgendwo in Deutschland mit. Mark war erfinderisch und wir waren sogar zusammen in den Bergen und auch einmal am Meer. Niemand hat gesehen, dass eine Nonne und ein Pfarrer auf der Alm im Gras kuscheln oder sich im Sand sonnen. Man hat uns immer für ein ganz normales Liebespaar gehalten, das sich und das Leben genießt."

„Das hört sich so richtig spannend an, liebe Margarethe. Aber trotzdem, will man nicht irgendwann Normalität?"

„Schon, aber wir wussten, was das bedeutet. Ich müsste das Kloster verlassen und Mark die Kirche. Doch wir waren uns schnell einig, dass es so kommen würde, wir wussten nur noch nicht, wann wir die Bombe platzen lassen sollten. Wir haben unseren Ausstieg unzählige Mal durchgespielt und auch unsere Familien eingeweiht."

„Was wolltet ihr denn anschließend machen, ich meine beruflich?"

„Ich wollte wieder in meinen Beruf als Kauffrau gehen und Mark konnte sich als Theologe einen Job an einer Schule vorstellen. Ich war damals im perfekten Alter, um Mutter zu werden, und deshalb stand immer fest, dass wir eine Familie gründen."

Ina drehte den Stil ihres Weinglases zwischen den Fingern.

„Aber das ist doch nicht passiert? Was ist denn aus euch geworden?"

Margarethe seufzte und griff nachdenklich nach ein paar der Gemüsestückchen, die noch übrig waren.

„Nichts", meinte sie schließlich. „Aus uns ist nichts geworden. Wir haben geliebt, geredet, geplant, aber dabei ist es geblieben. Immer wenn es ernst wurde und ich konkrete Pläne äußerte, hat mich Mark um Geduld gebeten. Noch sechs Monate, bis zu seiner Beförderung, noch ein halbes Jahr, bis das angebliche Getuschel aufhört, noch ein Dreivierteljahr, damit der Bischof nicht schon vorher etwas mitbekommt. Er hat mich hingehalten, immer wieder."

„Das klingt wie bei einem verheirateten Mann, der seine Geliebte vertröstet", warf Ina ein.

„Genauso war es, nur seine Ehefrau war die Kirche. Mark liebte sein Amt, auch das ganze Drumherum, was damit verbunden war. Er war jemand, der Herr Pfarrer, vor dem alle Respekt hatten und den alle anhimmelten. Glaub mir, die Hälfte der Frauen im Dorf schmachtete ihn an. Ich bin sicher, dass sie in ihren Fantasien alle Affären mit ihm hatten."

„War er dir denn treu?", fragte Ina.

„Ja, das glaube ich schon. Ich bin mir sicher, er wollte mich nicht verletzen oder gar loswerden, nein, ich war die einzige Frau, die er wirklich in sein Leben gelassen hat. Er wollte nur auch sein bereits bestehendes schönes Leben behalten. Er begehrte beides und hatte immer Hoffnung, dass ihm das gelingen würde."

„Meine Güte, Margarethe, jetzt machst du mich aber richtig neugierig. Das ist ja so spannend. Du bist allein hier und das seit Jahren. Was ist denn dann passiert? Hattest du genug vom Warten?"

„Nun ja, so wirklich richtig ist das nicht." Sie räusperte sich. „Ganz ehrlich, vielleicht würde ich da heute noch sitzen und auf ihn warten. Ich war schon sehr leidensfähig. Kurz und gut, Mark hat Schluss gemacht."

„Ach was, und warum, du warst doch geduldig?"

„Ja, aber ich war auch unzufrieden. Ich hatte mich in all den Jahren, vergiss nicht, es waren sieben, natürlich immer mehr vom Kloster verabschiedet. In meinem Kopf sah ich mich mit einer Familie in einem hübschen Häuschen auf dem Land. Die Klosterzelle war mir zu klein geworden. Mit Gott hatte ich mich in all den einsamen Nächten ausgesöhnt. Ich war bereit für ein neues, ein anderes Leben, und das auch ziemlich bald."

„Und deine Ungeduld hat Mark dir angemerkt?"

„Oh ja, allerdings, wir hatten natürlich Streit darüber. Ich fühlte mich veralbert und habe Stress gemacht, irgendwann ständig. Also das ganze Programm abgezogen, mit Vorwürfen, Endlosdiskussionen und vielen Tränen. Eskaliert ist es dann, als wir auf einem Seminar waren und ein Gemeindemitglied eine komische Bemerkung machte."

„Was war das?"

„Ich weiß es nicht mehr genau, aber eine Andeutung in der Art ‚ihr steht euch ja besonders nah‘. Ich hatte schon länger den Eindruck, dass getuschelt wurde, und als sich das verfestigte, hatte Mark Muffensausen bekommen. Im Bistum gab es eine neue Leitung, die Gemeinde roch den Braten und ich machte Zoff, während ich auf eine Entscheidung drängte. Zu viel für Mark, zumal er auch von seiner Mutter mächtig Druck bekam, die Beziehung zu beenden. Als sie mitbekommen hatte, dass wir es wirklich ernst miteinander meinen, hatte sie nicht sein Glück im Auge, sondern das Ansehen der Familie."

„Er hat also die Nerven verloren und wollte nur noch seine Ruhe."

„Ich denke, so kann man es beschreiben. Er hatte einfach genug von der Zwickmühle, in die er durch mich geraten war. Ja, und dann, so plötzlich aus allen Träumen gekickt, wusste ich nicht mehr weiter."

„War das Kloster nach der Trennung denn keine Option mehr für dich?"

Margarethe stand auf und beugte sich zu Carlos hinunter, um ihn zu streicheln. Der pfiffige Mischling schmiegte sich eng an ihre Beine und genoss sichtbar die intensive Kuscheldosis. Margarethe nippte am Glas und sah Ina offen an. „Ich war damals am Ende, richtig am Ende. Ich wusste nicht mehr, wohin mit mir, und habe erst einmal eine Therapie gemacht. Ich hatte wirklich keinen Plan."

„Das kann ich verstehen, nach so vielen Jahren Auf und Ab. Das zehrt doch."

„Richtig, ich hatte einen totalen Zusammenbruch und bin nur dank Georgs Unterstützung wieder langsam auf die Beine gekommen."

„Und was hat dich nach Spanien gebracht?"

„In der Therapie habe ich gelernt, auf meine innere Stimme zu hören. Ich habe mich gefragt, was ich wirklich wollte, und das konnte ich schnell ausdrücken: Es war ein Leben in und mit der Natur. Du darfst nicht vergessen, dass ich aus einem Bauernhof komme. Landwirtschaft, Obst- und Gemüseanbau, das war mir ja vertraut. Und ich wollte weg aus dem Umfeld von Mark. Als ich dann in einem landwirtschaftlichen Magazin las, dass in der Region Valencia eine Finca abzugeben war, habe ich plötzlich wieder Mut bekommen und mich getraut, das anzudenken."

„Ein Zufall? Ich weiß nicht. Es sieht aus, als ob Gott dabei seine Finger im Spiel hatte. Er wollte dich nicht verlieren."

„Mag sein", sagte Margarethe nachdenklich. „Aber eines ist noch wichtig. Ohne meinen Bruder, du hast ihn ja kennengelernt, hätte ich das auch nie geschafft. Er hat mich unfassbar unterstützt, hat mir unser Erbe ausgezahlt, die Finca geprüft und mir seitdem immer wieder mit seinem Fachwissen geholfen." Sie seufzte. „Er ist ein wunderbarer Mann und deshalb freue ich mich für ihn, dass er Vera hat. Sie ist eine ganz zauberhafte Person."

Brrr, brrr. Ina sah auf ihr Handy, das auf dem Tisch lag. „Oh, man sucht mich offenbar, mein Handy meldet sich. Ich muss mal schnell drangehen. Es ist Vicente, vielleicht ist etwas passiert."

„Ja klar, alles gut. Sprich in Ruhe mit ihm, ich habe keine Eile."

Margarethe tat es ganz gut, etwas allein zu sein. Kurzentschlossen schnappte sie sich Inas Schal, der auf einem Sessel lag, schlang ihn sich um die Schultern, ging über die Terrasse die Stufen in den Garten hinab und spazierte ein paar Schritte durch den Olivenbaum-Hain. Sie hatte so ausführlich von ihrer Beziehung zu Mark erzählt, dass plötzlich alles wieder ganz lebendig war.

Sie hörte seine Stimme, sein Lachen, sah Bilder von einem Winterurlaub vor sich. Sie waren beim Skifahren und er buddelte sie aus einem Schneehügel aus, in den sie durch eine Unachtsamkeit hineingerutscht war, und die ganze Zeit über brachte er sie zum Lachen. Es war wirklich schön mit ihm gewesen, dachte sie und war sich sicher, nie wieder so viel gelacht zu haben wie mit Mark damals.

„Margarethe, ich habe Neuigkeiten", hörte sie Inas aufgeregte Stimme. „Kommst du?"

Margarethe winkte ihr zu und ging schnell zurück ins warme Haus. Ina kam ihr entgegen. „Vicentes Sohn Eric ist gerade überraschend zu Besuch gekommen und der Papa freut sich riesig."

„Eric, den kenne ich, seit er noch zur Schule ging. Damals war ich gerade hier angekommen." Margarethe blickte in die Luft. „Er müsste jetzt schon über dreißig sein. Ein sehr netter junger Mann. In den letzten Jahren habe ich ihn selten gesehen. Er lebt doch in Deutschland."

„Richtig, er ist seiner Mutter gefolgt und arbeitet erfolgreich als Mathematiker. Wenn du etwas wartest, wirst du ihn gleich wiedersehen. Vicente kommt nämlich mit ihm vorbei." Ina sah Margarethe entschuldigend an. „Es tut mir leid, aber ich wollte ihm nicht absagen. Der Besuch ist so wichtig für ihn und er wird mit mir planen wollen, was in den nächsten Tagen in der Familie abläuft."

„Das freut mich doch", nahm Margarethe ihr die Sorge ab. „Aber für heute ist mir das ein bisschen viel. Grüß die beiden von mir und ich mache mich lieber auf den Heimweg."

Sie hatte Ina alles erzählt und eigentlich hätte sie ihr jetzt den Brief zeigen wollen, der ihr Leben aus den Angeln zu heben drohte, aber die Stimmung schien ihr nicht mehr passend. Es war ihr schwergefallen, die ganze Geschichte zu erzählen. Sie war so mit Erinnerungen behaftet, dass sie jetzt wirklich Ruhe gebrauchen konnte.

„Zum Glück habe ich nur wenig Wein getrunken und komme problemlos nach Hause."

„Aber du wolltest mir doch deinen Kummer zu Ende erzählen. Warte bitte. Die Planung mit Vicente und Eric dauert bestimmt nicht lange."

Margarethe nahm Ina liebevoll in den Arm, strich ihr über den Rücken und drückte sie fest. „Das holen wir nach. Du kennst jetzt den wichtigsten Teil meiner Lebensgeschichte und die Aktualisierung erfährst du recht bald, versprochen."

Ina seufzte. „Ach, schade ist es trotzdem, aber okay, dann mach dich auf den Weg. Wann triffst du Finn?"

Margarethe sagte Carlos Tschüss, indem sie ihm liebevoll den Kopf tätschelte. „Am Mittwoch und danach sehen wir uns wieder. Ich brauche unbedingt deine Meinung, aber für heute war dein offenes Ohr schon richtig gut."

Sie blieb abrupt stehen. „Mir fällt gerade ein, du warst doch bei Ingo. Was wollte er dir denn Wichtiges erzählen? Darfst du überhaupt darüber sprechen?"

Ina schien überrascht. „Ach du meine Güte, dazu sind wir ja auch noch nicht gekommen. Verdammt! Klar, darf ich dir berichten, aber das mache ich beim nächsten Mal, wenn wir uns sehen, ganz in Ruhe." Sie zwinkerte ihr zu. „Wir müssen noch beide ein bisschen unsere Neugier bezwingen."

KAPITEL 2

Der liebe Gott mag Überraschungen
und ist damit nicht zimperlich

Auf der Fahrt zurück zur Finca Biologica war Margarethe nachdenklich. Sie hatte Ina so ausführlich von ihrer Vergangenheit erzählt und war dabei so tief in ihr Leben eingetaucht, dass sie jetzt die Bilder nicht mehr aus dem Kopf bekam. Sie dachte an Mark, aber auch an die schönen Jahre im Kloster. Sie hatte das Leben in der Anfangszeit dort geliebt, sonst hätte sie den Schritt nie gemacht. Die Stille, die Kontemplation, das Zusammensein mit Gleichgesinnten, es war alles so wertvoll gewesen und hatte ihre Seele gestreichelt. Viele Stunden hatte sie am Tag im Gespräch mit Gott verbracht und es als tief befreiend empfunden, ihm dabei ganz nah zu sein. Zudem hatte sie die finanzielle Verantwortung für das Kloster gehabt und war darin aufgegangen, das defizitäre Haus auf einen wirtschaftlich sicheren Weg zu bringen. Niemals hätte sie damals gedacht, dass sie darüber hinaus zu so tiefen Gefühlen für einen Mann fähig wäre. Gefühle, die in

Konkurrenz zu ihrem Gelübde gestanden und ihr ganzes Leben mächtig durcheinandergebracht hatten.

Ein Auto kam ihr entgegen und die Enge der Straße erforderte ihre komplette Konzentration. Sie fuhr so weit rechts wie möglich und der Fahrer bedankte sich mit einem Handzeichen für ihre Rücksicht. Margarethe war sogar ein bisschen froh über die Begegnung, weil sie jetzt an etwas anderes denken musste. Doch kaum konnte sie den Wagen wieder entspannt rollen lassen, spukte ihr prompt erneut die Vergangenheit durch den Kopf. Sie sah Mark und seine immer so lebendig blitzenden Augen, sein verschmitztes Lächeln, ja, sie konnte seine Haut riechen und sogar schmecken.

Sie griff mit der rechten Hand nach ihrer Tasche, die auf dem Beifahrersitz lag. Darin war der Brief von ihm, den sie heute, sie rechnete kurz nach, nach mehr als fünfzehn, vielleicht sogar sechzehn Jahren Funkstille bekommen hatte. Kein Wunder, dass sie so durcheinander war, bei dem brisanten Inhalt. Zu gern hätte sie heute mit Ina darüber gesprochen und ihre Meinung dazu gehört. Aber Vicente war dazwischengekommen. Jetzt würde Ina erst in zwei Tagen wieder Zeit haben und so lange müsste sie es aushalten, auch wenn ihr bis dahin der Kopf schwirrte.

Pling! Eine Nachricht trudelte ein. Sie lenkte den Wagen auf die Standspur, dieses Mal jedoch nicht, ohne sich sorgfältig umzusehen, ob ein Radfahrer in der Nähe war und zu Schaden kommen könnte. Als sie ihr Auto gestoppt hatte, las sie, dass die Nachricht von Finn war. „Ich freue mich auf unser Essen und bin gespannt, welche Bar du ausgesucht hast."

Margarethe musste schmunzeln. Jahrelang hatte sie der Liebe keine Chance mehr gegeben, jetzt kam sie quasi durch die Hintertür zu ihr. Flirten, ausgehen, lachen, warum nicht, dachte sie. „Ich freue mich auch und mehr wird im Moment nicht verraten! Ich schicke dir morgen die Adresse", tippte sie in ihr Handy und dachte amüsiert daran, auf welche unmögliche Art sie Finn kennengelernt hatte. Sie musste wirklich dem Herrgott dankbar sein, dass ihre Unachtsamkeit solch ein glückliches Ende genommen hatte. Sie legte das Handy zur Seite und startete den Wagen neu. Sie konnte einfach alles auf sich zukommen lassen, dachte sie und fühlte sich plötzlich viel entspannter.

Als sie schließlich zu Hause ankam, war sie hundemüde. Sie war fix im Bett, blickte noch einmal in die Sterne und schlief mit dem Gedanken ein, dass es ihr eigentlich richtig gut ging.

***

Die üppige Beleuchtung war schon von Weitem zu sehen und hüllte die Hafen-Bar „Bei Ingo" in den Winterabendstunden in einen dezenten Goldton. Chef Ingo hatte seinem Betrieb einige prächtige Lichterketten gegönnt, die dem Gebäude etwas Unwirkliches gaben.

Die bekannte Bar lag direkt am Hafen von Gandia an einem kleinen, ins Meer gebauten Steg und war sowohl vom Land als auch vom Meer aus gut zu sehen. Jetzt, in der Dunkelheit, schimmerte sie schon aus der Ferne und lud entsprechend viele Gäste ein. Aber Margarethe hatte reserviert, zwei Plätze an der Fensterfront, mit einem Blick auf das Meer und den Küstenstreifen des Badeortes.

Als Margarethe vom Parkplatz aus die Promenade Richtung Bar hinunterging, fühlte sie sich ein bisschen wie in einem Hollywoodfilm. Sie trug ein sonnengelbes, wadenlanges Strickkleid, das Ina, die Modeexpertin, ihr kürzlich empfohlen hatte. Sie wusste, dass Margarethe Farben liebte, besonders Magenta hatte es ihr lange Zeit angetan, aber im Moment war Gelb ihr Favorit. Margarethe hatte sich sofort darin verliebt, als sie die Farbe in einem Video auf Inas Kanal gesehen hatte, und hatte es direkt über den angegebenen Kontakt bestellt. Heute hatte sie sich dazu einen passenden, ebenfalls gelben Strickmantel ausgesucht und die Kombination mit hautfarbenen Ballerinas kombiniert. Margarethe fühlte sich prima darin, denn es war ein milder Februarabend und der Meereswind war zwar frisch, aber immer noch angenehm auf der Haut.

Margarethe sah die kleinen weißen Jachten, die friedlich im Hafenbecken dümpelten, und genoss den Blick auf das angrenzende dunkle Meer. Am Horizont konnte man die Lichter einer Fähre erkennen. Auf den Straßen in den Seitengassen herrschte ein pulsierendes Leben. Es war mit halb neun abends für spanische Verhältnisse noch sehr früh und in den Lokalen bereiteten sich die Kellner entspannt auf das Abendgeschäft vor. Margarethe winkte Kostas, dem Chef eines griechischen Lokals zu, bei dem sie gern aß, der aber auch ihr Kunde war. Wenig später sah sie Juan auf der Straße vor seinem Fischlokal stehen und begrüßte ihn vertraut mit einem Wangenküsschen.

Sie genoss die Zugewandtheit, denn Juan kaufte ebenfalls bereits seit Jahren das Gemüse auf ihrer Bio-Finca ein.

„Isst du nicht bei mir?", wollte er wissen. „Du bekommst meinen besten Platz."

„Nächstes Mal bestimmt wieder, heute bin ich bei Ingo verabredet", antwortete Margarethe.

„Grüß ihn schön und genieße den Abend", meinte Juan und strich ihr vertraut über den Oberarm. „Übrigens siehst du großartig aus und in diesem Kleid ganz besonders."

Margarethe musste schmunzeln. Die Leute kannten sie alle fast nur in ihrem Arbeitsdress, also Jeans, Sneaker, ein Shirt. Das dunkle Haar hatte sie im Job immer hochgesteckt oder zusammengebunden, Make-up trug sie tagsüber sehr dezent. Dabei liebte sie es, sich ganz anders in ihrer Freizeit zurechtzumachen. Vermutlich lag das auch an den vielen Jahren, in denen ihr Ordensgewand ihr einziges Kleidungsstück und Make-up und Schmuck tabu gewesen waren. Sie hatte Nachholbedarf und das war an den Sonntagen oder Abenden wie diesen deutlich sichtbar. Aber da nur wenige ihre Vergangenheit kannten, galt sie in ihrem Freundes- und Bekanntenkreis als Phänomen, als Frau mit den zwei Gesichtern.

Mit Gesicht zwei, mit leicht getöntem Rouge und kräftig rot geschminkten Lippen, schritt sie jetzt aufrecht die Stufen Richtung Bar hinauf und freute sich riesig auf den Abend am Meer. Ob sie sich auch auf Finn freute, konnte sie sich im Moment noch nicht eingestehen. Vorgestern hatte sie neben sich gestanden und war einfach nur erleichtert gewesen, dass ihm nichts passiert war und er darüber hinaus so verständnisvoll reagiert hatte. Hoffentlich fand sie ihn heute auch noch so charmant, sagte sie zu sich selbst und ließ ihre Blicke schweifen, als sie in die zu allen Seiten verglaste Bar kam.

„Margarethe, wie schön, dich zu sehen. Als ich die Reservierung gelesen hatte, war ich schon ganz aus dem Häuschen." Ingo, der Wirt, kam mit großer Geste auf sie zu. Er war der Paradiesvogel von Gandia, dem man anhand seines Styles sofort ansah, dass er einmal mit Mode zu tun gehabt haben musste, und der das Händchen und den Mut hatte, in seiner Kleidungsauswahl ganz groß aufzudrehen. Heute stand er in einem karottenfarbenen Samtanzug vor ihr, den er eng geschnitten auf nackter Haut trug. Er zeigte seine gebräunte Brust und die ebenfalls gebräunten Fesseln, die über seinen roten Slippern zu sehen waren. Sein Gesicht war leicht geschminkt und sein blondes Haar dezent toupiert.

„Du bist ja wieder eine richtige Erscheinung", meinte Margarethe. „Lass dich ansehen." Sie fasste ihn sanft an die Schultern und musterte ihn. „Toller Stil. Das steht dir hervorragend", lobte sie ihn weiter und begrüßte ihn erst dann mit einer innigen Umarmung.

„Ach Sweetylein, ich bin doch nur dein Beiwerk. Unglaublich, wie schön du aussiehst in dieser Farbe. Du bist wie eine aufgehende Sonne."

Margarethe lächelte. „Und du wie ein knackiges Gemüse, natürlich mit der Betonung auf knackig."

Ingo nahm Margarethe zur Seite. „Nein Maggilein, so richtig knackig bin ich im Moment nicht", sagte er kichernd und wurde dann ganz ernst. „Du, ich habe noch eine riesengroße Überraschung vor mir. Aber darüber sprechen wir mal in Ruhe."

Er blickte zu einem Tisch an der Küstenseite und meinte: „Du wirst bereits erwartet." Ingo beugte sich ganz nah an ihr Ohr. „Das ist aber ein richtiges Schnuckelchen. Wo hast du den denn her? Zumal du dich doch so gut wie nie mit Männern, diesen zauberhaften Geschöpfen, triffst!"

„Deshalb wird es ja Zeit", konterte Margarethe. „Und ich habe ihn mir erjagt, aber frag jetzt auch nicht weiter. Unsere Kennenlerngeschichte ist schon peinlich genug."

„Oh, oh, Sweetylein, du willst doch nicht Geheimnisse vor mir haben?" Ingo bewegte grinsend den Zeigefinger von rechts nach links.

„Natürlich nicht, zumindest nicht dauerhaft."

„Gut so und jetzt genieße den Abend. Ich bitte Juan sofort, die Bestellung aufzunehmen. Also mit der Jagdbeute würde ich mich auch gern vergnügen."

„Wir essen ein paar Tapas, verstehe das jetzt nicht falsch", stoppte Margarethe seine ausschweifende Fantasie.

Ingo zwinkerte Margarethe zu, murmelt ein „Ja, ja natürlich" und verschwand wieder hinter dem Tresen seiner Bar.

Finn war zwischenzeitlich aufgestanden, um Margarethe zu begrüßen, und als sie auf ihn zuging, strahlte er sie erfreut an. „Wow, ich habe eine nette Finca-Chefin erwartet, und wer kommt, ein Star! Verzeih meine Überraschung."

Margarethe war allerdings nicht weniger überrascht. Finn hatte beim letzten Mal ein Radlertrikot getragen. Jetzt stand er in einer perfekt geschnittenen Jeans, schwarzen Loafern und einem schwarzen Hemd vor ihr. Zudem gefielen ihr sein markantes Gesicht und ganz besonders, wie bei ihrer ersten Begegnung, die warm blickenden Augen. Keine Frage, Finn war ein Mann, dem Frauen garantiert nachsahen. Gut, dass sie sich noch so zurechtgemacht hatte, schoss es Margarethe durch den Kopf, als sie sich auf den gegenüberliegenden Platz setzte und sofort eine Unterhaltung begann. Sie war keine Spur verlegen, vermutlich, weil sie nicht um jeden Preis gefallen wollte, sondern sich in erster Linie auf einen schönen Abend freute, ein bisschen Kribbeln inklusive.

Finn erzählte erneut faszinierend und unterhaltsam von seiner Liebe zum Rennradfahren, hatte einige Anekdoten von seinem Beruf als Elektroingenieur parat und kam noch einmal darauf zu sprechen, dass er Single war.

„Unfreiwillig oder freiwillig?", wollte Margarethe wissen.

„Halb und halb", antwortete er offen. „Meine Frau hatte sich entliebt, und als sie mir das verraten hatte, fiel mir auf, dass es mir nicht anders gegangen war. Wir Männer brauchen ja häufig länger für solche Erkenntnisse." Er schmunzelte. „Wir haben dann friedlich unsere Sachen zusammengepackt und das Weite gesucht. Das war vor zwei Jahren", fasste er zusammen.

Margarethe war nicht ganz so offen. Sie ließ den Seitenstrang mit den Klosterjahren weg und auch die Feinheiten mit ihrer Priesteraffäre, sondern erzählte nur, dass sie sich nach einer belastenden Trennung ein neues Leben in Spanien aufgebaut hatte. Finn hörte aufmerksam zu, hakte immer wieder nach, besonders wenn es um ihre Finca ging, denn er wollte viel über Pflanzen, die Anbaumöglichkeiten und die Pflege in dieser häufig sehr trockenen Region wissen. Sie genossen einen edlen Salat mit Muscheln, tranken jedoch beide nur Wasser und frischen Orangensaft, denn Alkohol war heute Abend tabu. Finn verbrachte seine Ferien zwar in einem Hotel am Strand und konnte zu Fuß nach Hause gehen, aber Margarethe musste noch in die Berge düsen und allein mochte er keinen Wein trinken.

„Weißt du, ganz unschuldig war ich an meiner Scheidung allerdings auch nicht", wurde Finn plötzlich nach einem letzten Bissen noch einmal persönlich. Er wirkte ehrlich bewegt, als er aussprach, was ihm durch den Kopf ging. „Meine Frau hatte sich auf einem Firmenevent in einen Kollegen verliebt. Ich habe schnell gemerkt, dass sie in ihrem Herzen ganz woanders war."

Margarethe horchte auf. „Sie hatte sich also eher verliebt als entliebt. Komisch, wenn man dafür so rasch eine Ehe wegwirft. Sind die beiden noch zusammen?"

Finn schüttelte mit dem Kopf. „Soweit ich weiß, nicht mehr. Aber ich glaube, das ging nur, weil aus unserer Ehe die Luft raus war. Meine Frau meinte, ich hätte mich zu viel um mich selbst gedreht und meine Aufmerksamkeit nicht mehr auf sie fokussiert. Eine neue Person, die dann zugewandt ist, rüttelt plötzlich auf, macht kritisch und man wagt wieder etwas." Er sah Margarethe an. „Es ist schon komisch, dass wir beide uns bis vor zwei Tagen gar nicht kannten und jetzt solche ernsten Themen besprechen."

Margarethe nickte. „Aber das ist doch schön, wenn man sich öffnen kann, das tut gut. Man sollte das häufiger zulassen."

Sie nahm einen Schluck von dem Wasser, bevor sie weitersprach. „Ich habe an meinem Marktstand eine echte Therapiepraxis. Meine therapeutische Funktion besteht dabei schlicht darin, zuzuhören. Ich muss keine schlauen Dinge sagen, sondern einfach nur da sein und Aufmerksamkeit schenken." Sie lachte. „Und weißt du, ich mache das gern, wundere mich aber jedes Mal wieder, dass die Menschen einander nicht mehr zuhören und immer mehr in die Einsamkeit abrutschen. Uns kann das nicht passieren."

Finn nickte zustimmend und dippte ein Stückchen Weißbrot ins würzige Olivenöl. „Das stimmt, ich bin sehr offen, höre aber auch gern zu. Und ich gebe dir recht. Die Menschen hören einander nicht mehr zu. Das ist fatal. Mir fällt es allerdings auf, dass man hier in Spanien mehr miteinander kommuniziert. Die Leute sitzen an großen Tischen, lachen, haben Spaß, auch schon morgens zum Frühstück."

„Ja, und am Sonntag gibt es immer Familientreffen. Die Mutter kocht und die ganzen erwachsenen Kinder plus Anhang finden sich zur Paella ein. Das ist mehr als ein Mittagessen, es hält die Gesellschaft zusammen."

„Schöne Idee, bei uns fällt sie auseinander."

„Allerdings, ich beobachte das bei den deutschen Residenten. Sie sind einsam und freuen sich, wenn wenigstens mal jemand da ist, der ihnen zuhört und ein paar Worte mit ihnen wechselt. Und wenn es nur das Marktpersonal ist."

„Kommen denn viele Deutsche zu dir?"

„Oh ja, und auch viele ältere Menschen. Sie haben ihre Familie in Deutschland, sind hier allein und eben einsam. Für sie ist ein Marktbesuch mehr als der Einkauf von Obst und Gemüse. Es ist ein Event, weil sie sprechen können, etwas erleben, einfach mal nicht allein sind."

„Ganz schön traurig", stellte Finn fest, lehnte sich zurück und wirkte nachdenklich. „Eigentlich kann jeder etwas dagegen tun. Man muss nur auf Menschen zugehen."

Margarethe seufzte. „Wir haben das doch gut hinbekommen. Wie lange bleibst du denn noch?", wollte sie wissen. „Dein Urlaub ist sicher bald vorbei."

„Stimmt, am Sonntag geht's zurück nach Frankfurt und Montag sitze ich bereits statt auf dem Fahrrad wieder am Schreibtisch." Er sah durch die Scheiben der Glasfront auf das dunkle Meer und die prächtigen Lichter der Promenade und zeigte mit der Hand in den üppig glänzenden Sternenhimmel. „All das hier wird mir mächtig fehlen." Er sah Margarethe an. „Apropos fehlen, sehen wir uns denn noch mal, bevor ich fliege?"

Margarethe war über sich selbst überrascht, denn der Gedanke gefiel ihr – sehr sogar – und sie musste unwillkürlich lächeln. Sie war tatsächlich ernsthaft mal wieder daran interessiert, auf einen Mann einzugehen. Bis auf zwei kurze Affären, die mit ein paar harmlosen Küssen bereits ihren Höhepunkt erreicht hatten, hatte sie in der Zeit hier in Spanien niemanden an sich herangelassen. Zu kompliziert, hatte sie immer geantwortet, wenn sich jemand nach ihrem Beziehungsstatus erkundigt hatte. Dabei vermisste sie schon die Zweisamkeit, gestand sie sich ein. Vor allen Dingen, wenn sie um sich herum ihre Freundinnen in schönen Beziehungen erlebte.

„Gern!", sagte sie deshalb schnell. „Am Samstagabend bin ich zwar in der Regel todmüde, weil dieser Markttag immer sehr anstrengend ist. Aber was soll's. Wir können uns auf jeden Fall sehen."

Finn strahlte zufrieden und sie stießen mit ihren Wassergläsern auf das Wiedersehen an.

„Schande, dass man immer fahren muss", warf Margarethe ein. „Ein Glas Wein hätte ich mir schon gern gegönnt.

Aber wir können uns das nächste Mal ja wieder hier treffen", schlug sie vor. „Dann kannst zumindest du dir einen Wein gönnen. Warum hast du denn heute so enthaltsam gelebt?"

„Allein macht das keinen Spaß. Ein schönes Glas Wein schmeckt nur zu zweit und außerdem ist es auch nicht wichtig. Wichtig ist, dass wir uns sehen." Finn lächelte ihr zu.

Dann spare ich mir so, als Vortester durch die Gassen zu streifen, um uns ein anderes tolles Lokal zu suchen." Er zeigte mit der Hand auf das Ambiente. „Etwas Schöneres gibt es doch vermutlich gar nicht."

Margarethe nickte. „Diese Bar hier ist ein Unikat und nicht zu toppen."

„Allerdings, die Stimmung, der Blick auf das Meer und die Küste einerseits und andererseits auf den Hafen, davon werde ich noch lange träumen. Aber zuerst freue ich mich auf den Samstag."

Als Finn für sie beide bezahlen wollte und nach dem sympathischen Kellner Juan rief, kam Ingo zu ihnen an den Tisch. Er fragte, ob alles in Ordnung gewesen sei, und setzte sich auf Margarethes Bitte hin zu ihnen. Sie stellte Ingo in leuchtenden Farben vor, riet Finn, seinen Rastro zu besuchen, den er in der Nähe betrieb, und auf dem man neben ein paar außergewöhnlichen Snacks auch jede Menge Kunst und Trödel kaufen konnte. „Eine Oase der Schönheiten und Absurditäten" schwärmte sie und Finn sagte zu, sich den Besuch noch vor seinem Abflug nicht entgehen zu lassen. „Das musst du mir versprechen", sagte sie. „Die ganze Anlage ist sehenswert. Es gibt auch wunderschöne kleine Stücke, die du gut mit ins Flugzeug nehmen kannst."

Ingo freute sich offensichtlich über die Wertschätzung von Margarethe, hielt sich aber mit der Eigenwerbung bescheiden zurück.

„Hast du denn immer geöffnet?", fragte Finn nach.

„Nur an zwei Tagen in der Woche, also Freitag und Samstag. Ansonsten möchte ich meine Ruhe", sagte Ingo ehrlich. „Umso mehr freue ich mich dann an den zwei Tagen über Kunden." Er räusperte sich. „Aber auch nur über die netten."

„Und was machst du mit den anderen?", wollte Finn wissen.

Ingo verzog den Mund und machte eine abwertende Bewegung mit der Hand. „Ach, die sehe ich doch gar nicht. Da gucke ich hindurch. Sie sind Luft, nicht da." Und dann kicherte er verschmitzt. „Und Finnilein, das klappt so gut. Das kann ich nur jedem raten. Meine Methode macht happy."

Finn griff nach seinem Handy und hielt Ingo das Display hin. „Zeig mir doch bitte mal, wo dein Trödelrefugium ist. Dann speichere ich das."

Ingo stellte ihm den Standort ein und gab ihm das Handy zurück.

„Warte mal", meinte Finn überrascht. „Das ist ja ganz in der Nähe von Xeraco."

„Stimmt." Ingo nickte. „Aber das ist nur ein bei Touristen beliebtes Badeörtchen."

„Und bei Radfahrern einer der Treffpunkte, mein Lieber. Hier, da gibt es das Café und Restaurant Benedicte, das gehört einem spanischen Tourensieger und dort treffen sich gern die Radler. Warte mal, ich zeige dir etwas." Finn scrollte seine Fotos durch. „Hier, ich war nämlich erst vor ein paar Tagen dort und habe ein paar Aufnahmen gemacht. Besonders beeindruckt haben mich die Räder, die da vor der Tür standen. Alles Meisterwerke."

Margarethe betrachtete das Foto gemeinsam mit Ingo. „Aber dein rotes war doch bestimmt der Hit."

Finn schüttelte den Kopf. „Von wegen, maximal das Mittelfeld."

Er hielt das Display nun so hin, dass Margarethe weiterwischen konnte, und Ingo lehnte sich zu ihr hinüber, damit beide die Fotos ansehen konnten.

„Tatsächlich, da gibt es ja nur Radler", warf Ingo ein.

„Radler ist gut." Finn lachte. „Aber ja, das Publikum ist ziemlich eindeutig radsportinteressiert."

Er steckte sein Handy zurück. „Danke für die Info. Dann weiß ich jetzt jedenfalls, wo ich dich finde."

Als sie schließlich aufbrachen, war es schon weit nach dreiundzwanzig Uhr, und Margarethe bummelte mit Finn noch ein Stück auf der Promenade. Es war ein Wochentag und keine Ferienzeit und deshalb bereits recht leer. Zudem war es etwas kühl und sie zurrte sich den Strickmantel zu. Aber der allmählich kräftig pustende Meereswind tat ihr trotzdem gut, und endlich mal nicht allein, sondern mit einem so attraktiven Mann zusammen zu sein, streichelte ihre Seele. Der Abschied ging schnell. Finn brachte sie zu ihrem Auto und sie sagten sich mit Wangenküssen adieu. Finn nahm ihre beiden Hände in seine. „Es war schön mit dir", sagte er mit fester Stimme. „Ich bin sehr froh, dass wir uns schnell wiedersehen."

Margarethe war plötzlich nervös. Das Alleinsein mit diesem Mann berührte etwas in ihr, aber sie wollte nicht darüber nachdenken. Doch die Aussicht auf ein Wiedersehen fühlte sich sehr gut an.

„Ich freue mich auch", antwortete sie und hatte plötzlich weiche Knie. Sie öffnete schnell die Autotür und rutschte hinter das Lenkrad. „Schlaf gut und genieße morgen die Tour", sagte sie rasch, und als sie die Tür schloss und den Wagen startete, fühlte sie sich ein bisschen wie in Sicherheit. In Sicherheit vor den Gefühlen.

***

„Schön, dass du spontan Zeit hast", rief Margarethe Ina zu, die ihr schon von der Eingangstür aus zuwinkte und sofort hinüber auf den Parkplatz lief, um Margarethe mit Küsschen auf die Wange zu begrüßen. Carlos hüpfte fröhlich hinter ihr her und sagte dem geliebten Gast mit wildem Schwanzwedeln Hallo. „Du, es tut mir so leid, dass unser letztes Treffen in so einem Chaos geendet hat", entschuldigte sich Ina als Erstes. „Heute haben wir wirklich Ruhe. Ich habe den ganzen Nachmittag Zeit. Komm herein, Helga freut sich auch schon auf dich. Sie ist übrigens im Garten und arbeitet an einem Beet. Sage ihr ruhig schnell Hallo."

„Sofort, aber erst einmal begrüße ich den Boss hier", scherzte Margarethe, ging in die Hocke, nahm den Kopf des niedlichen Hundes in die Hände und sah ihm fest in die Augen. „So, mein fleißiger Wachhund. Wie geht es dir denn? Hast du die Finca immer schön im Blick?" Carlos lehnte seinen Kopf gegen Margarethes Hand und ließ sich genüsslich kraulen. Dann gingen sie gemeinsam um das Haus herum, wo Helga mit einer großen Gartenschere hantierte und trockenes Holz aus den Rosen schnitt. Als sie Margarethe sah, legte sie rasch die Schere zur Seite und zog sich die Handschuhe aus, um sie herzlich zu umarmen. „Trinken wir etwas zusammen?", fragte sie gut gelaunt. „Ich kann eine Pause gebrauchen."

„Später, Mama, ich möchte erst etwas mit Margarethe besprechen", lehnte Ina den Vorschlag freundlich ab. „Wir gehen ein bisschen laufen."

„Macht das, ihr Lieben, und wir sehen uns später", meinte Helga und winkte ihnen fröhlich nach, bevor sie sich wieder die Handschuhe anzog und ihre Arbeit fortsetzte.

Margarethe hakte Ina unter und gemeinsam spazierten sie den kleinen Feldweg hinab, der zu einem weitflächigen

Olivenhain führte. Sie liebte diesen Weg besonders. Sie mochte die knorrigen Bäume mit den ausladenden Kronen, weil sie so viel Geschichte hatten und das Sonnenlicht in den verzweigten Ästen so flirrend brach, dass man sich immer ein bisschen abgehoben fühlte.

„Ist denn Sybille zwischenzeitlich angekommen?"

Ina nickte. „Ich weiß gar nicht, ob ich dir jemals mehr von ihr erzählt habe. Sybille ist meine Nachbarin in Paderborn und gute Freundin. Wir kennen uns schon viele Jahre. Sie war gleich für mich da, als ich nach meiner Trennung mit Leonie die neue Doppelhaushälfte bezogen hatte. Wir sind dann schnell richtig vertraut geworden und ich habe ihren Hund Henry, einen zuckersüßen Beagle, gehütet und sie meine Wohnung, wenn ich unterwegs war, und übrigens, bevor ich es vergesse, die habe ich gerade abgegeben."

Margarethe blieb abrupt stehen. „Hast du? Das heißt, du bleibst in Spanien?"

Ina strahlte. „Ja, ich habe meine Bleibe ursprünglich behalten wollen, sozusagen als Hintertürchen, falls es mit Vicente und meinen Leben hier wider Erwarten nicht klappen sollte, aber nun habe ich gedacht, dass das Quatsch ist. Man muss auch zu etwas ‚ja' sagen. Und das habe ich jetzt gemacht. Ich vertraue auf meine Zukunft in Spanien. Der Job bei der Zeitung steht, zumindest im Moment. Der Kanal läuft recht gut, Ingo und ich drehen übrigens weiterhin verstärkt mit Carlos, und meine Arbeit als Wanderführerin läuft auch ordentlich. Ich werde das weiter ausbauen. Außerdem will ich meinen Eltern helfen." Sie lächelte zufrieden. „Das klingt doch perfekt, oder? Da brauche ich keine zusätzliche Sicherheit in Deutschland und schon gar nicht zu dem Preis."

„Und zu Vicente ziehst du doch sowieso bald, oder?"

„Ich wusste, dass du das fragst. Aber da bin ich noch etwas verhalten. Ich möchte nicht sofort so abhängig sein und leider hat Vicente dafür kein Verständnis. Er möchte immer, dass ich bei ihm lebe, und ist ein bisschen gekränkt, weil ich das nicht längst umgesetzt habe. Aber jetzt ist erst einmal sein Sohn Eric da und ich kann mich etwas aus der Schusslinie nehmen."

„Stimmt, vermutlich hast du ihn eigens deshalb hergelockt."

„Nee, nee, er hat seinen Job in Deutschland gekündigt und ist auch für seinen Papa völlig überraschend wieder zurückgekommen. Er war ja in letzter Zeit schon ein paar Mal hier gewesen, aber immer nur für ein paar Tage. Warum er plötzlich wieder fest in Spanien leben will? Keine Ahnung! Doch als dreisprachiger Mathematiker wird er leicht einen Job finden."

„Und warum ist jetzt Sybille da?", nahm Margarethe das Thema wieder auf.

„Ach Sybille!" Ina lächelte. „Sybille hat auf Facebook ihre Jugendliebe wiedergefunden und sich bis über beide Ohren verliebt. Sie hatte während des Studiums eine Beziehung zu einem Musiker und mit ihm eine wilde und offenbar unvergessliche Zeit verbracht. Eine Zeit, die so ganz anders war als ihr Leben heute. Ich weiß nicht, ob ich das schon mal erzählt habe, aber sie arbeitet im Jugendamt, betreut vernachlässigte Kinder und setzt sich wirklich sehr für ihre kleinen Klienten ein. Leichtigkeit sieht anders aus, und wenn ihr alles richtig auf den Kopf fällt, träumt sie sich gern zurück in die Studienzeit, mit diesem Peter, mit dem sie damals die Nacht zum Tag gemacht hatte, verrückte Reisen unternommen hatte, und, und, und. Sie erzählt dann von Tanzen am Strand und Endlosnächten in den Bars, von Gitarre und Romantik. Ich habe das in Paderborn oft erlebt."

Ina sah Margarethe schmunzelnd an. „Was soll man sagen, Jugenderinnerungen eben."

„Und sie ist hier, um dir das alles zu erzählen?"

„Ach so, nein, nein, ich weiß ja schon alles. Du ahnst nicht, wo dieser Peter jetzt lebt – in Dénia, also quasi um die Ecke. Er führt dort eine Bar."

„Wie? Sie besucht ihn dort?"

„Genau, und zwar heute." Ina sah auf die Uhr. „Exakt in diesem Moment. Sie haben sich in seiner Bar verabredet. Sybille ist gestern gelandet, hat den Abend hier mit uns verbracht und ist jetzt vermutlich im Bett mit diesem Peter."

„So schnell?", erkundigte sich Margarethe.

„Nun ja, sie haben sich schon eine Zeit lang geschrieben und Sybille ist wirklich verrückt nach ihm. Du hättest sie gestern erleben müssen, sie war völlig aus dem Häuschen. Sie ist seit einigen Jahren Single und ausgehungert nach Zuwendung. Und Peter ist seit Kurzem geschieden und möchte offenbar auch dringend eine neue Liebe. Ich habe keine Zweifel, dass die beiden heute aufeinander fliegen."

„Und wie hat das angefangen?", wollte Margarethe es ganz genau wissen.

„Also Peter hat sie auf Facebook entdeckt und sich bei ihr gemeldet. Diese Form der Partnersuche ist doch in unserem Alter beliebt. Wenn man frei wird, sieht man sich zuerst wieder in der Vergangenheit um. Getreu nach dem Motto: Da weiß man, was man hat. Wenn man die alten Lover wiederfindet, kann man wunderbar dort anknüpfen, wo man einmal aufgehört hat. Die Jugendliebe-Wiedersehens-Geschichte ist im Trend.

„Oh, ich höre die Journalistin heraus. Du hast dich bereits schlaugemacht.“

„Genau, das ist ein spannendes Thema, weil es so viele in unserer Altersgruppe beschäftigt. Ich plane auch wirklich einen Beitrag darüber!“

„Spannend“, warf Margarethe ein. „Und Sybille und Peter wollen jetzt gucken, ob sie einfach weitermachen, wo sie vor …, lass mich rechnen, circa dreißig Jahren aufgehört haben.“

„Richtig, und ich brenne vor Neugier. Sybille war heute früh so nervös, dass sie die ganze Zeit nur hin- und hergelaufen ist. Helga hatte sich natürlich köstlich amüsiert und ich habe versucht, sie mit Beruhigungstees in der Spur zu halten.“ Schmunzelnd schloss Ina die Augen. „Hoffentlich schläft sie jetzt nicht bei Peter gleich ein“, alberte sie.

„Wer hat denn damals die Beziehung beendet?“

„Peter hat sich getrennt, weil er mit einer anderen offenbar besser tanzen konnte, zumindest hat er das damals so absurd formuliert.“

„Heftig!“, meinte Margarethe. „Und ist er heute immer noch Musiker? Ich meine in seiner Bar?“

„Nein, er hat ja auch irgendetwas mit Sozialarbeit studiert und in Deutschland an einer Schule gearbeitet. Vor zehn Jahren ist er mit seiner Frau nach Spanien gezogen, um eine Bar zu eröffnen, zumindest habe ich das so verstanden. Aber Musik spielte wohl keine Rolle mehr. Ich hoffe, ich bekomme das alles noch so richtig zusammen."

„Und jetzt ist das Wiedersehen, wie romantisch, da wäre ich zu gern dabei." Margarethe träumte sich prompt weg. „Sie steht in der Tür und er hinterm Tresen. Ihre Blicke treffen sich und dann lässt er den Spüllappen fallen und läuft auf sie zu." Margarethe guckte schelmisch. „So?"

„Ja, so ähnlich stelle ich mir das auch vor. Aber bei so einer romantischen Begegnung zwischen Tresen und Bett soll es ja gar nicht bleiben. Sybille hat mir gestern erzählt, dass sie sogar ihren sicheren Job aufgeben und nach Spanien ziehen würde."

„Erst Leonie, jetzt Sybille. Dann fühlst du dich ja bald richtig heimisch hier."

„Abwarten, ich bin nicht so überzeugt davon, dass das so endet", warf Ina ein. „In dreißig Jahren verändert man sich doch. Mit der Jugend geht auch die Leichtigkeit."

„Das stimmt, ich weiß auch nicht, ob man die Gefühle und die Unbeschwertheit von früher per Knopfdruck einfach zurückbekommt", gab Margarethe zu bedenken und dachte schmerzlich an ihre eigene Situation, die sie Ina gleich ausführlich darstellen würde.

„Sybille wird uns berichten und ich freue mich darauf. Ich habe allerdings keine Ahnung, ob und wann sie zurückkommt. Vielleicht ist Sybille so im Liebesrausch, dass sie erst wieder am Tag der Abreise hier auftaucht." Ina schmunzelte. „Du glaubst mir das nicht, aber ich traue ihr das zu. Doch deshalb sind wir heute nicht zusammen", wechselte sie das Thema. „Du wolltest mir die Fortsetzung deiner bewegenden Liebesgeschichte erzählen und das, was dir dabei besonders auf dem Herzen liegt."

Margarethe nickte. Sie öffnete ihre Handtasche und zog einen Umschlag heraus. „Komm, wir setzen uns da drüben hin. Ich möchte sehr gern deine Meinung dazu hören." Sie hakte Ina unter und ging mit ihr zur Bank. „Wir machen es uns hier gemütlich und du liest in Ruhe."

Ina griff nach dem Umschlag und zog den Brief heraus. „Das Schreiben ist jetzt von diesem Mark, dem Pfarrer, richtig?", fragte sie als Erstes, um sicherzugehen. „Er hat übrigens eine sehr schöne Handschrift."

„Oh ja, es ist vieles an ihm schön. Aber das trifft nicht das Problem."

„Okay, dann gib mir bitte etwas Zeit."

Ina lehnte sich zurück und las sorgfältig die Zeilen.

Meine liebe Margarethe, weit mehr als 5000 Tage haben wir uns nicht mehr gehört. Eine lange Zeit der Funkstille, die leider von mir ausgelöst und verursacht worden war …

Ina las ganz in Ruhe weiter und kommentierte nichts. Dann faltete sie die Bögen zusammen, steckte sie sorgfältig in den Umschlag und gab ihn Margarethe zurück.

„Stimmt die Zahl der Tage Margarethe? Hast du das auch so im Kopf, zumindest im Großen und Ganzen?"

Margarethe nickte. „Ja, tatsächlich, die passt. Ich konnte das hochrechnen."

„Dein Mark möchte den Neustart mit dir, das schreibt er ja sehr deutlich. Gut, etwas ausführlich und ziemlich ausgeschmückt, aber der Inhalt ist klar und es liest sich so, als wäre er wirklich überzeugt davon, das Richtige zu tun. Da kann man nicht viel interpretieren. Das ist eindeutig." Sie seufzte. „Die Frage ist jetzt, was du möchtest. Und: Wie kann ich dir dabei helfen?"

Margarethe steckte den Umschlag wieder in die Tasche und lehnte sich auf der Bank zurück und blinzelte in die Sonne.

„Hältst du das für glaubhaft?", fragte sie.

„Nun ja, er schreibt klar, dass er sein Amt aufgeben und mit dir zusammen sein will. Eindeutiger geht es meines Erachtens nicht."

„Gut, aber er schreibt, dass er es aufgeben ‚will‘, nicht, dass er es aufgegeben hat. Das ist ein großer Unterschied. Ich hatte dir ja erzählt, wie oft er mir das schon in unserer gemeinsamen Zeit in Aussicht gestellt hatte."

Ina seufzte bewegt. „Aber ganz ehrlich, er macht doch nicht genauso weiter wie früher. Das wäre etwas zu viel Aufwand, oder?" Sie schüttelte den Kopf. „Nein, das passt nicht. Er schreibt dir doch nicht nach all den Jahren so einen Brief, ohne es nicht auch zu meinen."

„Ich weiß es nicht", warf Margarethe ein und meinte dann fast schon resigniert: „Ich weiß sowieso nichts. In meinem Kopf sind so viele weitere Fragen. Zum Beispiel, geht das gut mit uns? Immerhin haben wir uns mehr als fünfzehn Jahre weder gesehen noch gehört. Jahre, in denen wir uns entwickelt haben, ähnlich wie du es von diesem Peter erzählt hast. Doch wohin haben wir uns entwickelt?

Passt das jetzt noch mit uns? Die reine Absichtserklärung allein gibt keine Antwort."

„Aber Maggi, darauf gibt es sowieso keine Antwort. Da ist jemand, der mit dir zusammen sein möchte, das liest sich glaubhaft. Und wenn du das auch willst, musst du es ausprobieren. Aber wie denkst du hier und jetzt darüber und – vor allen Dingen – was fühlst du?"

„Weißt du, ich habe Mark sehr geliebt und die Trennung war der größte Schock in meinem Leben." Margarethe schluckte und zögerte. Doch wem, wenn nicht ihrer besten Freundin, sollte sie sich anvertrauen? Sie musste jetzt alles offen aussprechen, wollte sie einen hilfreichen Rat bekommen. „Versteh mich, mein Schmerz war damals so groß, dass ich regelrecht aus meinem Leben geflüchtet bin. Und jetzt, nachdem ich mir erfolgreich ein neues Leben ohne ihn aufgebaut habe, kommen diese Zeilen. Ich kann damit nicht umgehen, bin verwirrt und wirklich ratlos. Plötzlich gilt die Trennung nicht mehr und der Herr möchte die Uhr zurückdrehen und dort weitermachen, wo wir aufgehört haben. Und das auch noch mit der gleichen Methode, den ewigen Versprechungen. Als ob das so leicht ginge."

„Bei Sybille scheint es zu gehen", meinte Ina.

„Abwarten, momentan ist sie im Rausch. Das sagst du ja auch."

„Ja klar und es kann alles ganz anders enden. Aber sie probiert es aus. Möchtest du denn Mark wiedersehen?"

„Das weiß ich eben nicht. Es geht mir gut gerade, ich habe sogar jemanden kennengelernt, für den ich mich interessiere."

„Diesen Finn, ich wusste es genau", sagte Ina und schlug die Hand triumphierend auf die Banksitzfläche. „Du hast bisher nichts erzählt, aber du bist eindeutig verliebt, also brauchst du dich doch mit Mark gar nicht mehr aufzuhalten."

„Aber ein Teil in mir möchte ihn wiedersehen, ein anderer sagt, spare dir die Enttäuschung und halte dich nicht mit alten Kamellen auf."

„Spinat und Pilze soll man nicht aufwärmen', sagt der Volksmund. Ich denke, das gilt auch für die Liebe. Sieh mal, bei Sybille ist es quasi die erste große Liebe und die ist ja bekanntlich etwas ganz Besonderes im Leben. Es sind die ersten Erfahrungen mit diesem intensiven Gefühl und die erste enge Bindung. Von ihr ist man besonders geprägt. Und obwohl sie sich Jahrzehnte nicht gesehen haben, denken viele Menschen ab und zu noch an diesen einen Menschen."

Sie setzte sich aufrecht hin und sah Margarethe an. „Ich weiß jetzt, dass du gleich wieder sagen wirst, hier spricht die Journalistin. Aber es ist so. Ich habe mich ein bisschen damit beschäftigt und es ist wirklich ein Trend. Seitdem wir das Netz haben und einfach weltweit nach Menschen suchen können, denken viele nicht nur daran, sondern steigen aktiv ein. Es ist ja so leicht geworden, Menschen aufzustöbern."

„Das berühmte ‚rekindling', also das Wiederaufflammen."

„Ja genau, es ist ein Massenphänomen."

„Und gibt es auch Erkenntnisse, ob das klappt?" Margarethe wurde wirklich neugierig.

„Ja, ich habe gelesen, dass frühe emotionale Erlebnisse im Gehirn besonders intensiv gespeichert sind und deshalb spezielle Erinnerungen in uns auslösen." Sie sah Margarethe an. „Stell dir vor, dass diese Person noch die Eltern, das Umfeld, alle Jugendkontakte kennt und meistens auch geteilt hat. Das ist etwas ganz Besonderes und da kann ein späterer Partner nicht mithalten."

„Ist das bei Sybille so?"

„Allerdings! Peter war sogar der beste Freund ihres verstorbenen Bruders. So etwas verbindet."

Margarethe erkannte ihre eigenen Überlegungen wieder.

„Und wenn man dann eine Scheidung erlebt", fuhr Ina fort, „oder zu lange vergeblich auf der Suche nach einem Partner ist, wie zum Beispiel Sybille, tendieren Menschen dazu, sich auf einen Partner einlassen zu wollen, der einem vertraut ist."

„Das verstehe ich gut." Margarethe nickte. „Man ist nach Trennungen besonders unsicher und verletzt und möchte Sicherheit."

„Genau, und dann kramt man in seinen Erinnerungen und kommt – wie Peter – auf Sybille."

Margarethe zupfte an einem Halm vor der Bank. „Ja, aber wir verklären doch diese Zeit, sehen sie rückblickend rosarot und vergessen, dass es auch damals Probleme und negative Erfahrungen gegeben hat, glaubst du nicht?"

„Ganz bestimmt, aber das blenden wir aus", sagte Ina. „Die Erinnerung spielt uns einen Streich. Wir sehen nur die schönen Momente und guten Zeiten."

„Das heißt aber, dass ein Wiedersehen auch negativ sein kann, vielleicht gerade, wenn man vom Ex-Partner verletzt oder abgeschoben worden ist. Alte Wunden reißen auf. Glaubst du das nicht?" Margarethe lehnte sich zurück.

„Doch, genau, zumindest sagen es so die Experten. Und dann merkt man wieder, dass in den Volksweisheiten ganz viel Wahrheit steckt."

„Spinat und Pilze soll man nicht aufwärmen", sagten sie gleichzeitig und mussten lachen.

„Ja, und was hältst du von ‚alte Liebe rostet nicht'?", fragte Margarethe.

„Das passt auch. Ach, wer weiß das überhaupt. Es geht um den Einzelfall und man kann sich nicht festlegen." Ina lächelte.

„Zum Glück sind ja bei Sybille beide frei. Schlimm ist es doch, wenn man im ersten Rausch gleich aus der Ehe läuft und ganze Familien einreißt."

„Das stimmt und laut Netz ist das gar nicht so ungewöhnlich."

Margarethe räusperte sich. „Und was meinst du? In welches Klischee passe ich?"

Ina seufzte. „Ich denke, in keines. Sieh mal, ihr beide wart ja viel älter und Mark war nicht dein erster Mann. Und wie du gesagt hast, warst du auch nicht die erste Liebe für ihn. Ihr hattet schon eine Jugendliebe und die ersten Erfahrungen mit anderen gemacht. Ich glaube, das ist ein großer Unterschied."

„Aber nur teilweise. Liebe ist Liebe und jung waren wir auch", hielt Margarethe fast schon eine Spur trotzig dagegen.

„Das stimmt, eine große Liebe verbindet euch. Ihr kennt euch gut, habt gemeinsame Erinnerungen an starke

Gefühle, aber eben auch an eine enorme Enttäuschung. Und deshalb muss man fragen: Vertraut ihr euch noch? Das ist ja das aktuelle Problem."

Ina brachte das Dilemma auf den Punkt und Margarethe schwieg einen Moment, sah zu dem besonders knorrig verdrehten Olivenbaum neben der Bank. Wie viele Gespräche hatten in den bestimmt zweihundert Jahren seines Baumlebens in seinem Schatten schon stattgefunden? „Genau das ist mein Problem. Wir haben uns wunderbar verstanden, es hat bestens mit uns funktioniert, aber dann hat Mark seine Versprechungen nicht gehalten und seine Liebesschwüre waren nichts mehr wert. Es gibt alte Verletzungen, vielleicht sogar offene Rechnungen. Ich bin misstrauisch und werde es möglicherweise auch bleiben. Das stört natürlich das erneute tiefere Einlassen auf einen Menschen."

„Das ist richtig. Die Seele kann verzeihen, aber zumeist nicht vergessen", versuchte Ina zu erklären.

„Ich glaube, das ist auch die größte Hürde bei den, ich sage mal flapsig ‚aufgewärmten' Beziehungen. Diejenige Person, die verlassen wurde, muss wieder Vertrauen gewinnen. Vergessen können ist dabei wohl die größte Herausforderung, denn eine Trennung geht ja nicht liebevoll, sondern rau vonstatten."

„Wie war es denn bei dir?", wollte Ina wissen.

„Schon ruppig, und eben für mich auch sehr enttäuschend, weil Mark genau das, was er immer gesagt hat, plötzlich nicht mehr wollte, und mich quasi für sein Amt geopfert hat."

„Also hast du eine Trennungswunde und die muss geheilt werden. Aber das ist die Aufgabe von beiden. Ihr müsst gemeinsam einen Weg finden und das, woran die Beziehung schon einmal gescheitert ist, aus der Welt räumen. Was das ist, ist ja bei euch klar: Du willst das klare Bekenntnis zur Partnerschaft und damit die Absage zur Kirche, richtig?"

„Genau, denn dass er das nicht gemacht hat, hat ja zur Trennung geführt."

„Du hast Mark danach in eine Schublade gesteckt, auf der steht: Nicht vertrauenswürdig und unzuverlässig. Da steckt er jetzt seit vielen Jahren drin und da muss er wieder heraus."

„Kann das gehen?"

„Ich glaube schon, wenn du das willst. Willst du?"

Margarethe blieb der Freundin die Antwort schuldig. „Weißt du, ich weiß genau das nicht. Er will sein Amt aufgeben, wenn ich ihn will, und ich habe momentan keine Ahnung, ob ich ihn noch will. So viele Jahre sind vergangen, wie kann ich da wissen, ob es noch bei uns beiden kribbelt, die Gefühle unverändert stark wiederkommen. Er würde sicher nicht sein Amt aufgeben, wenn ich künftig keine Rolle in seinem Leben spiele. Die Katze beißt sich in den Schwanz, wie man so schön sagt. Ich weiß keine Lösung für mein Problem. Was ich aber weiß, ist, dass ich Zeit brauche."

Sie sah Ina an. „Du bist eine wunderbar kluge Gesprächspartnerin. Danke dafür. Jetzt muss ich das Gesagte erst mal sacken lassen." Sie nahm ihre Hand. „Komm, lass uns mal zu Helga gehen. Ich trinke noch einen Saft mit euch und dann werde ich nachdenken. Ich weiß nämlich wirklich nicht, was ich will. Eigentlich ist mein Leben schön und ich mag nicht zulassen, dass sich jetzt wieder ein Schatten darauf legt.“

***

Für heute reichte es, dachte Margarethe, als sie von der Straße aus Richtung Barx kommend in einen schmalen Feldweg einbog. Sie freute sich auf ihr Zuhause, ein kaltes Getränk, einen leichten Film. Sie brauchte Ruhe und Zeit zum Nachdenken.

Ihre Finca lag malerisch auf einer kleinen Anhöhe und war jetzt umhüllt von der späten Nachmittagssonne. Das weiß gestrichene Haupthaus schimmerte golden, die letzten Sonnenstrahlen tanzten auf den weiten Plantagen und spielten mit den Blättern der Olivenbäume. Sie liebte dieses Stück Erde. Es war ihre Heimat und sie konnte sich nichts vorstellen, was sie jemals von hier wegbringen könnte. Das hier war ihr Zuhause und sollte es um jeden Preis auch bleiben.

Was war das? Margarethe wunderte sich, dass vor ihrem Eingang ein weißer Kleinwagen parkte. Sie sah auf die Uhr. Ihre Mitarbeiter auf der Finca hatten längst Feierabend und niemand von ihnen fuhr so ein Fahrzeug. Vielleicht jemand, der direkt vor Ort einkaufen wollte? Margarethe bot diese Einkaufsmöglichkeit nicht an, sondern lieferte nur aus, beziehungsweise verkaufte ihre Produkte am Marktstand, aber trotzdem kam es vor, dass gerade

Touristen vorfuhren, weil sie einen Hofverkauf erwarteten. Sie müsste sie jetzt leider enttäuschen.

Margarethe parkte ihren Lieferwagen direkt neben dem unbekannten Fahrzeug, stieg beherzt aus und wunderte sich, dass sie keine Besucher entdeckte. So dreist, durch die Plantagen zu laufen, konnten sie ja nicht sein, war sie sich sicher.

Ach nee, durchzuckte es Margarethe. Zumindest ein Kunde hatte es sich auf ihrer Bank auf der Terrasse gemütlich gemacht. Aber sie würde ihm jetzt nicht mehr das Kühlhaus öffnen. Die Chance, um diese Uhrzeit Biogemüse zu kaufen, war vertan.

„Hey", rief sie schon von Weitem. „Uns gibt es morgen wieder auf dem Markt in Simat." Sie lächelte freundlich und fühlte sich auch ein bisschen geschmeichelt, so gefragt zu sein. Aber … Margarethe blieb stehen. Das konnte doch nicht sein … Sie erschrak und ihr ganzer Körper bebte. Der Besucher auf der Bank war ein Mann und es war … ja … es gab keinen Zweifel. Es war Mark!

Sie sah, dass er aufstand und langsam auf sie zukam. Er schien kaum gealtert zu sein. Margarethe erkannte denselben sportlichen Gang, die aufrechte Haltung und, je näher er kam, auch das verschmitzte Lächeln. Sein Haar war grau geworden und er trug es länger als damals. Ein paar Strähnen fielen ihm ins Gesicht und Margarethe fand, dass ihm das sehr gut stand. Wie angewurzelt blieb sie stehen. Ihre rechte Hand umklammerte wie von selbst ihre Umhängetasche und ihr Arm krampfte bereits. So hatte sie sich ihr Wiedersehen nach mehr als fünfzehn Jahren nun wirklich nicht vorgestellt, und ihr Herz schlug so schnell, dass sie einen Moment glaubte, das Bewusstsein zu verlieren.

Und dann stand er vor ihr. Mark, der Mann, mit dem sie sich alles hatte vorstellen können, der ihr ganzes Leben durcheinandergewirbelt und ihr so sehr zugesetzt hatte, dass sie nichts mehr wollte, als weit entfernt zu sein. Alles begann sich um sie herumzudrehen. Sie wollte sich festhalten, wusste aber nicht wo. Automatisch stellte sie ihre Füße weiter auseinander, um einen festen Stand zu haben, und konzentrierte sich auf ihre Atmung. Das Drehen ließ nach.

„Verzeih, dass ich dich so überfalle", sagte er in seiner wie immer sehr lebhaften Art und strich sich dabei mit der Hand ganz lässig das längere Haar aus dem Gesicht.

Margarethe gefiel das. Es gab ihm, dem ordentlichen Pfarrer, eine Portion Verwegenheit.

„Aber ich wollte dich unbedingt sehen und habe es gewagt, einfach zu kommen."

„Wie geht es dir?", fragte Margarethe. Meine Güte, klang das doof, stellte sie bereits während der Frage fest. Ihre Gedanken mussten heraus – jetzt sofort: „Also, warum bist du schon hier? Du hast mir doch geschrieben, dass ich mich melden sollte."

„Ich weiß, aber es dauerte mir zu lange", sagte er völlig ruhig.

„Zu lange?", fragte Margarethe ungläubig. „Es waren ein paar Tage."

„Die können auch zu lang sein", entgegnete er ausweichend. „Ich habe einfach meine Pläne geändert."

Er hatte also Pläne, sie wurde nicht gefragt und er überfiel sie hier einfach so. Zorn kam in ihr auf. „Welche Pläne?", fragte sie mit aller ihr möglichen Ruhe in der Stimme nach.

„Das erkläre ich dir später", wich er erneut aus.

Sie konnte ihn wohl schlecht vor dem Haus stehen lassen. „Komm, lass uns reingehen. Es ist draußen zu frisch", fing sie sich rasch wieder und ging mit einem ziemlich staksigen Gang die Stufen hoch. Sie wollte möglichst cool und beherrscht wirken, aber das schien ihr gerade überhaupt nicht zu gelingen. Warum sie sich so ungeschickt aufführte? Sie hatte keine Erklärung. Im Vorbeigehen roch sie Marks Körper und fühlte sich wie vom Blitz getroffen. Verdammt, es gab sie noch, diese Anziehung, die damals in all den gemeinsamen Jahren die Beziehung bestimmt hatte, und ihr bis eben aufgewallter Zorn löste sich schneller auf als Nebel in der Sonne. Sie waren damals heiß aufeinander gewesen, wie man so flapsig sagte, und das schien zumindest bei ihr auch heute noch so zu sein.

Margarethe schloss die Eingangstür auf und bat Mark, mitzukommen. „Ich mache uns gleich einen Snack, zeige dir vorher aber noch schnell, wie ich wohne." Sie sah sich zu ihm um, und als sich ihre Blicke trafen, war da eine ganz tiefe Vertrautheit zwischen ihnen. Es war, als hätte es die fünfzehn Jahre der Trennung und den Schmerz bei Ende der Beziehung nicht gegeben und sie wären gerade zusammen ins Pfarrhaus gekommen. Es war verrückt, aber sie empfand sofort wieder diese reizvolle Heimlichkeit, mit der sie all die Jahre gelebt hatte. Man durfte sie nicht sehen, das war in ihr Gehirn eingebrannt, und das Verbotene hatte eine ganz besondere Erotik.

„Du wohnst wunderschön", sagte Mark, als er durch Margarethes Wohnraum und das anschließende Esszimmer ging. „Ich liebe diesen Mittelmeerstil. So leicht, mit viel Korb und hellem Holz. Es ist sehr ansprechend."

Er lachte sie an. „Ganz anders als in meinem dunklen Pfarrhaus und deinem noch dunkleren Kloster."

Margarethe nickte, während sie den großzügigen Getränkeschrank öffnete, dann aber zögerte. „Ich mag dir keinen Alkohol anbieten, aber einen frischen Saft habe ich da und auch noch einen Salat. Magst du?"

Mark nickte. „Sehr gern, kann ich dir helfen?"

„So wie früher?", fragte sie und wunderte sich, dass sie sich jetzt doch locker und gut in seiner Nähe fühlte. Sie zeigte Mark das Geschirr und die Gläser und bat ihn, alles auf den Esstisch zu stellen. Sie beobachtete ihn aus den Augenwinkeln. Er sah gut aus, war in Jeans und Shirt lässig gekleidet. Klar, sein Haar war grauer und ein paar Kilo Gewicht mehr hatte er auch. Aber der federnde Gang, die lebhaften Bewegungen, das war alles noch so wie damals.

„Wo hast du das Besteck?", fragte Mark viel zu vertraut und Margarethe schwankte zwischen Freude und Wut über sein in ihren Augen viel zu unbekümmertes Verhalten. Aber das schützte sie nicht vor der allzu präsenten Erinnerung. Unzählige Male hatten sie gemeinsam die Küchenarbeit gemacht, denn sie hatten nur zusammen sein können, wenn die Haushälterin freigehabt hatte. Sie hatten dann gern gekocht, gemeinsam gelesen, diskutiert, Predigten verfasst, Feste vorbereitet und sich stundenlang geliebt. Die Körperlichkeit war trotz aller geistlichen Verbundenheit immer ein ganz großes Bindeglied zwischen ihnen gewesen.

Und während sie den Saft presste und aus ihrem Gemüse schnell einen Salat schnippelte und mit einem herrlich würzigen Olivenöl und viel Knoblauch anrichtete, stellte sich Mark zu ihr und berichtete von seinen Plänen.

„Ich möchte den Jakobsweg laufen, zumindest ein Stück davon", erzählte er. „Davon träume ich schon seit Jahren und jetzt, mit Mitte fünfzig, möchte ich meine Träume nicht nur träumen, sondern auch leben."

„Oh, deshalb bist du also hier", meinte Margarethe, schalt sich innerlich für ihre körperliche Reaktion auf ihn und hoffte, dass er ihre Enttäuschung nicht herausgehört hatte.

„Ich bin wegen dir hier", sagte Mark schnörkellos. „Dich zurückzuerobern, ist mein wichtigster Traum, den ich realisieren möchte. Aber das habe ich dir ja alles schon geschrieben. Ich werde mein Amt aufgeben. Die Wanderung dient nur dazu, die Zeit zu überbrücken. Du sollst dich nicht bedrängt fühlen."

Margarethe stand mit der großen Salatschüssel in der Hand vor ihm und sah ihn überrascht an. „Muss ich das verstehen?"

Mark nickte. „Ja, das solltest du. Du siehst übrigens hervorragend aus. Das lange dunkle Haar steht dir."

„Und die vielen Pfunde mehr auch?"

„In meinen Augen ja. Aber du erinnerst dich, dass das schon damals immer ein Gespräch zwischen uns war. Du wolltest so gern spindeldürr sein, hast darüber gejammert und ich fand dich immer perfekt."

„Damals war ich dünn, du verunglückter Charmeur", meinte Margarethe. „Ich habe auch nie gejammert, ich wollte nur schlank bleiben."

„Und das ist dir gelungen!"

„Von wegen, ich habe mir hier ein paar Pfunde zu viel angegessen, aber ganz gesunde", meinte sie augenzwinkernd.

Mark setzte sich an den Esstisch und schmunzelte. „Gesunde Pfunde, das habe ich noch nie gehört. Doch als Chefin einer Bio-Finca geht es ja gar nicht anders."

„Doch, wenn man auf das gute bayerische Bier nicht verzichten mag und sich ab und zu eins gönnt." Margarethe stellte die Salatschüssel ab und nahm ihm gegenüber Platz.

Mark sah sie vielsagend an. „Bier? Wollen wir? Eins ist möglich."

„Na gut, bei einem Wiedersehen von zwei Franken geht es ja nicht anders."

Sie ging rasch in die Küche, holte zwei Flaschen heraus, die sie am Tisch öffnete und in jeweils ein echtes heimisches Bierglas gab.

Sie reichte Mark das Getränk. „Na, dann Prost und auf unser Wiedersehen. Und jetzt hole ich uns noch etwas Brot und Olivenöl."

„Du hast doch meinen Brief gelesen?", fragte Mark, als sich Margarethe wieder zu ihm gesetzt hatte und ihm gerade den Brotkorb zuschob.

„Ja, allerdings, aber sorry, ich war schon baff, dass ich nach all den Jahren etwas von dir zu lesen bekam."

„Und, wie stehst du zu dem Inhalt?"

Im Brief wollte er ihr Zeit lassen und hatte es ihr überlassen, sich zu melden, dann tauchte er einfach auf und nun sollte sie eine Antwort parat haben? Er schien offensichtlich sehr ungeduldig zu sein. Margarethe sah kurz zu Boden, bevor sie ihm antwortete. „Ich sage dir das später, es ist alles etwas viel im Moment."

Mark beugte sich nach vorn und griff nach ihrer Hand. Margarethe ließ es geschehen, spürte dabei in sich hinein. Was fühlte sie? Die Frage konnte sie sich leicht beantworten: Pure Anziehung!

„Du hast recht", meinte Mark, zog die Hand schnell wieder zurück und griff stattdessen nach einer Scheibe Weißbrot. „Wir können später über alles reden und ich habe kein Recht, dich unangemeldet zu überfallen. Ich wollte dich einfach nur sehen und bin deshalb hier herausgefahren, quasi auf gut Glück."

„Wann geht denn die Wanderung los?"

„Morgen! Ich fliege früh nach La Coruña und wandere auf dem Camino Inglés dann allein los. Das war mir wichtig. Ich war zwar in den ganzen letzten Jahren sehr, sehr einsam, weil ich keinen Menschen bei mir hatte, den ich lieben konnte, aber nie allein. Die Einsamkeit will ich nicht mehr, das Alleinsein jedoch schon. Es ist wichtig, um zur Ruhe zu kommen, Gedanken zu ordnen, sich zu finden."

„Wie lange willst du denn wandern?"

„Eine Woche, dann bin ich zurück in Gandia, und wenn du es zulässt, würde ich dich nach meiner Rückkehr gern wieder besuchen, dieses Mal auch angemeldet." Er lachte. „Ich überfalle sonst keine Frauen bei sich zu Hause!"

Mit jeder Minute ihm gegenüber kam eine Leichtigkeit in Margarethe zurück und verdrängte mehr und mehr den Schmerz der Erinnerung, sodass sie sogar scherzen konnte: „Das hoffe ich sehr, Herr Pfarrer, sonst müsste ich mich an den Bischof wenden."

„Zu Recht", gab er grinsend zurück. „Aber ich belästige ja immer dieselbe Frau, was er sicher auch nicht gut finden würde. Doch das kann mir ja bald völlig egal sein."

Er hatte also nie mehr eine Frau nach ihr gehabt? Konnte sie das glauben? Und noch viel wichtiger: Konnte sie seinem Versprechen aus dem Brief trauen? Zumindest seine letzte Bemerkung passte ja dazu. „Du wirkst entschlossen. Und was kommt danach?"

„Das hängt von deiner Antwort ab!"

„Und wie sollte die in deinen kühnsten Träumen aussehen?"

Er legte sein Besteck zur Seite, nahm einen Schluck von dem Bier und sah Margarethe an. „Hör mal, Maggi, wenn ich das noch sagen darf, ich habe meine damalige Entscheidung, gegen dich und für das Amt, mehr als fünfzehn Jahre lang bereut. Ich bin nicht einen Abend nach Hause gekommen, ohne dich zu vermissen, aber ich habe gedacht, dass ich das unserem Herrgott schuldig bin, und habe durchgehalten. Da war also ausreichend Zeit, mir mein neues Leben zu überlegen. Ich will ein anderes. Das alte werde ich nicht mehr weiterführen und mit Gott bin ich im Reinen. Ich werde mein Amt aufgeben und möchte mit der Frau leben, die ich früher sehr geliebt habe und auch heute noch sehr liebe."

Warum erst jetzt?, fragte sich Margarethe. So viele vergeudete Jahre. Jahre, in denen Menschen sich veränderten – in denen sie sich verändert hatte. „Du hast mich lange nicht gesehen. Woher weißt du das?"

„Die Frage ist berechtigt. Ich fühle so. Letztlich können wir beide das erst wissen, wenn wir es ausprobiert haben."

Margarethe presste kurz die Lippen aufeinander. So einfach machte er sich das, und warum auch sollte es heute anders sein als damals. „Und ich mal wieder mit gebrochenem Herzen zurückbleibe, weil du es dann doch ganz anders siehst. Das hatten wir ja schon mal."

„Stimmt, das hatten wir schon mal und einmal ist genug."

Er fasste über den Tisch erneut nach ihrer Hand. „Ich kann nicht mehr sagen, als dass ich es ernst meine, absolut ernst. Denn Rest musst du entscheiden. Aber Liebe ist immer mit Risiken verbunden. Das weißt du genauso gut wie ich."

„Das Ergebnis können Leid, Schmerzen und ein gebrochenes Herz sein. Weißt du eigentlich, wie schlimm sich das anfühlt?"

Mit dem Daumen streichelte er über ihren Handrücken. „Aber es gibt keine Sicherheit in der Liebe. Man muss vertrauen und sich trauen. Sonst geht es nicht."

„Und was machen die mit den verbrannten Fingern?"

„An das Gute glauben. Wer nicht glaubt, hat verloren, das wissen wir beide in einem anderen Kontext genau."

Mark räusperte sich. „Ich vertraue darauf, dass du die richtige Entscheidung für uns triffst. Dazu lasse ich dich in Ruhe und gehe wandern."

Er sah sie an, fast schon jungenhaft unbedarft. „Der Salat ist großartig. Darf ich noch ein wenig davon?"

„Du möchtest vom Thema ablenken", stellte Margarethe lächelnd fest. „Ja klar, komm, ich weiß ja, was du besonders magst. Daran hat sich bestimmt nichts geändert."

Sie legte ihm bewusst mehr Paprika und Auberginen, die er so liebte, auf den Teller und fasste sich überrascht an den Kopf. „Ach, ich habe ja noch das leckere Gemüse von gestern Abend, das hole ich dir schnell. Du wirst es lieben."

Margarethe verschwand kurz in der Küche und kam dann mit einem großen Teller mit gebratenen, kalten Zucchinischeiben zurück und stellte eine Joghurtcreme mit Knoblauch dazu.

„Für dich, du Gourmet", sagte sie fast schon liebevoll und war selbst überrascht, wie zugewandt sie war. Aber obwohl sich etwas in ihr wehrte, genoss sie seine Gesellschaft sehr. Doch in ihrem Inneren tobte ein Kampf. Einerseits mochte sie seine forsche, fast schon unbekümmerte Art, mit der er hier aufgetaucht war, andererseits machte es sie jedoch fassungslos und wütend, dass er so mit ihr umging. Sie fühlte sich überrumpelt und nicht wertgeschätzt. Aber wenn sie daran dachte, wie verantwortungsvoll und werteorientiert er immer gelebt und gehandelt hatte, relativierte sich alles. Er war nicht jemand, der mit Menschen spielte und Gefühle auf die leichte Schulter nahm. Er kümmerte sich aufopferungsvoll um andere, bewegte für sie alles, was möglich war. Ein Mann, der für alle ein Fels war. Nur in einem Punkt war er selbst ins Schwanken geraten: als es sich um sein Amt gedreht hatte. Das hatte er schließlich geklärt. Jetzt hier aufzutauchen, nach all den Jahren, und diese Rolle rückwärts sogar schriftlich anzukündigen, das musste er ernst meinen. Doch wie sie wirklich dazu stand, nein, das wusste sie beim besten Willen noch nicht. Zumal jetzt ein weiterer Mann mitspielte, der ihr überraschend schnell viel zu nah gekommen war. In ihr bebte alles, auch, weil sie überhaupt keine Lösung sah. Aber sie wollte sich die innere Anspannung nicht anmerken lassen und versuchte, sich in der Situation genauso heiter und unbekümmert zu geben, wie Mark es tat.

Er blieb insgesamt gut zwei Stunden, doch sie redeten nicht mehr über sich, sondern gingen vielmehr die einzelnen Freunde durch, erzählten sich aus ihren vergangenen Leben und von ihren Wünschen. Und New York, ja, das war bei beiden noch ein riesengroßes Thema.

„Wenn du mich willst, ist das unsere erste Reise", versprach er, aber Margarethe ging nicht darauf ein. Sie wollte keine Wolkenkuckucksheime bauen.

Als Mark aufbrechen wollte, hielt sie ihn nicht zurück, im Gegenteil, sie war erleichtert. Sie spürte, dass sie Zeit brauchte, um mit der neuen Situation umgehen zu können. Wenn sie nur auf die Lust hören würde, wusste sie genau, was sie jetzt am liebsten täte: ihn an den Händen nehmen und ins Schlafzimmer führen. Sie konnte sich wirklich nur zu gut vorstellen, mit diesem Mann ins Bett zu gehen und am liebsten nie mehr aufzustehen. Aber die Erotik war nur eine Seite. Es gab noch ihr Herz und ihren Kopf und beide sagten: Pass auf dich auf und lass ihn ziehen, zumindest jetzt.

KAPITEL 3

Ein Mann kommt selten allein ... und dann
bricht meist der Wahnsinn aus

Noch zwölf Belege, dann war die Buchführung für diese Woche erledigt und Margarethe konnte einen dicken Schlussstrich unter die wenig geliebte Aufgabe ziehen. Noch waren die Umsatzzahlen besser als gedacht. Doch sie musste ein Auge darauf haben. Zufrieden sah sie auf die Uhr. Es war Samstagnachmittag, für heute hatte sie frei und morgen war sowieso der ersehnte Ruhetag. Die Woche war richtig hart gewesen und das hatte am wenigsten an der Arbeit, sondern viel mehr an ihrem turbulenten Privatleben gelegen. Sie heftete die letzten Zettel ab, klappte den Ordner zu und schloss die Augen. „Geschafft!", seufzte sie leise und genoss ein paar ruhige Atemzüge. In der Küche wärmte sie sich etwas Gemüse auf und setzte sich damit an den Esstisch. Eine halbe Stunde Durchatmen brauchte sie jetzt, denn heute Abend erwarteten sie noch aufregende Stunden.

Pling! Eine Nachricht holte sie aus den Gedanken. Finn hatte geschrieben. „Magst du Griechisch? Ich habe ein

Lokal entdeckt, das ich gern mal ausprobieren möchte. Was meinst du?"

Margarethe lächelte. Warum sollte sie nicht mit einem sympathischen Mann ausgehen, der ihr gut gefiel. Wegen Mark? Einem Mann, der nach fünfzehn Jahren Funkstille auf Stippvisite vorbeigekommen war? Nein!

„Klar, Ingo kommt auch ohne uns zurecht und ich liebe griechisches Essen, gerade das von Kostas. Deine ‚Entdeckung' ist mir bestens vertraut", tippte sie eilig mit einem Smiley ins Handy. „Ich bin um 20 Uhr am Parkplatz am Hafen von Gandia."

Margarethe lehnte sich zufrieden zurück. Sie war stolz auf sich, dass sie nicht einfach in die Unvergessene-Liebe-Falle getappt war, sondern, wie alle empfahlen, einen kühlen Kopf bewahrt hatte.

Die restliche Zeit bis zur Abfahrt verging mit der Auswahl der richtigen Kleidung. Immerhin war es schon das zweite Date mit Finn. Da wollte sie auch äußerlich punkten. Nach einigem Hin und Her entschied sie sich für einen hellblauen Hosenanzug mit passendem Wolltuch, alles farbgleich, so wie sie es liebte. Sie kombinierte den Anzug mit nougatfarbenen Sneakern und Modeschmuck aus Kork, natürlich ein Tipp aus einem Video von Inas Kanal. Sie freute sich auf Finn und einen schönen Abend mit anschließendem Spaziergang auf der Promenade, bei dem es ruhig ein bisschen zwischen ihnen kribbeln durfte. Schade, dass Finn morgen wieder zurück in die Heimat musste. Aber ein Flug Frankfurt-Valencia war ja wirklich kein Hindernis. Jahrelang hatte sie den Gedanken an eine neue Partnerschaft nicht an sich herangelassen, sich arrangiert. Doch jetzt spürte Margarethe, dass es Zeit war, neue Wege zu gehen, und das lag nicht an dem Brief, sondern vielmehr an der Tatsache, dass ihr die Einsamkeit zu oft auf der Seele lag. Seitdem auch ihr Bruder Georg frisch gebunden war, kam sie sich zunehmend verloren vor.

***

„Mittlerweile bin ich ja Stammgast", ulkte Margarethe, als sie Ina im Wohnzimmer der kleinen Finca überraschte. „Ich bin auf dem Weg nach Gandia und wollte dich bloß noch mal kurz sehen." Sie hatte zwar geklingelt, aber da niemand geöffnet hatte und Inas Auto vor der Tür stand, war sie einfach um das Gebäude herumgegangen und durch die Hintertür ins Haus gekommen. Als gute Freundin erlaubte sie sich diese Freiheit.

Ina saß in einem gemütlichen Sessel und schien in Gedanken versunken gewesen zu sein, denn sie schreckte richtig auf, als sie Margarethe sah.

„Huch, wie schön, dass du hier bist! Das ist aber eine gute Idee, mich zu besuchen." Sie stand auf und zog einen weiteren Sessel heran. „Komm, setz dich zu mir, bitte. Denn heute brauche ich mal deinen Rat."

„Wo ist denn der Rest der Familie?", wollte Margarethe wissen.

„Meine Eltern sind unterwegs auf einer Immobilientour. Es gibt neue Projekte."

Margarethe erschrak, als Ina sie ansah, denn ihre Freundin hatte richtige Augenringe und wirkte alles andere als glücklich. Sie legte ihre Tasche ab und setzte sich zu ihr in den bereitgestellten Sessel.

„Hast du auch eine Jugendliebe, die sich gemeldet hat?", wollte Margarethe die Situation entspannen, fand ihren Scherz dann aber selbst unpassend.

„Nee, ich habe ganz andere Probleme. Sybille geht es übrigens nicht so gut wie erwartet. Sie hat vorhin ein wenig gejammert und ist jetzt beim Shoppen."

„Oh, und woran liegt es?"

„Ich weiß es nicht genau. Etwas scheint sie sehr zu beschäftigen. Jedenfalls ist sie in Valencia und kauft sich ein schickes Outfit, um ihrem Peter die Sinne zu betören. Er will mit ihr eine Disconacht verbringen, so wie früher, und durchmachen bis zum Morgengrauen, und dafür braucht sie etwas, na sagen wir mal Luftiges."

„Wow, es ist ja richtig spannend bei euch."

Ina setzte sich ganz aufrecht hin, bevor sie weitersprach. „Spannend würde ich das nicht nennen. Ich finde es irgendwie nur noch schräg." Sie schüttelte den Kopf und schien sich richtig Sorgen zu machen.

„Sybille wird einen Weg finden, aber was ist mit dir los?", fragte Margarethe direkt.

Ina seufzte. „Du weißt ja, dass Eric, Vicentes Sohn da ist", ging sie sofort darauf ein. „Wenn du noch etwas Zeit hast, kannst du übrigens selber mit ihm sprechen. Er kommt gleich."

„Verstehst du dich mit ihm?", wich Margarethe aus.

„Ja sehr gut sogar, er ist ein freundlicher, gutaussehender, intelligenter junger Mann."

„Und wo ist jetzt das Problem?", fragte Margarethe.

„Dass er sich offenbar in meine Tochter Leonie verliebt hat."

„In Leonie? Was haben wir denn da verpasst?"

„Alles, es ist wohl eine Blitzliebe. Als ich meine letzte Dreitageswanderung hatte, du erinnerst dich, da war Eric mal kurz bei seinem Vater zu Besuch und hat in der Zeit offenbar Leonie getroffen, als sie sich bei Vicente etwas ausleihen wollte. Ich habe das nicht mitbekommen, ich war ja unterwegs."

„Leo und Eric, aber das ist doch süß."

„Süß? Leo ist längst kein Teenie mehr. Eric ist zwar nur ein paar Jahre älter, doch eine Verbindung ist in meinen Augen unglücklich."

Ina strich unruhig mit der Handfläche über die Lehne und wischte zwei kleine Fusseln weg. „Ich verstehe das alles nicht. Leonie soll sich auf ihren Job in Valencia konzentrieren. Sie hat sich doch noch gar nicht richtig eingelebt. Und Eric hätte sich um seinen Job in Frankfurt kümmern sollen. Jetzt hat er gekündigt, lebt bei Papa, und mittlerweile weiß ich auch, warum."

Margarethe schüttelte den Kopf. „Etwa wegen Leonie? Das ist ja etwas überstürzt!"

„Allerdings, aber das sieht tatsächlich so aus. Ich finde das unmöglich. Die haben sich nur ein paar Stunden gesehen, da trifft man doch nicht solche Entscheidungen."

Sie wirkte richtig verärgert, als sie erzählte, dass Leonie angeblich sogar mit ihm zusammenziehen und das gerade erst angemietete Appartement wieder aufgeben wolle.

„Und das macht man alles, wenn man sich sieht und vom Blitz getroffen glaubt", polterte Ina weiter.

„Du weißt doch gar nicht, wie oft sie sich gesehen haben", stellte Margarethe fest.

Ina fuhr sich nervös mit der Hand durch das Haar. „Stimmt, ja, da hast du recht, ich bin hier die Letzte, die etwas mitbekommt."

„Was denn genau?"

„Na, die Beziehung oder Liebelei oder wie auch immer man das nennen soll. Denn sowohl Vicente als auch Helga und Bernd haben mir nichts von dieser Turtelei gesagt. Die haben mich richtig kaltgestellt. Das finde ich unmöglich."

„Und das lässt dich so aus der Haut fahren?"

„Na ja, das ist alles zusammen, das Hintergangenwerden, klar, aber auch meine Sorge um mein Kind, ach, um die beiden. Dieses Überstürzte bringt doch beiden nur Kummer. Leonie darf sich natürlich verlieben, aber ich hätte es unkomplizierter gefunden, wenn es nicht jemand aus der Familie gewesen wäre. Im weitesten Sinne sind sie Geschwister. Stell dir vor, sie trennen sich wieder. Das gibt doch nur Tränen und ein riesengroßes Durcheinander und Eric und Leonie sind bei jedem Treffen ‚dauerangespannt'."

„Na, jetzt mach mal halblang, Geschwister aber nur im allerweitesten Sinne. Wie sieht Vicente das denn?"

„Das macht mich ja so verrückt. Er sieht es total entspannt, während ich innerlich rotiere."

„Aber, wenn sich die beiden doch lieben? Warum bringt dich das so aus der Fassung?"

„Ich möchte, dass Leonie erst einmal hier in Spanien Ruhe findet. Sie hat schon genug einstecken müssen mit meinem Wegzug aus Deutschland und ihrem Umzug hierher. Das neue Umfeld, der neue Job, ich wollte, dass sie erst einmal ankommt. Außerdem bin ich enttäuscht, weil Vicente mir das familieninterne Paar verschwiegen hat."

„Ich glaube, ich kann mir jetzt gleich ein eigenes Bild machen", sagte Margarethe leise. „Sieh mal, wer da kommt!"

Ina sah sich um und seufzte. „Ach, ich weiß", flüsterte sie leise. „Du hältst mich jetzt auch für eine hysterische Ziege. Eric ist ein sehr sympathischer Mann, der jedem gefällt, und die beiden wirken total happy zusammen. Ich mache mir einfach nur Sorgen."

„Hey, das ist ja schön", hörte Margarethe Leonies Stimme. „Ich wollte dir meinen Partner vorstellen." Leonie trug wie fast immer Jeans und Shirt, das lange blonde Haar hatte sie unkompliziert zusammengebunden. Eric war ganz in schwarz gekleidet, hatte halblanges dunkles Haar und sanftbraune Augen. Er war und ist ein toller junger Mann, dachte Margarethe sofort, zumal er nicht nur gut aussah, sondern wie sie es immer empfunden hatte, auch ausgesprochen sympathisch wirkte. Er lachte sie offen und zugewandt an und ging auf sie zu, um sie mit einem Wangenkuss und einer herzlichen Umarmung zu begrüßen. Auch Ina wurde von beiden umarmt und mit Küssen bedacht.

„Was habt ihr beide vor?", fragte Margarethe.

Eric sah Leonie an und Margarethe glaubte, ein Blitzen in seinen Augen zu sehen. Keine Frage, hier flogen die Herzen hin und her.

„Wir wollen morgen ans Meer fahren und ein paar Sonnenstunden ausnutzen. Ich kenne eine Strandbar, die zwar geschlossen ist, aber man kann dort im Windschatten wunderbar entspannen. Leonie leiht sich gerade dafür von der Oma Strandstühle aus. Danach geht's für heute aber an den Schreibtisch. Ich möchte Bewerbungen schreiben."

„Ich habe schon gehört, dass du zurückkommst", sagte Margarethe zu Eric. „Da wird sich dein Vater aber richtig freuen."

Er nickte. „Ja genau, und ich mich auch. Ich werde mich in Valencia an der Uni bemühen. Mathematiker sind ja zum Glück gefragt."

„Und so gute ganz besonders", warf Ina ein.

„Oh, dann drücke ich die Daumen, dass du genau das findest, was du dir wünschst." Margarethe nickte ihm aufmunternd zu.

„Das kann ich gut gebrauchen! Bald gibt mein Vater übrigens eine große Willkommensparty für mich."

Eric sah zu Ina. „Du hast doch schon deine tollen Tortillas angekündigt."

Ina nickte. „Genau, und dieses Mal mit einer Zutat, mit der keiner von euch rechnet."

„Hui, da bin ich jetzt schon neugierig." Er sah zu Margarethe. „Du bist doch bestimmt auch da?"

„Ich bin dabei", versicherte sie und zwinkerte Ina zu, als Eric und Leonie sich auf den Weg machten.

„Ich kann deine Tochter verstehen", sagte sie rasch.

„Und mich nicht, ich weiß", maulte Ina.

„Versuch mal, den Haussegen wieder zu richten. Und ich habe noch einen richtigen Knaller für dich, das heißt sogar zwei."

Ina war hellhörig. „Und?"

Margarethe erzählte ihr, dass Mark da gewesen war, und konnte kaum so schnell ihre Fragen beantworten, wie Ina sie auf sie abfeuerte. Aber für komplettes Durcheinander sorgte sie, als sie davon sprach, sich nicht mit ihm, sondern mit Finn zu treffen, da Mark schon wieder abgereist und auf dem Weg durch Nordspanien war, um den berühmten Pilgerweg zu wandern.

„Bei dir geht ja im Moment die Post ab", fasste Ina zusammen und legte ihre Hand auf Margarethes Schulter. „Das waren echte Überraschungen." Sie schüttelte den Kopf. „Ein Ex-Lover steht plötzlich vor der Tür, ein neuer schon in den Startlöchern und ich armes Mütterchen sitze immer nur im Garten und grüble über die Zukunft meiner Tochter. Alles richtig gemacht, möchte ich dir zurufen. Aber egal, genieße den Abend. Ich bin sicher, du wirst dein Herz durch die stürmischen Zeiten steuern."

„Und du deins auch. Erstens hast du Vicente an deiner Seite, der sicher genauso glücklich ist, seinen Sohn wieder in der Nähe zu haben, wie du es bist, weil Leonie nicht mehr im fernen Deutschland ist. Und ich bin sicher, du wirst dich daran gewöhnen, dass deine Leonie ihre eigenen Entscheidungen trifft. Ich bin zwar keine Mutter, kann mir aber vorstellen, wie schwer das einem fallen muss, die Kinder loszulassen." Und mit ironischem Unterton meinte sie. „Da man ja immer genau weiß, was ihnen guttut."

Ina lächelte jetzt mal wieder. „Ich weiß ja, dass du recht hast. Aber das heißt, man muss auch mal zusehen, wie sie in ihr Verderben laufen. Das gehört wohl dazu."

„Verderben? Nun übertreibst du. Sie hat einen zauberhaften jungen Mann an ihrer Seite und keinen Drogenpaten."

Ina lachte. „Ach, du wieder, aber du hast ja recht. Okay, ich versuche, mich zu beruhigen. Und du, du musst dich sputen. Dein Radfahrer hat schließlich Pläne mit dir."

„Und ‚by the way' – du hast mir immer noch nicht gesagt, was dir Ingo so Wichtiges anvertraut hat."

„Oha ja, stimmt. Das haben wir bei unseren Dauerdramen ganz übersehen. Ich mache es kurz: Seine große Liebe zieht aus München zu ihm und wenn ich dir sage, wer das ist, bist du richtig baff."

„Erzähl!"

Ina schüttelte den Kopf. „Als gute Journalistin halte ich die Spannung. Das erfährst du bei unserem nächsten Treffen."

„Du kannst richtig grausam sein", ulkte Margarethe. „Aber ich freue mich riesig für Ingo. Er war so oft allein und man konnte spüren, dass er mit seiner privaten Situation nicht glücklich war. Jetzt gibt es ein Happy End. Das ist so schön."

Margarethe gab der Freundin einen Abschiedskuss auf die Wange und machte sich auf den Weg. „Grüß alle von mir und unbekannterweise auch Sybille. Ich bin gespannt, wie es bei ihr weitergeht."

Als Margarethe wenig später wieder in ihren Wagen stieg, fühlte sie sich richtig wohl. Es würde bestimmt schön werden mit Finn. Sie mochte seine ruhige, ausgewogene Art, die guten Gespräche, aber auch die kribbelige Date-Stimmung. In den vergangenen Jahren hatte sich ihr Leben fast nur um die Arbeit gedreht, ihr Gefühlsleben hatte sie bis auf wenige Ausnahmen ganz bewusst auf Eis gelegt, einfach, um Schaden abzuwehren. Die Vergangenheit hatte ihr Herz in tausend Stücke gerissen und sie hatte Zeit gebraucht, das nur mühsam zusammengesetzte Gebilde ausheilen zu lassen. Und sie wusste, dass das am besten klappte, wenn man die Liebe ausklammerte. Die Risse waren zwar verheilt, doch ihr Herz war fragil geblieben, nicht auf Belastung ausgerichtet.

Bei Finn jedoch wollte sie es wagen, sich ein paar schöne Stunden zu machen und sich auch mal wieder als Frau fühlen zu dürfen. Das leichte Schäkern, ein paar gezielte Blicke, Komplimente, ein zarter, fast unabsichtlich wirkender Händedruck, der den Körper zum Vibrieren brachte. Das war es, wonach sie sich sehnte. Den Alltag vergessen und das Leben spüren, die Verliebtheit streifen, das wollte sie jetzt. Auch als Gegenpol zu der Begegnung mit Mark, denn sie wusste nach wie vor nicht damit umzugehen, und obwohl sie sich in ihrem Leben immer den Problemen gestellt hatte, war sie dieses Mal nicht in der Lage dazu. Sie hatte Angst vor einem inneren Beben und keine Antworten auf viel zu viele Fragen. Ein Abend mit Finn war die richtige Flucht vor der Realität. Wenn man keine Ahnung hatte, wie es weiterging, war es nicht der richtige Weg, sich wegzuducken, aber eine Möglichkeit, Zeit zu gewinnen. Genau das wollte sie jetzt und sie ließ sich sogar die Option offen, sich zu verlieben, in einen Mann ohne gemeinsame Vergangenheit.

***

„Wow, das ist aber wieder ein sehr gelungenes Outfit. Gratuliere. Du hast nicht nur zwei, du hast viele Gesichter."

Finn hatte an dem großen Parkplatz am Hafen auf Margarethe gewartet und war auf sie zugekommen, als sie ihren kleinen Lieferwagen in einer Parkbucht abstellte.

Er hatte ihre Fahrertür geöffnet und strahlte sie noch immer bewundernd an.

„Die Farbe steht dir richtig, richtig gut", sagte er lächelnd, streckte ihr seine Hand entgegen, um ihr beim Aussteigen behilflich zu sein, und nahm sie zur Begrüßung fest in den Arm.

„Schön, dass du da bist", hauchte er ihr vertraut ins Ohr. „Ich freue mich sehr, dass wir uns sehen."

Margarethe roch sein Aftershave und schmiegte sich für einen kurzen Moment an seine Brust. Die Nähe setzte winzige Fünkchen frei und sie genoss es, dass ihr Herz einen kleinen Sprung machte.

Er sah hinreißend aus, in einem dunklen leichten Sakko und sportlichem Polo. Seine Augen blitzen lebendig und die Pilotenbrille stand ihm ausgesprochen gut. „Ich wusste gar nicht, dass du Brillenträger bist", sagte Margarethe. „Ein edles Nasenfahrrad für einen Radfahrer." Sie zwinkerte ihm zu.

Finn lachte. „Ich wechsele mit Linsen. Aber zu so einem besonderen Anlass wie heute nehme ich die Brille. Sie gibt mir etwas Intelligentes, findest du nicht?" Er lehnte sich leicht zurück, damit Margarethe ihn besser sehen konnte.

„Na, dann komm mal mit, du Superbrain", ging Margarethe darauf ein und hakte sich bei ihm unter. „Lass uns gehen und Kostas tolle Küche genießen."

Der Weg über die Promenade zum Restaurant war an diesem recht milden Abend traumhaft. Die üppige Beleuchtung tauchte alles in ein warmes Licht. Die zahlreichen Lokale bereiteten sich auf den Wochenendansturm vor und bei einigen standen sogar Stühle vor den Türen, weil die Temperaturen auch nachts noch gut erträglich waren.

Das Mittelmeer war so ruhig, dass sich die Lichter darin spiegelten, und der Vollmond gab dem Szenario etwas Romantisches, denn seine goldenen Strahlen reichten bis auf die Wasseroberfläche und tanzten in einem wilden, ungezügelten Rhythmus. Als dann noch eine üppig beleuchtete Jacht einlief, wirkte die Kulisse fast schon kitschig.

„Ich bin richtig gern hier", meinte Finn ergriffen. „Es ist etwas Besonderes, am Meer leben zu dürfen. Leider kann ich hier kein Geld verdienen."

„Wer weiß? Valencia hat viele Unternehmen, die gute Leute brauchen."

„Nein, in meinem Alter wird das nichts mehr." Finn schüttelte den Kopf.

„Schade, du wirst mir fehlen." Hatte sie das wirklich gesagt? So mutig kannte sich Margarethe selbst nicht, doch die Anziehung, die Finn auf sie ausübte …

„Du mir auch!", nahm Finn die Annäherung auf. „Aber du weißt ja, dass es zwischen Frankfurt und Valencia nur zwei Flugstunden sind."

Er blieb stehen und hielt Margarethe an den Schultern. „Ich kann mir gut vorstellen, häufig hier zu sein."

„Zum Radeln?", konterte Margarethe schlagfertig.

„Das auch, doch am liebsten mit einer ganz bezaubernden Dame, die zwar nicht gut Auto fahren kann, aber bombastisch aussieht." Finn beugte sich zu ihr und gab ihr einen Kuss auf den Mund, hingehaucht, zärtlich.

Wie aufregend, ihn zu spüren, zu riechen. Sie öffnete ihre Lippen und ließ zu, dass seine Zunge mit ihrer spielte. Sie standen unter einer Laterne, die Wellen plätscherten an den Strand und es roch nach Meer. Nach diesem kurzen Moment voller Wärme und Abenteuer, voller Begierde und einer sich aufbauenden Lust wand sich Margarethe fast schon erschrocken aus seinen Armen. „Entschuldigung", stammelte sie nervös. „Ich bin etwas überfordert gerade."

„Ich nicht." Mit beiden Händen umfasste er ihr Kinn und sah ihr in die Augen. „Ich hatte gerade einen fantastischen Moment."

Schweigend blieb sie in seinem Blick gefangen, während seine Daumen über ihre Wangen streichelten, bevor er die Arme senkte.

„In zwei Wochen gibt es ein bekanntes Rennen rund um Jalón. Das ist eine knappe Autostunde von hier. Ich wollte immer mal dort mitmachen, habe es aber nie geschafft."

Das hieß doch …, ihr Herzschlag beschleunigte. „Und was willst du damit sagen?"

Finn wirkte fast schon verlegen. „Nun ja, es wäre dann möglich, dass wir uns wiedersehen. Wenn die Anmeldungen noch nicht abgeschlossen sind und ich noch einmal

Urlaub bekomme, wäre das doch eine tolle Idee, unsere Bekanntschaft fortzusetzen. Was meinst du?"

Und wie sie das wollte. Margarethe lächelte. „Aber ja, das wäre schön."

Er nickte. „Vielleicht kommst du nach Jalón und feierst mit mir meine Spitzenzeiten."

„Ach, davon bist du bereits überzeugt? Angeber! Aber mal sehen, möglicherweise bekomme ich es hin, dein Groupie zu spielen."

Er griff ihre Hand und zog sie spielerisch hinter sich her. „Und jetzt gehen wir Schlemmen. Ich habe einen Riesenappetit."

Kostas war freudig überrascht, Margarethe zu sehen, und begrüßte sie herzlich. Finn hatte bereits zwei Menüs vorbestellt. Sie bekamen den schönsten Tisch und das Essen schmeckte so großartig, wie es angerichtet auf den Tellern aussah. Während des Essens unterhielten sie sich prächtig. Wie Pingpong-Bälle flogen die Sätze über den Tisch. Margarethe erfuhr, dass Finn in einem hübschen Haus im Taunus lebte, seinen Job als Elektroingenieur liebte und auch in Frankfurt viel Freizeit auf dem Fahrrad verbrachte.

„Es ist die Gleichmäßigkeit der Bewegung, die mir guttut. Man schaltet ab, vergisst alles, das ist für mich jedes Mal eine ganz wertvolle Auszeit", erklärte er seine Liebe zum Radsport.

Wie er trank Margarethe nur ein wenig Wein, hielt sich sonst ans Wasser und plauderte über ihre ausgiebigen Wandertouren und ihre Sonntage, an denen sie sich hübsch machte und durch Dénia oder Valencia bummelte, sich ein leckeres Essen gönnte, um Abwechslung vom Finca-Leben zu haben. Dieses Mal sprach sie auch von ihrer Klostervergangenheit und Finn war sehr beeindruckt. Sie ging noch weiter ins Detail, erzählte, warum sie heute so ganz anders lebte und dass eine Beziehung zu einem Geistlichen Schuld an dem Lebenswechsel war. Da er weiterhin aufmerksam zuhörte und sie Heimlichkeiten hasste, machte sie auch nicht davor Halt, ihm von der Begegnung mit Mark zu berichten.

„Das heißt, ich habe jetzt einen Nebenbuhler?", fasste Finn das Gehörte zusammen und wirkte etwas geknickt.

„Nein, nein", stellte Margarethe schnell klar. „Wir haben ein paar Tapas gemeinsam gegessen und das war's. Nicht jede alte Liebe wird wieder aufgefrischt. Auch wenn das gerade im Trend ist."

Finn akzeptierte das, wechselte das Thema und fragte Margarethe, was ihr denn an ihrem jetzigen Leben besonders gefiel, und Margarethe erzählte, wie sehr sie die Natur liebte und den innigen Kontakt mit ihren Kunden.

„Du wirst es kaum glauben, manchmal ist mein Marktstand nebenbei eine Frischluft-Therapiepraxis, in der die Menschen sich aussprechen und tatsächlich Mut und Halt finden. Dabei muss ich noch nicht mal eine Rolle spielen, das schaffen sie auch untereinander. Man muss sie manchmal einfach nur zusammenbringen."

„Ich würde dich gern dort einmal auf deiner Finca besuchen, so als Stadtkind, darf ich?"

Sie erwiderte seinen intensiven Blick und spürte ein angenehmes Kribbeln. „Zu gern, dann machen wir eine Führung und anschließend öffne ich uns eine Flasche

Wein. Du kannst in meinem Gästezimmer übernachten und musst nicht mehr fahren."

„Die Vorfreude darauf trägt mich jetzt durch meine Arbeitstage", säuselte Finn. „Am liebsten käme ich schon in zwei Wochen auf dein Angebot zurück", meinte er schnell.

„Mach doch", meinte Margarethe und genoss es, als er vorsichtig ihre Hand nahm und liebevoll drückte.

„Wann fliegst du eigentlich morgen?", wollte sie wissen, als wenig später beide zu ihrem Auto schlenderten. Aus den Bars drang fröhliche Musik, es wurde gelacht, in einer auch lauthals gesungen.

„Sehr zeitig, bereits um elf. Ich wollte noch etwas Zeit zum Ankommen haben. Ab Montag sitze ich wieder im Büro. Wir haben in der Firma auch gleich Besuch aus China."

Sie standen an Margarethes Auto und Finn legte sanft beide Hände auf ihre Schultern. „Du könntest mir auch jetzt deine Finca zeigen … Es ist ja noch früh …"

Margarethe legte ihm den Zeigefinger auf den Mund. „Psst", hauchte sie, bevor sie ihn sanft und zärtlich küsste. „Du brauchst doch die Vorfreude, um den harten Arbeitsalltag durchzustehen."

„Zu spät bremsen kann man immer noch, sagen wir Radfahrer in solchen Situationen." Er lächelte und stupste ihr an die Nase. „Ich rufe dich morgen an, aus der Heimat."

„Ich freue mich darauf!"

Als sie ins Auto stieg und vom Parkplatz rollte, sah sie Finn im Rückspiegel an. Er winkte ihr nach und lächelte fast schon glückstrunken. Margarethe gestand sich ein, dass sie zu gern auf seinen Vorschlag eingegangen wäre. Endlich mal wieder Zärtlichkeiten spüren, heiße Hände auf nackter Haut hätten ihr gerade gutgetan. Aber sie wusste auch, dass diese Nacht jetzt nicht passte. Sie hätte sonst zwei Männer gehabt, die auf eine Antwort von ihr warteten, und das war ganz entschieden zu viel.

Als sie wenig später ins Bett ging, sah sie noch versonnen in den dunklen Nachthimmel. Der Mond war heute kugelrund und tauchte die fruchtbare Landschaft in einen leicht goldenen Glanz, während am Horizont Wolken aufzogen. Früher durfte sie sich in Vollmondnächten immer etwas wünschen. „Du hast einen Wunsch frei", hatte ihre Mutter immer gesagt. Sie schmunzelte. Es war schon komisch, wenn man als Erwachsene gar nicht mehr wusste, was man wollte, und das Ganze dann als wunschlos glücklich beschrieb.

**

Am nächsten Morgen konnte sie unmöglich einfach zur Tagesordnung übergehen. Sich hübsch machen, ein schickes Restaurant besuchen, etwas durch die Straßen flanieren, danach stand Margarethe absolut nicht mehr der Sinn. Sie ertappte sich sogar dabei, dass sie ein Flugzeug am Himmel sah und sich vorstellte, Finn säße darin. Sie fühlte sich innerlich viel zu aufgewühlt, um allein bleiben zu wollen. Alexandra! Sie wäre jetzt genau die richtige, um einen klaren Kopf bekommen zu können. Nach dem Geistesblitz schrieb sie der klugen Coachin kurz eine Nachricht und war froh, als ihr Alexandra sofort antwortete, sie könne kommen. Aber die Tour zur Finca entpuppte sich als schwierig. Offenbar hatte es in der Nacht kräftig geregnet und Margarethe hatte Mühe, mit dem Wagen die recht steile Nebenstraße hinaufzukommen. Zweimal drehten die Räder durch und sie hatte Sorge, sich festzufahren. Was ihr gerade noch als richtig gute Idee erschienen war, kam ihr jetzt allerdings nicht mehr so schlau vor, denn sie musste kämpfen, um den Wagen in der Spur zu halten. Margarethe war heilfroh, als sie endlich die Zufahrt zum Anwesen erreicht hatte und ihr Auto auf einem festen Untergrund abstellen konnte.

„Wie schön, dass du da mal wieder bei mir bist! Du hast mir richtig gefehlt!", hörte sie Alexandras vertraute Stimme und sah ihre Freundin mit ausgebreiteten Armen auf sich zukommen. Sie sah wie immer hinreißend aus, trug eine türkisfarbene Bluse mit einer gleichfarbigen Strickjacke und weiße Jeans. In ihr langes braunes Haar hatte sie kleine Blümchen gesteckt, die ihr einen Hauch Hippie-Flair gaben, das Margarethe ganz besonders an ihr liebte.

Alexandra war in ihrem Alter, lebte schon viele Jahre in dieser Region und gab erfolgreich Coaching-Seminare, die insbesondere Frauen anzogen.

Sie umarmten sich innig.

„Das war aber nicht leicht, den Weg zu dir zu schaffen", meinte Margarethe. „Was sagen denn deine Seminarteilnehmer? Die müssen ja ganz schön kämpfen, bevor sie mit dir zu Lösungen kommen können."

„Ach, sag bloß nichts mehr", seufzte Alexandra genervt. „Was meinst du, wie mir das hier im Magen liegt. Nach jedem Regenguss in der Stärke kann ich mein Geschäft vergessen. Im vergangenen Jahr habe ich schon Termine absagen müssen." Sie zeigte in den jetzt wolkenlosen Himmel. „Aber zum Glück fällt selten so viel Regen, und ich kann darauf vertrauen, dass es bei wenigen Nächten wie gestern bleibt. Komm erst einmal zu mir her und lass dich ansehen."

Sie stellte sich vor Margarethe, hielt ihr Gesicht mit ihren beiden Händen umschlossen und sah sie musternd an. „Gut siehst du aus …, aber … ja, du wirkst angespannt."

Margarethe lächelte herzlich, als ihr die Freundin den Arm um die Schulter legte und sie sanft ins Haus schob. „So, nun komm erst mal herein. Es weht ein kühler Wind hier oben. Ich habe einen Smoothie vorbereitet und einen wunderbaren Obstsalat. Du wirst es mögen."

Der lange Holztisch war an einem Ende liebevoll eingedeckt. Es gab das angekündigte Obst, dazu standen zwei Karaffen mit selbst gemachtem Smoothie, Wasser und kleine Schalen mit frischen Nüssen auf dem Tisch. An Alexandras Coaching-Tagen saßen hier in dem ganz schlicht in Weiß eingerichteten Landhaus oft ein Dutzend Frauen und ließen sich von der Expertin über die Hürden des Lebens heben oder taten sich einfach nur gegenseitig gut.

Als Margarethe sich an den Tisch setze, fühlte sie sich sofort aufgehoben. Sie liebte diesen Platz, denn es herrschte nicht nur bei Alexandras Terminen ein entspannendes Coaching-Flair, sondern man konnte durch eine breite Fensterfront in die Natur sehen, und die war auch hier großartig. Rund um das weitläufige Haupthaus blühten zu jeder Jahreszeit farbenfrohe Bougainvilleen und es wuchsen auf dem Gelände Oliven und Orangenbäume. Alexandra hatte zudem einen fein duftenden Kräutergarten angelegt, den sie als Grundlage ihrer weithin beliebten Heilkräuterseminare nutzte. Deshalb wehte bei geöffneten Türen auch immer ein milder Gewürzduft. Wenn man sich etwas streckte, konnte man über all dieser Pflanzenpracht und den sich daran anschließenden Hügeln, auf denen Ziegen friedlich in der Sonne dösten, am Horizont das dunkelblaue Mittelmeer sehen.

Margarethe lehnte sich zurück. Es könnte ihr in dieser traumhaften Natur so gut gehen, hier oder auf ihrer eigenen wunderschönen Bio-Finca und vermutlich überall auf der Welt, wenn sie nicht dieses riesengroße Problem hätte. Sie brauchte Hilfe, dringend, und sie hoffte sehr, sie von Alexandra zu bekommen. Am liebsten würde sie einfach hier sitzen bleiben und erst aufstehen, wenn sie dank Alexandras kluger Fragen eine Lösung im Kopf und im Herzen hätte. Sie selbst hatte sich an diesem Thema festgefahren. Okay, das Gespräch mit Ina hatte ihr schon gutgetan. Aber es hatte auch dafür gesorgt, dass es jetzt in ihrem Kopf ganz wild zuging. Sie brauchte den professionellen Blick von außen und jemanden, der ihr aus dem Labyrinth des völlig aus dem Ruder gelaufenen Gedankenkarussells helfen würde.

„Magst du mir sagen, was dich bedrückt?", hörte sie Alexandras vertraute Stimme.

Sie naschte schnell ein paar Walnüsse und lehnte sich dann ganz entspannt in dem Korbstuhl zurück. Margarethe hatte sich schon bei der Begrüßung in den besonders auffälligen Schmuck verliebt, den Alexandra trug. Dieses

Mal waren es zwei große türkis schimmernde Creolen, die aus Muscheln und winzig kleinen bemalten Holzstückchen kunstvoll hergestellt waren. Sie sah hinreißend damit aus, fand Margarethe und kam sich in ihrem heute schlichten Sonntagsdress aus Jeans, tief ausgeschnittenem Pulli und spitzen Ballerinas mehr als unauffällig vor. Zu ihrer derzeitigen Gefühlslage passten keine Creolen, obwohl sie sich beim nächsten Einkaufsbummel auf die Suche nach solchen orientalisch anmutenden Schmuckstücken machen würde. Sie sahen einfach zu schön aus.

„Margarethe, Liebes, wo bist du gerade?"

Sie schreckte auf, fing sich sofort und lächelte. „Bei dir, an diesem berühmten Tisch, an dem schon viele neue Lebenswege gewachsen sind. Und jetzt erzähle ich dir alles."

Dabei musste sie gar nicht weit ausholen, denn die ungewöhnliche Vorgeschichte kannte Alexandra. Margarethe hatte ihren engen Freundinnen nie etwas verheimlicht. „Dir muss ich nicht viel erzählen", meinte sie deshalb. „Du erinnerst dich an meinen Pfarrer?", fragte sie gezielt.

„Aber ja doch, sehr gut sogar", antwortete Alexandra.

„Dann lies bitte einfach diesen Brief." Margarethe hielt der Freundin die Briefbögen hin und wartete geduldig, bis sie sie ganz in Ruhe gelesen hatte.

Alexandra nahm sich sichtbar Zeit, fragte bei einer Stelle nach, ob sie alles richtig verstanden hatte, und prüfte jeden Satz gründlich. Es war deutlich, sie setzte sich mit jeder Zeile auseinander, versuchte, sich in die Rolle des Schreibers und auch in die Rolle des Adressaten zu versetzen.

„Oha, das ist ja mal etwas ganz Unerwartetes", murmelte sie schließlich, legte den Brief auf den Tisch und sah

Margarethe an. „Er möchte seine Ursprungsentscheidung korrigieren, jetzt nicht mehr die Frau, sondern das Amt aufgeben und mit dir leben. Das ist glasklar. Und er begründet das mit seiner nach wie vor empfundenen Liebe für dich. Das ist auch eindeutig." Sie lächelte. „Und jetzt weißt du nicht, was du tun sollst, richtig? Das kann ich verstehen." Sie atmete tief durch, meinte danach: „Tja, dann machen wir uns einfach mal an die Arbeit."

Margarethe nickte. „Da ist noch was. Er war da. Stand vor meiner Tür."

„Uups, auch das noch. Erzähl."

In knappen Worten berichtete Margarethe von dem Wiedersehen. Um die Sache nicht zusätzlich zu verkomplizieren, ließ sie die Begegnung mit Finn für den Moment außen vor.

Alexandra räusperte sich, nahm einen Schluck Wasser und griff nach Margarethes Hand. „Mal davon abgesehen, dass er vor dir gestanden hat … du bist doch eigentlich glücklich hier, in deinem Leben, nicht wahr? Du hast dir ein tolles Unternehmen aufgebaut, hast viele Freunde, lebst in einem zauberhaften Landstrich. Und plötzlich – zack – sind die alten Gefühle zurück und du steckst in einer emotionalen Zwickmühle und hast tausend Fragen. Soll ich mich erneut auf den Mann einlassen und wird es dann wieder so schön wie damals? Oder ist er längst ein ganz anderer und passt nicht mehr zu mir? Habe ich mich möglicherweise verändert? Oder glaube ich jetzt an einen Neustart und werde später wieder enttäuscht? Dann ist alles, was ich mir an emotionaler Stabilität aufgebaut habe, dahin und ich stehe genau dort, wo ich damals in Bamberg war: verzweifelt, hoffnungslos, zutiefst enttäuscht?" Alexandra sah Margarethe an. „Ich denke, ich treffe deine Gefühlslage, stimmt's?"

Sie nickte. „Allerdings", murmelte sie. „Das ist exakt das, was mir auf der Seele liegt, wie ein riesengroßer Felsbrocken."

„Angenommen, du könntest dir für die Zukunft etwas wünschen. Was wäre das?"

Margarethe blickte zu Boden und schüttelte den Kopf. Dann sah sie Alexandra an, zupfte sich mit einer Hand zwei Haarsträhnen aus dem Gesicht. „Das Geflattere macht mich gerade total verrückt." Schließlich band sie sich mit einem Haargummi, das sie fix aus der Jeans gezogen hatte, das lange Haar im Nacken zusammen. „Ganz ehrlich, ich weiß es nicht. Ich habe einfach viel zu viel Angst, mich wieder in meinen Gefühlen zu verlieren. Ich brauche gerade auch wirtschaftlich all meine Kraft. Meine Umsätze sind rückläufig. Die Inflation hält die Käufer zurück, gleichzeitig muss ich die Preise erhöhen, weil auch meine Kosten steigen. Das Ergebnis liegt auf der Hand."

Alexandra bestätigte sie. „Ich weiß sehr gut, was du meinst. Meine Umsätze sind ebenfalls rückläufig. Die Leute sparen auch am Coaching. Ich verstehe dich nur zu gut. Aber noch einmal", nahm sie das alte Thema wieder auf. „Wenn du dir etwas wünschen könntest …"

„Aber ich weiß nichts", fiel ihr Margarethe ins Wort. „Sorry, dass ich dich unterbrochen habe, aber ich habe wirklich keine Idee." Sie stand auf und lief unruhig auf und ab. „Sieh mal", sagte sie zu Alexandra gewandt. „Ich komme allein gut zurecht, aber natürlich stelle ich mir auch vor, wie schön eine Partnerschaft wäre. Vergiss nicht, wie lange ich allein bin. Da sehnt man sich nach einer Umarmung. Aber diese Liebe hier", sie tippte mit dem Zeigefinger auf den Brief auf dem Tisch, „die Liebe mit Mark, die kratzt an etwas ganz tief in mir, und deshalb weiß ich nicht, wohin die Reise für mich gehen soll."

„Da du so richtig in der Zwickmühle steckst, versuchen wir jetzt mal gemeinsam, dich aus der Sackgasse zu holen. Bist du bereit?"

Margarethe nickte und war dankbar, weil sich Alexandra so engagiert ihrer annahm.

„Also, wir haben vier Szenarien: 1) du schickst diesem Mark einen Brief mit einer klaren Absage. Kernbotschaft: Ich habe kein Interesse an dir!, 2) du bittest um Zeit, um dir ganz in Ruhe über die Sache klar zu werden, 3) du lädst ihn zu dir ein, damit ihr sehen könnt, wie ihr zueinanderstehst und du merkst, ob du Vertrauen zu ihm aufbauen kannst, 4) du überlegst dir, wie du dir im Erfolgsfall von Fall 3 ein gemeinsames Leben vorstellst."

Margarethe setzte sich wieder und stützte sich mit beiden Ellbogen an der dicken Tischplatte ab.

„Das ist aber nicht leicht!"

„Nein, auf keinen Fall. Und da es dich so anstrengt, kommst du jetzt mal mit in meinen Wintergarten und legst dich da vorn auf die wunderschöne Liege mit Blick auf meine Orangenbäume. Ich bringe dir eine Decke, falls es dir zu zugig wird."

Sie zeigte auf eine hellblaue Liege, von der aus man auf drei prächtige Orangenbäume blickte. Die dicken

Kullerfrüchte leuchteten im Sonnenlicht und schafften sofort gute Laune, ideal, um über sein Leben nachzudenken.

Als Margarethe sich auf die Liege zurücklegte und die Augen schloss, spürte sie durch das Glas die milde Wintersonne im Gesicht und schnupperte durch ein geöffnetes Seitenfenster einen sanften Kräuterduft, der jetzt gemischt war mit einem feinen Orangenduft. Margarethe überkam bei dieser natürlichen Aromatherapie rasch eine gewisse Leichtigkeit. Sie würde eine Lösung finden, ganz sicher, denn es gab ja immer eine.

„Ich bitte dich jetzt, die einzelnen Positionen anzunehmen und mir deine jeweiligen Gefühle zu schildern. Stelle dir genau vor, wie du dich fühlst, wenn du Mark diese Absage schreibst und dir verbittest, dass er sich jemals wieder bei dir meldet. Das ist der berühmte Schlussstrich, nach dem sich viele sehnen. Damit hast du dein altes Leben zurück und musst über nichts mehr nachdenken. Du bist frei von dem Eindringling in deinem eigentlich schönen Alltag. Und? Fühlst du so, wie dein Kopf es sehen könnte?"

Margarethe hörte Alexandras Stimme und malte sich jetzt aus, wie sie in ihrem Büro am Schreibtisch saß und diese absagenden Zeilen in den PC tippte. Sie hatte sich bewusst für eine Mail entschieden, denn handschriftliche Briefe lagen ihr nicht. Sie stellte sich vor, dass sie ihm einen nüchternen Dreizeiler schrieb und damit den Einfall in ihr Leben für beendet erklärte. Sie hielt die Augen weiterhin geschlossen und spürte plötzlich warme Tränen auf ihrem Gesicht. Mark so etwas zu schreiben, nein, das ginge nicht. Sie sah einen Spaziergang vor sich, den sie beide einmal in einem Waldstück in einer Entfernung zu ihrem Kloster unternommen hatten. Sie waren beide ganz weltlich gekleidet gewesen, in Jeans und sportlicher Jacke. Es war frühmorgens gewesen und im Wald hatten sie geglaubt, nichts befürchten zu müssen. Mark hatte nach ihrer Hand gegriffen und sie waren in einer tiefen inneren Zweisamkeit durch die herrliche Natur gewandert. Sie hatte sich an der Seite dieses Mannes so wunderbar angekommen und geborgen gefühlt. So angenommen wie nie mehr in ihrem Leben. Ein Schlussstrich würde bedeuten, sich für immer zu verabschieden. Nein, nein, das konnte sie nicht. Niemals. Eine Abschiedsmail, das ging einfach nicht.

„Wie ich an deinen Tränen und deiner sichtbaren Aufgewühltheit entnehme, klappt das nicht mit der Absage, richtig?", fragte Alexandra und Margarethe nickte innerlich ergriffen.

„Nein, es stimmt, es sind einfach zu viele Emotionen im Spiel."

Alexandra nahm einen Schluck Wasser, bevor sie weitersprach. „Dann wenden wir uns mal der Variante 2 zu. Du möchtest Zeit. Was fühlst du bei der?"

Sie hielt Margarethe ein Glas hin und bat sie, einen kräftigen Schluck zu nehmen, was Margarethe gern tat. Nicht nur, weil sie Durst verspürte, sondern auch, weil sie Zeit gewinnen wollte.

„Das würde ich ja wieder am PC machen, allerdings mit einer anderen Botschaft", meinte Margarethe. „Aber ganz ehrlich, Zeit allein bringt mich doch nicht weiter. Ich würde das Thema nur noch länger mit mir herumtragen und hätte ständig diese Last auf meiner Seele und auf dem Herzen liegen."

Alexandra nickte. „Da hast du natürlich recht. Du möchtest rasch Klarheit und das ist auch eine wirklich gute Idee. Was hältst du dann von Variante 3? Er kommt hierher?"

Margarethe schloss erneut die Augenlider. Sie sah sein schön geformtes Gesicht, seine warmen Augen, sie roch und spürte ihn und sie fühlte ein wohlbekanntes Kribbeln in ihrem Körper. Sie mochte es sich kaum eingestehen, aber sie hatte Lust, Lust auf diesen Mann, seinen muskulösen Körper, seine liebevollen Bewegungen. Sie musste sich innerlich schütteln, um nicht leicht aufzustöhnen, weil allein die Vorstellung an ihn und seine Liebeskünste sie erregte. Aber was soll das?, holte sie sich aus ihren Gedanken und zwang sich dazu, wieder klar zu denken, und sprach das auch aus.

„Weißt du, es reizt mich schon", meinte sie ehrlich. „Doch damit ist ein Risiko verbunden. Er hat eine ungeheure Faszination für mich, aber will ich der wieder erliegen?" Sie sah jetzt Alexandra an. „Wie siehst du das?"

„Du hast Angst und das ist verständlich", meinte Alexandra. „Lieben kann auch Verlieren bedeuten, man gibt seine Freiheit, seine Unabhängigkeit auf, reagiert manchmal kopflos und hat sich nicht mehr unter Kontrolle."

„Kennst du das auch?"

Alexandra lachte. „Aber ja, jeder kennt das. Die Hormone können einen verrückt machen und mindestens kopflos. Man lässt sich auf Dinge ein, die man bei klarem Verstand nicht tun würde. Man gibt Existenzen auf, vernachlässigt Freundschaften, zieht in den entlegensten Winkel der Erde, weil man seinem Herzen folgt. Und irgendwann – schwupps – sinkt der Hormonspiegel und man sieht, was man in seinem Leben angerichtet hat. Das ist dramatisch. Muss nicht, aber kann."

„Und woher nimmt man den Mut, es trotzdem zu wagen?"

„Lass dich doch mal auf eine kleine Visionsreise ein und stell dir vor, wie dein Leben in fünf Jahren aussehen würde, also wenn du dich für einen der aufgezeigten Wege entscheidest."

Margarethe steckte sich ein paar Nüsse in den Mund, die Alexandra ihr herübergeschoben hatte, und kaute genüsslich darauf herum. „Lass mich überlegen, bei Fall 3 lebe ich mit Mark auf meiner Finca. Er hat einen Video-Kanal für Glaubensfragen aufgebaut, ist damit super erfolgreich und ich produziere nach wie vor tolles Gemüse und Obst. Abends gehen wir händchenhaltend durch die Orangenhaine und genießen unser Glück." Sie lachte. „Und ach ja, wir planen eine Reise nach New York. Das hatten wir damals schon vor. Eine Woche in der Stadt sein, die niemals schläft. In fünf Jahren sitzen wir also im Flugzeug Richtung Big Apple und empfinden Glück pur."

„Und bei Variante 1?", wollte Alexandra wissen.

„Tja, da spüre ich die große Leere, Angst, ab jetzt dauerhaft allein zu sein und das Leben verpasst zu haben. In fünf Jahren bin ich dann immer noch allein und fürchte mich vor dem Alleinsein im Alter."

Alexandra strich Margarethe über die Wange. „Siehst du, die Antwort hast du dir selber gerade gegeben. Du brauchtest mich nur zur Bestätigung deiner eigenen Gedanken und Gefühle, und so ist es immer."

„Du", räusperte sich Margarethe. „Es ist mir fast schon etwas peinlich, aber da ist noch etwas, beziehungsweise noch einer."

Alexandra kräuselte die Stirn. „Wie meinst du das denn? Noch ein Mann?"

Margarethe nickte etwas beschämt.

„Hui, was ist denn bei dir los. Jahrelang lässt du niemanden an dich heran und wischst das Thema Männer vom Tisch und dann hast du plötzlich gleich zwei am Start?"

„So würde ich das nicht nennen. Eigentlich habe ich ja keinen am Start. Finn, so heißt mein, sagen wir ‚Dating-Partner'."

Alexandra holte eine neue Karaffe mit frischem Orangensaft aus der Küche und reichte Margarethe ein Glas. „Stärke dich ein bisschen und dann erzähl mir mal von Finn."

Margarethe brachte die Kurzfassung und horchte gespannt, wie Alexandra die Verbindung zu diesem für sie so interessanten Mann einschätzte.

„Das ist ja eine tolle Kennenlerngeschichte." Alexandra lachte. „Aber du brauchst ihr nicht viel Bedeutung zu geben, da sie unmittelbar mit Mark verknüpft ist. Du musst die Beziehung zu Mark regeln, so oder so, und erst dann kann es um Finn gehen. Losgelöst voneinander kannst du die beiden nicht betrachten."

„Hmh, ja, vermutlich hast du recht. Ich sehe manchmal beide vor mir und bin mittlerweile richtig durcheinander."

„Verständlich, aber du hast heute viel erreicht und ich bin sicher, dass sich das alles bald löst. Wenn du magst, lass uns noch ein bisschen laufen."

Margarethe trank das Glas in einem Zug aus und fühlte sich richtig aufgeputscht. Das Gefühl, klarer zu sehen, tat ihr gut. Sie blickte auf ihr Handy. „Ich weiß, dass das jetzt etwas egoistisch klingt, aber ich möchte gern ein bisschen für mich sein. Es wühlt auf, so tief in sich hineinzublicken." Sie stand auf und nahm Alexandra fest in den Arm. „Ich danke dir so sehr, dass du dich um mich gekümmert hast. Es war wirklich hilfreich, sich alles einmal vorzustellen."

Sie strich Alexandra über die Wange. „Bitte, bitte nicht böse sein, ich mache das wieder gut, versprochen."

„Untersteh dich", sagte Alexandra gespielt barsch. „Meine Liebesdienste für meine Freundinnen werden nicht abgegolten."

„Aye, aye Sir, ich danke dir", entgegnete Margarethe und nahm sich noch ein paar Nüsse mit. „Als Wegzehrung!"

„Ich habe eine weitere Wegzehrung für dich: Wenn du längere Zeit gegen deine Gefühle und Wünsche handelst beziehungsweise sie unterdrückst, hat das Folgen. Du wirst nie mehr richtig glücklich, denk mal darüber nach, meine Süße."

Margarethe sah sie jetzt nachdenklich an. „Weißt du, der Hinweis ist die Kirsche auf der Torte. Ich danke dir sehr dafür." Als sie zurück zum Auto ging, fühlte sie sich nach langer Zeit mal wieder richtig beschwingt. Die Fahrt nach Hause verlief für Margarethe entsprechend entspannt, auch weil bergab kaum Gefahr bestand, stecken zu bleiben. Sie fuhr die kurvenreiche Strecke geübt, hörte die neuesten spanischen Hits und summte einige Melodien mit. Sie liebte es, wenn sich hinter jeder Kurve ein neuer, spektakulärer Blick auftat und sie mal über Kiefernwälder, Olivenhaine oder auch im Februar tiefgrüne Orangenhaine sehen konnte. Zwischendurch bot sich ihr ein prächtiger Meerblick. Einmal hielt Margarethe sogar kurz an, um das dunkelblaue Mittelmeer ein paar Minuten lang genießen zu können. Wie lange war sie nicht mehr schwimmen gewesen? Gut, jetzt wäre es zu kalt. Aber im Sommer müsste sie das endlich wieder machen. Vielleicht hatte sie in den letzten Jahren auch zu viel gearbeitet. Im Moment hielt sie es nicht für sinnvoll, sich mehr Freizeit einzuplanen. Ihr Geschäft ließ das nicht zu. Aber möglicherweise könnte sie sich insgesamt verkleinern und mehr an die schönen Seiten des Lebens denken.

Spontan lenkte Margarethe ihren Wagen nach Valencia und in ihrem Kopf drehten sich viele Pläne. Sie wollte endlich mal nach Südspanien reisen und Sevilla und die Alhambra in Granada sehen, sie wollte mit Ina häufiger wandern gehen und intensiver das Meer genießen. Aber jetzt würde sie einfach mal die wunderschöne Stadt auf sich wirken lassen, durch prächtige Parks bummeln, sich ein leckeres Essen gönnen, vielleicht etwas shoppen. Die Creolen finden? Auf jeden Fall wollte sie versuchen, an nichts zu denken, schon gar nicht an Männer.

KAPITEL 4

Was zählt, war gestern
und weitere Unsinnigkeiten

N a, das ist ja mal eine Überraschung!" Als Margarethe
das vertraute Gesicht sah, wischte sie sich schnell die
Hände an der Schürze ab, nickte ihrer Mitarbeiterin María zu und ging um den Stand herum. „Ina, wie schön,
dass du hier bist", begrüßte sie die Freundin und zu der
Begleiterin gewandt, meinte sie. „Und du bist bestimmt
Sybille? Klasse, dass ich dich mal persönlich kennenlernen darf." Sie verteilte vertraut die üblichen Wangenküsschen, knuddelte auch Carlos, der an seiner Laufleine
genug Spielraum hatte, hoch interessiert die Gegend ab-
zuschnuppern, und fragte die beiden Frauen, ob sie Zeit
für einen Kaffee hätten.

„Ja klar", meinte Ina und Sybille nickte zustimmend.

„Gebt mir noch dreißig Minuten, dann ist das Hauptge-
schäft vorbei und María kann allein weitermachen, okay?"

Sie blickte Ina an. „In der kleinen Bar an der Kreuzung,
die von Salvador?"

Ina sah zu Sybille. „Geht klar."

„Ina will mir heute eine Wandertour zeigen. Was hältst du denn davon, wenn du mitkommst?", fragte Sybille spontan und legte Margarethe vertraut die Hand auf den Arm. „Hättest du nicht Lust auf eine schöne Mädelstour?"

„Mädels ist gut, ganz schön alte Mädels", ulkte Margarethe. „Jetzt verstehe ich auch, warum ihr beide so sportlich gekleidet seid. Ihr seid fit für die Wanderung." Margarethe zeigte auf die Sportschuhe, die die beiden trugen.

„Es war Sybilles Idee. Sie möchte vor ihrer Heimreise noch etwas von der Gegend sehen", sagte Ina.

„Kann ich verstehen, wenn du so viele Eindrücke von der Region wie möglich mit nach Hause nehmen möchtest. Ich habe schon gehört, dass du hier nicht nur Urlaub machst, und bin auch mächtig neugierig, wie es dir bislang ergangen ist. Ina hat gesagt, dass ich dich ruhig ausfragen kann." Sie mochte Sybille auf Anhieb, die mit ihren langen, einfach mit einem Band hoch gezwirbelten Haaren, den Jeans und dem Sweatshirt unkompliziert wirkte. Dazu gefiel ihr die freundliche, aufgeschlossene Art, mit der sie gleich auf sie zugegangen war. Eine Frau mit Kopf und Herz, dachte Margarethe und hatte sich deshalb auch getraut, sie gleich auf das Thema anzusprechen, das sie im Moment mit ihr verband.

„Du meinst nach meiner aufgefrischten Jugendliebe?", warf Sybille auch gleich ein.

„Genau!" Margarethe nickte.

„Es gibt viele Neuigkeiten." Sybille zwinkerte ihr zu. „Wenn du mitkommst, erzähle ich dir alles. Du bist Inas Freundin, da habe ich keine Geheimnisse und es tut mir auch gut, mir alles von der Seele zu reden und als Reaktion darauf eine andere Meinung zu hören. Wir stärken uns bei Salvador und laufen dann los. Hast du Schuhe dabei?"

Margarethe sah lächelnd an sich hinunter. „In meinem Job, vergiss nicht, wie lange ich Tag für Tag am Stand stehe, hat man immer bequemes Schuhwerk an. Ich bin ausgerüstet."

Sie zeigte den Frauen ein ,Daumen hoch'. „Und ich freue mich riesig, mit euch durch die Natur zu streifen."

Die Zeit bis dahin verging wie im Flug. Margarethe verkaufte in der knappen halben Stunde noch reichlich von der Ware, räumte mit María die leeren Kisten in den Wagen. Als sie sich die Schürze abband und vom Fahrersitz ihre Cross-over-Tasche nahm, war es so ruhig auf dem Marktplatz geworden, dass María das Geschäft gut allein schaffen konnte. Margarethe kontrollierte im Rückspiegel ihren Zopf, zog sich eine leichte Jacke über und ging die wenigen Meter zur Bar, wo Ina ihr schon von Weitem zuwinkte.

„Oh Mädels, ihr kommt mir heute so was von gelegen. Aber bitte bringt mich später nach Hause. María ist nachher mit meinem Wagen unterwegs und ich brauche ausnahmsweise einen Fahrdienst."

„Das ist kein Thema", beruhigte sie Ina. „Aber sieh mal, wo wir langlaufen können." Sie hielt ihnen ihr Handy hin. „Hier, ich habe euch eine entspannte Tour im Tal eingezeichnet. Wenn wir die gehen, bleibt euch nicht die Luft weg und wir können dabei plaudern", schlug sie vor.

Margarethe und Sybille nickten zustimmend, tranken einen Kaffee zusammen und gingen wenig später zu dritt, mit Carlos an der Leine, am Kloster Santa María de la Valldigna vorbei.

Sybille, die zum ersten Mal in dieser Region Spaniens unterwegs war, bewunderte fasziniert die prächtige Anlage und konnte sich nicht sattsehen an dem mächtigen goldbraunen Portal und dem imposanten Turm, der majestätisch vor dem tiefblauen Himmel in der Sonne glänzte. Sie machte ein paar Fotos, bat auch Ina, sie vor dem berühmten Kloster abzulichten. „Damit ich diese tolle Zeit mit euch nie vergessen werde", sagte sie mit ein bisschen Wehmut in der Stimme.

Als sie wenig später einen wunderbar verschlungenen Weg durch einen Olivenhain nahmen, lief Carlos fröhlich voraus und alle erzählten sich lustige Anekdoten ihrer letzten Wanderungen.

„Weißt du noch, als wir gemeinsam den Teutoburger Wald erobern wollten und du uns immer in die falsche Richtung geführt hast", plauderte Sybille drauflos und Ina konterte, indem sie an ihr Kartenversagen auf einer Tour in den Alpen erinnerte.

Sybille blieb immer wieder stehen, weil sie die Pracht der sattgelben Blumen bewunderte, die sich wie ein Teppich unter den Bäumen ausbreitete.

Margarethe hätte Sybille nicht sofort angesehen, dass sie angeblich auf Wolke sieben saß, denn sie strahlte keine überschwängliche Leichtigkeit aus. Aber da Margarethe das Thema unvergessene Liebe gerade besonders nah war, hatte sie große Lust, sich mit ihr auszutauschen. Wie sie Ina kannte, war das auch von ihr so eingefädelt worden und der Besuch alles andere als spontan gewesen. Deshalb traute sie sich mit etwas zeitlichem Abstand, Sybille direkt zu fragen, wie ihr Wiedersehen denn nach all den Jahren gewesen war.

Sybille stand zu ihrer Ankündigung, alles zu erzählen, nahm das Band aus dem hell gesträhnten Haar, schüttelte es kurz und begann dann sofort zu reden.

„Ganz ehrlich, es ist viel schwerer, als ich es mir in meinen Paderborner Träumen ausgemalt hatte."

„Inwiefern?", wollte Margarethe wissen und machte auch Sybille gegenüber keinen Hehl daraus, einen Brief bekommen zu haben und in einer, zumindest auf den ersten Blick, ähnlichen Situation zu stecken.

„Nun ja, ich habe mich schnell weggeträumt, als mich mein Traumprinz von einst plötzlich im Internet wiederentdeckt hatte. Ich habe an früher gedacht, an schöne Momente, an stimmige Stunden und in meiner Fantasie einen richtigen Zeitsprung gemacht."

„Du meinst, du bist abgetaucht in die Vergangenheit?", fragte Margarethe.

„Genau! Peter, so heißt mein ehemals Verflossener, hatte erst eine belanglose Nachricht geschickt, aber kurz danach, als wir telefoniert haben, rückte er schon damit raus, dass er jetzt frei und eben auch interessiert sei."

„Sybille hat mir den Chat gezeigt. Er hat wirklich wahnsinnig liebevoll geschrieben", warf Ina ein. Dann deutete sie auf das Meer, das in der Ferne glitzerte. „Ich will nur kurz unterbrechen, aber ist das nicht ein herrlicher Farbkontrast?"

Einen Moment blieben sie alle stehen und Margarethe nickte Ina zu. „Du hast recht, man muss auch mal einen Moment innehalten."

Sybille machte einige Fotos. „Das ist wirklich wunderschön hier, und so ein klares Licht." Sie schob das Handy in die Hosentasche, während sie weitergingen, und blickte dabei Margarethe an. „Ganz ehrlich, ich hatte mir zwar in all den Jahren immer mal wieder einen Partner gewünscht, aber nicht um jeden Preis. Ich hatte eigentlich an allen Kandidaten etwas auszusetzen gehabt und war sehr mäkelig."

„Das kenne ich", warf Margarethe ein. „Das geht wohl den meisten Frauen in unserem Alter so. Wir haben unsere Erfahrungen gemacht und wollen nicht wieder in eine Falle tapsen."

„Genau, so habe ich das in all den Jahren auch gesehen", erzählte Sybille weiter. „Doch bei Peter war das anders. Bei ihm kamen gar nicht erst Zweifel auf. Da war jemand, mit dem es schon mal richtig gut geklappt hatte. Mich erneut auf ihn einzulassen, erschien mir wie ein Ausweg aus dem ganzen Partnersuch-Theater. Endlich konnte ich auf etwas Bewährtes zurückgreifen. Das machte alles so leicht."

„Aber die Beziehung hat ja früher nicht gehalten. Hat dich das nicht trotzdem vorsichtig gemacht?", wollte Ina wissen.

„Richtig, natürlich hat es das. Doch dafür konnte ich mir schnell die passende Erklärung zurechtrücken: Wir waren einfach zu jung gewesen. Das passt immer und hilft, die rosarote Brille aufzubehalten."

Margarethe nickte und sah neugierig Ina an. „Kannst du das nachvollziehen?"

„Ja schon, ich denke, das Herz greift zu kleinen Mogeleien, um den schönen Zustand beibehalten zu können." Sie blickte zu Sybille. „Aber sag mal, hast du nicht daran gedacht, ihn einfach nach einem freundlichen Austausch wieder abblitzen zu lassen? Dann hättest du ein paar Wochen in den Erinnerungen geschwelgt, das Thema anschließend zu den Akten gelegt und hättest nicht weiter daran herumdenken müssen."

Sybille schob sich die Sonnenbrille ins Haar, sammelte ein paar Oliven vom Boden auf und bewunderte sie auf ihrer Handfläche. „Meine Güte, die haben aber eine tolle Farbe, so dunkelviolett, wie gemalt", begeisterte sie sich, warf die Oliven wieder auf die Erde und kam zum Thema zurück. „Ganz ehrlich, nein, das zu den Akten legen ging nicht mehr. Es war plötzlich alles so konkret und ich habe den Gedanken an Peter nicht mehr aus dem Kopf bekommen. Wir haben in den Tagen nach der ersten Nachricht wirklich Stunden telefoniert und es hat sich so angefühlt, als hätte es die vielen Jahre dazwischen nicht gegeben."

„Hast du dich wieder verliebt?", wollte Ina wissen, die jetzt ein Stöckchen nahm, es ganz weit weg warf und sich amüsierte, wie schnell Carlos hinterherlief.

„Verliebt? Auf die Distanz kann man das schlecht einschätzen, aber es hat schon mächtig gekribbelt. So sehr, dass ich mich ganz flott ins Flugzeug setzen wollte und ja, jetzt auch hier bin."

Carlos kam zurück und rieb sich an Margarethes Bein. Kurz wuschelte sie ihm über den Kopf. „Und ihr habt euch doch bereits mehrmals gesehen, wie ich von Ina weiß. Wie war es denn?"

Sybille blieb erneut stehen und sah dieses Mal fasziniert in die sich vor ihr ausbreitende Landschaft. „Meine Güte, ist das schön hier. Im Winter sind die Farben manchmal so klar. Ich liebe es. Es ist Sommer mit Filter, sehr, sehr beeindruckend."

Ina stellte sich neben die Freundin und zeigte auf eine weit in der Ferne liegende prächtige Finca mit einer großen umlaufenden Terrasse. „Dort drüben, das ist eine ganz traditionelle Orangenfarm." Sie ließ ihren Arm über den Horizont kreisen. „Alles, was du hier an Plantagen siehst, gehört dazu."

Margarethe unterband den Redeschwall. „Entschuldigung, ihr sollt nicht immer ablenken. Ich bin doch so neugierig. Also, wie wars mit Peter?"

Sybille lachte. „Ja klar, jetzt geht es weiter. Also, das erste Date war klasse. Puuh, ich war so aufgeregt. Ich bin mit meinem Leihwagen ganz langsam nach Dénia gezuckelt und konnte vor Nervosität kaum fahren. Peter hat in seinem Lokal auf mich gewartet und das war ein so aufregender Moment, wie ich ihn selten in meinem Leben erlebt hatte."

„Erzähl doch etwas genauer, damit ich mir das richtig gut vorstellen kann!", fieberte Margarethe ungeduldig weiter.

„Nun ja, die Bar war leer und Peter hantierte an einem Flaschenregal, als ich die Tür öffnete, und dann sah ich den Mann auf mich zukommen, wegen dem ich mir dreißig Jahre zuvor die Augen ausgeheult hatte. Das war schon ein ungewöhnlich berührender Moment."

„Und wie wirkte er auf dich? Der erste Augenblick ist doch entscheidend." In Gedanken ließ Margarethe ihr

Gefühl auferstehen, das sie empfunden hatte, als Mark vor ihrer Finca gewartet hatte. Nur war der Unterschied, dass Sybille sich aktiv zu einem Wiedersehen aufgemacht hatte, während Margarethe sich noch immer überrumpelt fühlte.

„Ja, das stimmt. Ich fand ihn gut. Er war natürlich älter geworden, auch runder, einfach in die Jahre gekommen. Er trug eine Brille und statt der langen Locken, die ich damals so toll an ihm fand, hatte er jetzt eine Fast-Glatze. Aber sein Gang, die Art, wie er die Hände bewegte, und sein Lächeln, das war genauso wie früher, in dem Moment auch genauso faszinierend."

„Er hat dich demnach noch so begeistert wie damals?", fragte Margarethe nach. „Geht das wirklich?"

Sybille schloss einen Moment lang nachdenklich die Augen. „Ach, das weiß ich nicht. Man hat schon ein anderes Bild vor Augen und wird etwas ernüchtert. Dann denkt man daran, dass man ja selber auch dreißig Jahre älter geworden ist, und damit geht's dann wieder."

Sie blickte zwischen Margarethe und Ina hin und her. „Also, ich glaube rückblickend, dass man die Äußerlichkeiten ganz schnell vergisst. Die passen nicht mehr. Das weiß man. Man sucht vielmehr andere Übereinstimmungen mit damals, und wenn man die hat, findet man alles gut. Wir haben uns natürlich sofort in den Armen gelegen, uns gedrückt und geherzt, und dann nimmt man den vertrauten Geruch wahr, spürt den vertrauten Körper und hängt irgendwie an der Angel."

Der Geruch … Marks Geruch. Margarethe war es ähnlich ergangen.

„Oh, das ist so aufregend. Ich kann gar nicht genug bekommen", fieberte Ina schon den nächsten Sätzen entgegen. „Das ist so klasse, dass du uns alles erzählen kannst."

Sybille lächelte. „Ihr seid aber auch neugierig, ihr beide."

„Tut uns leid", riefen Margarethe und Ina wie aus einem Mund und alle drei mussten lachen.

„Dann will euch nicht länger auf die Folter spannen. Also, nachdem Peter und ich uns losgelassen hatten, sind wir zum Essen gegangen. Peter hatte uns einen Tisch in einem zauberhaften Strandlokal bestellt und alles war unfassbar romantisch. Die Sonne, das tiefblaue Meer, die prickelnde Stimmung. Es war unwirklich schön, aber mit jedem Bissen rutschten wir mehr in die Vergangenheit, denn wir haben natürlich alle möglichen Anekdoten aufgewärmt."

„Wie muss ich mir das vorstellen?", fragte Margarethe nach.

„Na, jeder erzählte seine Erlebnisse und es ging nur um ‚Weißt du noch?' und ‚Erinnere dich!', und dann wollte Peter, dass ich sein ganzes aktuelles Leben kennenlerne. Deshalb sind wir danach zu ihm gefahren und er hat mir sein Haus gezeigt. Wir haben Freunde besucht, sind am Strand spazieren gegangen, haben kurz im viel zu kalten Sand gelegen und uns, ganz Studenten-like wie damals, leidenschaftlich geküsst."

Margarethe sah in Sybilles Gesicht. Die große Verliebtheit konnte sie nicht erkennen. „Und was hat sich geändert?"

„Eigentlich nichts. Die alten Gefühle waren wieder da und wir malten uns alles aus, ewige Liebe, Jahrzehnte voller Glück und, und, und. Doch die alte neue Liebe hatte schon schnell ihre Tücken. Denn wir beide waren ja nur noch in unseren Köpfen dieselben, in Wahrheit hatten wir uns weiterentwickelt oder zumindest anders entwickelt und das Scheitern beim ersten Mal stand natürlich auch dazwischen."

„Gut, aber erst einmal seid ihr in Erinnerungen versunken und das tut der Seele gut. Und ich denke, wer sich früher prima verstanden hat, wird es doch in der Gegenwart auch tun, zumindest zeitweise", brachte Ina ihr Wissen zu der Thematik ein.

„Zeitweise ja, aber die angebliche Harmonie war bei uns schon recht schnell vorbei, und das bereits beim dritten Treffen. Erinnerst du dich Ina, wie ich an dem Tag zurückgekommen war?"

Ina stimmte ihr zu. „Oh ja, du warst sauer, weil er dir gesagt hatte, dass die Bar die ganze Woche geöffnet ist und du mit ihm dort arbeiten sollst, wenn du zu ihm gezogen bist."

„Genau, aus meinem freien Vogel war ein angepasster und eingebundener Barbesitzer geworden. Früher hatten wir tolle Gespräche geführt über das, was wir vom Leben wollten: Freiheit und Abenteuer. Jetzt ging es bei Peter nur noch um seine Arbeit, seine Routinen, einfach darum, das Leben noch geregelt und möglichst bequem über die Runden zu bringen."

„Und was hat das mit dir gemacht?", wollte Margarethe wissen.

„Nun ja, wir hatten rasch gemerkt, dass es eigentlich außer der Vergangenheit gar keine Übereinstimmungen in unseren Leben mehr gab. Wir hatten uns in all den Jahren einfach verändert und sahen Dinge entsprechend anders. Es hakte schnell im Getriebe und dann passte nichts mehr, oder nur noch wenig." Sybille lachte jetzt verschmitzt. „Man kann es auch verkürzen: Ich wollte keinen Barjob und Peter fand das affig. An dem Tag gab's Stress. Etwas früh, findet ihr nicht?"

Margarethe machte eine abwägende Handbewegung. „Ich weiß nicht, das ist so endgültig. Eigentlich ist es doch ganz normal. Jeder macht prägende Erfahrungen: berufliche Niederlagen, aber auch Erfolge, Liebe und Trennungen, Geburt der Kinder, der Tod der Eltern. Es gibt viele Ereignisse und Schicksale, die einen im Laufe des Lebens prägen und manches Mal alles auf den Kopf stellen. Bei manchen geht auch bei all dem die gute Laune verloren und dann hat man mit dem einstigen Gitarre spielenden Sonnyboy nichts mehr gemein. Aber man entdeckt andere Dinge: Vertrauen, Zuverlässigkeit, leise Liebe."

„Das heißt, an der Desillusionierung kommt niemand vorbei und man liebt sich trotzdem?" Sybille zog die Augenbrauen hoch.

„Ja, warum nicht?", entgegnete Margarethe.

„Aber es passiert noch etwas", gab Sybille zu bedenken. „Wenn man sich gut kennt, erkennt man auch schnell die Muster seines Gegenübers wieder. Man ist deutlich voreingenommener als bei einem komplett Fremden, dessen Vergangenheit man nicht aus eigener Erfahrung kennt. Denk an die Schublade, da steckt man den anderen rasch wieder hinein. ‚Ich wusste es doch … also … nicht noch einmal mit mir … Das sind schon Gedanken, die dich schnell ereilen.'"

Das konnte Margarethe gut nachempfinden, denn diese Gedanken kreisten auch in ihrem Kopf. Würde Mark wirklich sein Amt aufgeben oder doch wieder Ausreden haben, um es aufzuschieben? „Und wie kann man gegensteuern?"

Sybille zuckte mit den Schultern.

„Also rückblickend würde ich sagen, man sollte sich möglichst unbefangen nähern und die negativen Punkte, die einem im Kopf herumspuken, auf keinen Fall zur Seite schieben, sondern recht schnell ansprechen. Besonders die Trennung muss geklärt werden. Als Grundregel gilt: Alle Baustellen müssen vom Tisch."

Margarethe zupfte an einer Haarsträhne. „Das heißt, nach der ersten großen Euphorie kommt der große Austausch?"

„Exakt! Ansonsten kommt der Schmerz immer wieder hoch und stört die Schmetterlinge beim Fliegen, so lange, bis sie davon vergiftet zu Boden sinken."

„Ist das ein prima Vergleich", jubelte Ina. „Das merke ich mir für einen meiner nächsten Artikel."

„Oje, ich weiß gar nicht, ob das von mir ist. Es fiel mir nur gerade ein. Aber egal, man muss also auf der vorhandenen Verbundenheit aufbauen, nur eben richtig."

„Ja, ich habe gelesen, dass diese wiederbelebten Beziehungen durch das starke Verbundenheitsgefühl aus der Jugend sehr intakt sein können", führte Ina das Gelesene weiter aus. „Es gibt eine amerikanische Psychologin, die zu dem Thema forscht, und sie meint, dass drei Viertel der wiedergefundenen Paare ein Jahr und länger zusammen sind, aber immer unter der Voraussetzung, dass keine anderweitigen Partnerschaften beim Wiedersehen bestanden. Psychologen raten also eindeutig dazu, sich als Single auf Facebook und Co. ruhig nach der Vergangenheit umzusehen."

„Aber suchen Gebundene denn auch? Denen geht es doch nur um Abenteuer und nicht um Liebe", fragte Margarethe.

„Ja klar, es ist ein schneller Weg, an eine Affäre zu kommen", antwortete Ina. „Allerdings meinte die Fachfrau, dass sogar der größere Teil derjenigen, die sich in den sozialen Netzwerken nach der alten Liebe umsehen, gebunden ist. Sie sind eher aus Frust und Langeweile auf der Suche. Sie wollen ein bisschen Kribbeln und Abwechslung, mal wieder flirten oder auch mehr, und leider entgleitet es ihnen dann manchmal."

„Ich verstehe", bestätigte Sybille. „Man sollte deshalb nicht einfach so im Netz stöbern, denn das endet häufig im Hotelbett und einer riesengroßen Familienkrise."

„Stimmt, laut der Expertin werden auf diese Weise reichlich eigentlich intakte Familien zerstört", führte Ina weiter aus.

„Und die Beziehungen halten dann nur bis zum nächsten Knall?", wollte Margarethe wissen.

„Vermutlich, man sollte sich also schon sicher sein und nicht zu viel in Träumereien und Gedanken hineininterpretieren. Denn wenn man an seine Jugendliebe denkt, heißt es nicht, dass sie so besonders ist, sondern nur, dass

Erlebnisse aus der Jugend tief im Hirn verankert sind. Sie drängen also nicht mit aller Macht aus der Vergangenheit in die Gegenwart, sie sind nur einfach besonders, weil die Gefühle damals neu für uns waren. Unter dem Einfluss der wilden Jugendhormone graben sie sich tief in das Gedächtnis ein. Wenn wir die Gelegenheit haben, wollen wir sie zurück, weil wir Jugend und Unbeschwertheit auch zurückwollen."

„Das glaube ich", meinte Margarethe. „Es ist ein gutes Gefühl, die Jugend wieder zurückzuholen, aber meistens passt eben außer der Erinnerung nichts mehr zusammen."

„Exakt", bestätigte Sybille. „Früher am Strand mit Lockenpracht und durchtrainiertem Superbody und heute mit Glatze und Bierbäuchlein. Das muss man erst mal verkraften."

„Aber die Äußerlichkeiten, sind die denn noch so wichtig?", fragte Ina, während sie erneut ein Stöckchen für Carlos warf.

„Was heißt denn noch?", entrüstete sich Sybille. „Klar weiß man, dass fünfzig nicht das neue zwanzig ist, aber ich möchte doch einen Mann, der mich anspricht, auch sexuell."

„Und wie ist es jetzt bei dir?", unterbrach Margarethe die ganzen theoretischen Ausführungen.

Sybille lächelte. „Ja, sorry, wir sind wirklich etwas abgeglitten. Also, ich hatte einen wundervollen Tag und ein paar desillusionierende weitere. Insgesamt aber eine schöne knappe Woche, sowohl mit Peter als auch ...", sie sah jetzt Ina an „... mit meiner Ex-Nachbarin und Freundin Ina und ihren zauberhaften Eltern." Sie schmunzelte.

„Also, ich bereue nichts." Dann seufzte sie. „Aber ob Peter und ich in der Gegenwart miteinander klarkommen, das glaube ich eher nicht. Es liegt eben ein Leben dazwischen und ich weiß nicht, wie wir das alles hinbekommen wollen. Peter hat Kinder und eine Bar, ich habe einen Job und uns trennen zweitausend Kilometer. Und ich habe keine Ahnung, ob er der wirklich einzig wahre Partner für mich ist."

„Und was hast du jetzt vor?" Margarethe nahm das Stöckchen auf, das Carlos wedelnd vor ihr abgelegt hatte, und warf es.

„Zeit gewinnen, horchen, was mein Herz und mein Kopf sagen, und beides in Einklang bringen. Peter wird das garantiert genauso machen. Wir sagen uns heute noch Tschüss, bleiben in Kontakt, telefonieren viel." Sie seufzte. „Ob dann alles im Sande verläuft, wer weiß, wir lassen es auf uns zukommen."

„Das ist ein reifes Verhalten." Eines, das Margarethe sich für sich selbst wünschte.

Sybille lächelte. „Finde ich auch. Ich habe in erster Linie die Verantwortung für mich. Dessen bin ich mir bewusst. Aber ich weiß auch, dass ich es gründlich abwägen will. Peter war mir einmal sehr, sehr wichtig und die Chance, noch einmal mit ihm zusammenleben zu können, die muss ich zumindest zu Ende denken, unbedingt. Obwohl Wolke sieben sich bei uns schnell aufgelöst hat."

„War es nur ein Rausch, ein Feuer, das vorüberzieht und schnell wieder erlischt?", fragte Margarethe. „Wie sieht es denn mit dem Kribbeln aus?"

Sybille machte eine etwas anzügliche Handbewegung. „Es war da, sogar ganz heftig. Wir haben uns richtig aufeinander gestürzt, ich meine sexuell. Aber das war natürlich auch überlagert von vergangenen Fantasien und nach dem ersten Rausch kam prompt die Ernüchterung, weil wir, nachdem wir die Lust etwas ausgelebt hatten, die Realitäten sahen. Ich glaube, Peter ging es nicht anders. Ich habe ihm von meiner Arbeit als Sozialarbeiterin erzählt und von dem, was ich alles noch vorhabe und plane, und er sagte mir immer nur, dass er bald die Bar früher schließen und danach am Strand sitzen möchte. ‚Abhängen‘, ihr glaubt gar nicht, wie oft ich dieses Wort gehört hatte. Alles drehte sich bloß darum, möglichst bequem das Ende abzuwarten.“ Sie seufzte. „Ganz ehrlich. Dann bleibe ich lieber in Paderborn und bewirke noch etwas. Und Peter konnte es mit Sicherheit auch nicht mehr erwarten, die aufgekratzte Sozialtante erst einmal wieder loszuwerden. Ich glaube, ich war ihm viel zu anstrengend.“

Margarethe seufzte. „Das klingt so nachvollziehbar. Wann fliegst du zurück nach Deutschland?“

„Gleich morgen, ich bin ganz zeitig im Flieger. Ich vermisse meinen kleinen Vierbeiner richtig und brauche auch meine vertraute Umgebung wieder. Jetzt heißt es erst einmal, wirklich Adieu zu sagen.“

Sie sah Margarethe an. „Ich möchte gerade dir noch etwas sagen. Weißt du, ich habe hier ein Kapitel für mich schließen können. Das war auch wichtig. Ich habe so oft in den vergangenen Jahrzehnten wehmütig an Peter gedacht und mich häufig, gerade in Krisen, in seine Arme gesehnt. Jetzt weiß ich, dass das Wegträumen Unsinn ist. Das Leben spielt jetzt und nicht in der Vergangenheit. Das habe ich gelernt und dafür bin ich dankbar."

Margarethe seufzte. „Das ist wirklich schön zu hören."

Sybille legte ihr die Hand auf den Arm. „Glaub mir, alles, was dir jetzt durch den Kopf geht, ist nicht umsonst. Es bringt dich auf den richtigen Weg. Irgendwann weißt du, was du möchtest, und dann schließt du das Kapitel auch für dich, so oder so, vertrau mir."

Margarethe lächelte und nahm Sybille für die treffenden Sätze in den Arm. „Du, das ist total schön, dass du mir das jetzt noch einmal sagst. Ich danke dir dafür, wirklich, und wenn Ina mal keinen Platz für dich hat, du weißt ja, wo ich wohne."

„Seht mal, wir sind trotz unserer wichtigen Gespräche ganz schön herumgekommen", freute sich Ina und marschierte mit Carlos an der Seite einen kleinen Pfad hinauf und winkte sie zu sich. „Nun kommt mal etwas zügig mit. Das ist ein Geheimweg und dahinter zeige ich euch eine wunderschöne Quelle. Wenn ihr mögt und es nicht zu kalt ist, können wir unsere Beine abkühlen. Es ist wunderbar entspannend."

„Und hilft gegen Krampfadern", scherzte Sybille. „Wir sind ja langsam in dem Alter."

„Ich bin in dem Alter, gerade die Liebe neu zu entdecken und auf alle Experimente eingestellt", frotzelte Margarethe. „Die Krampfaderthematik habe ich mal ganz nach hinten geschoben. Ich habe nämlich noch jemanden kennengelernt."

„Und der kann sich sehen lassen, auch ohne Vergangenheit", meinte Ina vielsagend. „Ich habe ein Bild von ihm gesehen."

Sybille hörte aufmerksam zu, als Margarethe ihr auf den letzten Metern bis zur Quelle die spannende Kennenlerngeschichte mit Finn erzählte.

„Und, was machst du jetzt?"

Margarethe zuckte mit den Schultern. „Es gibt noch keinen Grund, sich zu entscheiden. Ich flirte einfach mal mit einem Mann, was ich jahrelang nicht mehr gemacht habe, und prüfe meine Gefühle. Zum Glück habe ich Zeit und er ist weit weg."

„Du bist soooo klug", lobte Ina sie und nahm ihren Rucksack vom Rücken. „Ich habe noch eine Überraschung für euch", meinte sie und packte ein klitzekleines Mini-Picknick aus: etwas Obst, ein mit Käse gefülltes Bocadillo und eine Flasche Orangensaft. Und nach einer entspannten Pause mit viel guter Laune machten sie sich auf den Rückweg zum Parkplatz in Simat.

Als Margarethe von dort am frühen Abend zu ihrer Finca gefahren wurde, drehten sich die Themen um Jobs, Marketing und neue Kunden.

Auf der Finca angekommen verabschiedete sie sich herzlich von den beiden Frauen, wünschte Sybille einen guten Rückflug und dankte ihnen für den gelungenen Ausflug.

Sie fühlte sich hundemüde, musste sich zwingen, die Abrechnungen noch zu kontrollieren, ein paar Mails zu beantworten, und legte sich dann ins Bett. Aber Sybilles Worte gingen ihr nicht mehr aus dem Kopf und ein Satz war ihr besonders im Gedächtnis haften geblieben: „Irgendwann schließt du das Kapitel auch für dich, so oder so." Aus dem Schlafzimmerfenster blickte Margarethe in den klaren Sternenhimmel und konnte trotz ihrer bleiernen Müdigkeit nicht einschlafen. Sie sah Mark vor sich, seine Augen, roch seine Haut. Wie es ihm jetzt wohl ging?

Sie griff nach dem Handy, das auf ihrem Nachtschränkchen lag, und schrieb spontan eine WhatsApp. „Ich muss an dich denken", schrieb sie, und als sie auf Senden drückte, fühlte sie sich plötzlich erleichtert. Und während sie von ihm träumte, hörte sie bereits ein zartes Pling. Er hatte geantwortet. „Ich denke nur an dich!"

Margarethe schloss die Augen, selig, beruhigt, und als sie das Handy zurück auf das Nachtschränkchen legte, kullerten ihr zwei Tränen über die Wangen. Tränen der Rührung.

***

„Hui, ich bin jetzt live dabei, wenn ein Instagram-Star aufgebaut wird!", rief Margarethe lachend Ina zu. „Kann ich ein Autogramm von dem Supermodel bekommen?"

Ina winkte ihr zu und zeigte mit dem Finger auf ein idyllisch unter einem Olivenbaum stehendes Tischchen und signalisierte ihr, dass sie sich setzen möge und sie gleich zu ihr kommen würde. Sie stand dabei an eine Palme gelehnt und bewegte sich vorsichtig hin und her. Offenbar probierte sie das beste Licht aus. Ingo konnte Margarethe zuerst gar nicht entdecken, bis sie seinen Rücken sah, der halb von einem Baum verdeckt wurde. Er hielt eine Kamera in den Händen und fixierte damit Ina. Auch er winkte ihr zu und Margarethe verstand ihn so, dass er ebenfalls gleich käme.

Margarethe war auf Inas Einladung hin gerade in Ingos Rastro angekommen und setzte sich jetzt – wie gewünscht – an den Tisch, der bereits liebevoll eingedeckt war. Es gab ein paar Tapas, Saft und Wasser und einen offenbar von Ingo selbst gebackenen Orangen-Käsekuchen. Sie erkannte das daran, dass der Kuchen die typische Verzierung hatte, klein geschnittene Orangenstreifen. Ingo verzierte gern Süßspeisen damit und Margarethe liebte sie alle.

Entspannt hielt Margarethe ihr Gesicht in die Sonne. Wann konnte sie schon mal so einen wunderschönen Sonnenplatz genießen und dabei spannende Arbeiten beobachten. Ina hatte sie gebeten, bei den neuen Aufnahmen für ihren Modekanal dabei zu sein, und da sich Margarethe nach dem ganzen Durcheinander etwas entspannen wollte, hatte sie sich den Nachmittag freigenommen und war der Einladung nur zu gern gefolgt. Sie hatte sich für den bestimmt aufregenden Termin extra schick gemacht und eine grüne Hose mit passendem Pulli angezogen und eine auffällige Sonnenbrille aufgesetzt. Jetzt sah sie von ihrem Platz aus auf der linken Seite in das großzügige Anwesen, das aus den weitläufigen, zu einem Geschäft umgebauten Stallungen, einem kleinen Bistro und dem Privathaus bestand, und auf der rechten, wie Ina auf einem Dünenweg die neueste Kollektion mit Assistenz ihres Vierbeiners Carlos präsentierte. Margarethe hielt sich bewusst zurück, um die beiden Models und den Fotografen nicht zu stören.

Aber Ingo war schnell fertig, verstaute die Kamera in seiner Fototasche und kam sofort auf sie zu. „Schön, dass du da bist", meinte er und zeigte auf den Tisch. „Und, voilà, ist alles zu deiner Zufriedenheit? Und für den Star habe ich auch etwas besorgt." Er deutete auf einen Fressnapf, in dem eine Auswahl Hundeleckerlis als Stärkung bereitlag.

Margarethe sah zu Ina hinüber, die jedoch offenbar mit ihrem Gang unzufrieden war und immer wieder neu ein paar Schritte übte. Ihre Freundin zeigte heute die Trendmode für das Frühjahr, in diesem Fall die neuesten Erdtöne, und Carlos lief putzig nebenher, würde aber später als Kommentator ins Video geschnitten. Ingo hatte deshalb bereits jede Menge Aufnahmen von Carlos allein gemacht, um sie mit entsprechenden Kommentaren aus der kessen Hundeschnauze unterlegen zu können.

Margarethe hatte die ersten beiden Beiträge auf Instagram schon gesehen und auch die zahllosen begeisterten Kommentare darunter gelesen. Es gab keine Zweifel, dass Carlos mit seiner Kodderschnauze bald der absolute Shootingstar am Instagram-Modehimmel sein würde.

„Komm, machen wir jetzt auch eine Pause", rief Ingo Ina zu und sie kam statt mit einem stolzierenden Modellgang jetzt ganz normal durch die Dünen gelaufen, natürlich begleitet vom schwanzwedelnden Carlos.

Nach einer schnellen Begrüßung labten sich Margarethe und Ina an einem Stück Kuchen und tranken dazu einen duftenden Café con leche, den Ingo ihnen aus der Küche geholt hatte. Er selbst kniete sich mit der Kamera auf den Boden und versuchte, Carlos mit allerlei Grimassen und

unerwarteten Geräuschen zu den schönsten Schnapp-
schüssen zu animieren.

„Ja, Carlos, jetzt zeig mal, was du alles meinst", alberte er. „Was hältst du denn von der Modefarbe Brombeere? Kannst du das den Damen da draußen empfehlen?",
sprach er weiter auf ihn ein und änderte dabei immer die
Tonhöhe, sodass der Vierbeiner mal die Ohren spitzte,
mal neugierig schaute und manchmal auch fröhlich einen Satz auf ihn zumachte oder sich ausgelassen im Kreis
drehte.

„Ich weiß wirklich nicht, was du meinst!" Ingo kicherte
vergnügt. „Ich habe dich nicht richtig verstanden. Also,
wie findest du denn nun Brombeere."

Ina stupste Margarethe an. „Du musst dir die beiden
ansehen. Die sind ein Dream-Team. Ingo hat eine wunderbare Art, mit ihm umzugehen. Carlos liebt ihn mittlerweile über alles."

Ina setzte die Tasse ab und tippte ihr im selben Moment
erneut an den Oberarm. „Sieh mal, achte auf Carlos' Lef-
zen. Das sieht jetzt aus, als würde er schmunzeln. Total
süß."

Margarethe beobachtete amüsiert die Szene, bei der
Ingo immer verrücktere Sache machte und Carlos auch
mit klitzekleinen Leckerlis zu Spielchen lockte.

Ingo schaute sich zwischendurch immer das Display seiner Kamera an, wägte kurz ab und lächelte mal zufrieden,
mal brummte er aber auch „Das ist nichts" und löschte die
Aufnahmen. Schließlich stand er auf, schüttelte seine Knie
und lachte Carlos an.

„So, mein Freund, ich glaube, ich habe Material für zehn Folgen im Kasten und jetzt machen wir alle eine wunderbare Pause, okay?"

Carlos legte sein Köpfchen schief, so als wollte er genau verstehen, was Ingo sagte, und er wirkte dabei so aufmerksam und interessiert, dass alle laut auflachen mussten.

„Er ist ein Knüller", warf Margarethe ein und Ina bestätigte: „Ja, wirklich, ein so lustiger kleiner Kerl!" Dann ging sie in die Knie und nahm ihn fest in den Arm. „Du bist mein Hauptgewinn, du strubbeliger Schatz."

„Du hast aber wirklich ein Hundeherz", meinte Margarethe.

„Ein Hunde-, Katzen-, Vogel-, Ach-was-noch-alles-Herz. Du weißt doch, dass ich alle Tiere und Menschen liebe."

Ingo zog die Schulter hoch und stöhnte kurz auf. „Wenn es nur nicht so schwer wäre, mit Carlos auf Augenhöhe zu kommunizieren. Autsch, autsch, ich spüre jeden Knochen an meinem Körper."

„Du kommst eben auch in die Jahre", spöttelte Margarethe. „Obwohl man dir das in diesem traumhaften Outfit wirklich nicht ansieht."

Ingo trug einen gelben Overall mit gleichfarbigen Sneakern und einer ebenfalls gelben Weste mit zahlreichen Strass-Steinen. Einziger Farbklecks waren türkisfarbene Socken.

„Du magst das Sonnengelb?", fragte Ingo. Er streckte seine Arme in die Höhe und stolzierte im Modellgang mit gekonntem Hüftschwung vor ihnen auf und ab. „Na, wie steht mir das? Ist das die wahre Trendfarbe für das

Frühjahr? Diese Mischung aus den besten Farben des Universums. Was glaubt ihr?"

„Ich mag dich in jeder Farbe", meinte Ina lachend und bat ihn, sich zu setzen, um ihm ein Stück von einem mit Avocado belegtem Bocadillo abzuschneiden. „Du hast jetzt erst einmal Pause, und wenn wir alle wieder halbwegs fit sind und du deinen Rücken in Form hast, gehen wir noch mal in die Dünen und drehen zu Ende. Obwohl …", sie lachte Margarethe an, „… ich mir vorstellen könnte, dass du auch einmal in einige meiner superschönen Outfits schlüpfen könntest. Was meinst du?"

Erschrocken stellte Margarethe die Kaffeetasse ab. „Wie? Ich?", stammelte sie. „Ich soll vor die Kamera?"

„Genau", sagte Ina und sah auf die Uhr. „Ich habe für heute auch eine Visagistin gebucht. Sie muss jeden Augenblick da sein."

„Eine Visagistin? Für mich? Ina, das meinst du doch nicht ernst."

„Doch!", meinte Ina vollkommen ruhig. „Du bist eine supertolle Frau und ich habe eigens für dich ein paar Teile ausgesucht. Komm", sagte sie jetzt ganz liebevoll. „Traue dich, bitte, bitte, mit mir zusammen. Ich brauche etwas Abwechslung auf meinem Kanal."

Margarethe atmete tief durch und seufzte. „Nun ja, ich kann aber nicht versprechen, dass ich das hinbekomme."

„Aber ich", warf Ingo ein. „Mit mir an der Seite bist du eine weitere Heidi Klum. Also los, und wenn ihr beide heute richtig super arbeitet, habe ich noch eine Überraschung für euch."

„Das heißt, das war alles abgesprochen!", stellte Margarethe entrüstet fest. Sie blickte auf den Tisch. „Was ist das hier, die Bestechung? Ich habe ernsthaft geglaubt, ihr wolltet mit mir zusammen sein und einen Snack nehmen."

„Wollen wir ja auch", meinte Ina kleinlaut. „Nur eben nicht ausschließlich."

Ingo zuckte mit den Schultern und verzog dabei schmerzhaft den Mund. „Genau, das war nur das Entree, oder noch besser, die Gage."

„Meine Güte, seid ihr raffiniert. Ich hatte doch tatsächlich angenommen, es ging um mich und meine charmante, ach so unterhaltsame Seite."

„Geht es auch, aber wir möchten, dass viele Menschen deine ach so unterhaltsame und charmante Seite kennenlernen."

„Na dann!" Margarethe gab auf und in demselben Moment bog ein knallroter Kleinwagen in die Einfahrt. „Das ist Luisa, die macht uns jetzt richtig schön."

Margarethe seufzte. „Okay, ich bin dabei, aber nur euch zuliebe."

Die kommenden Stunden waren für Margarethe zwar anstrengend, doch auch richtig schön. Ina hatte in einem Nebenraum des Rastros, flankiert von zwei lebensgroßen Steinlöwen, die Ingo mal in einem arabischen Palast entdeckt hatte, und diversen Flohmarktutensilien wie Lampen, Krimskrams und edlen und weniger edlen Möbelstücken ihre aktuellen Kollektionsteile auf schlichten Edelstahl-Kleiderständern aufbewahrt. Daneben stand einen Tisch für Schminkutensilien. Luise frisierte sie beide gekonnt, schminkte sie raffiniert und achtete bei Inas

Bekleidungswünschen auf die geeigneten Eyecatcher, die passenden Accessoires. So perfekt zurechtgemacht bummelten sie anschließend scheinbar fröhlich über die Dünenwege, saßen lässig auf einer Bank zwischen den großen im Wind wehenden Gräsern, und weil die Temperaturen es zuließen, lupften sie ihre Kleider hoch und liefen über den Sand und auch ein paar Schritte durch die Wellen.

Immer mit dabei war Carlos, der sein Frauchen und Margarethe mal lebhaft bellend, mal aufmerksam beobachtend verfolgte. Beim Gang ins Wasser hielt er sich jedoch zurück, begleitete sie aus sicherer Entfernung und vermied es, dass seine Pfötchen auch nur einen Tropfen Wasser abbekamen.

Ingo dirigierte sie gekonnt, motivierte sie zu lächeln, ernst zu blicken oder ausgelassen zu lachen. Mit Bemerkungen wie „Ihr seid großartig, weiter so, ich bin begeistert" brachte er auch Margarethe dazu, sich so locker zu bewegen, weil sie bei seiner motivierenden Art völlig vergaß, dass seine Kamera sie aufnahm.

„Aus! Vorbei! Alles im Kasten", rief er schließlich und Margarethe fiel Ina erleichtert um den Hals. „Jetzt bin ich auch ein Star", meinte sie lachend. „Genauso wie Carlos!"

„Na, na, na", stöhnte Ingo. „Euch trennen Lichtjahre!"

Ina streichelte Margarethe anerkennend über den Rücken. „Das hat total Spaß gemacht", meinte sie. „Weißt du noch, mit deiner Schwägerin Vera ist es auch richtig klasse gewesen, aber du hast das Vergnügen heute noch getoppt. Wann sehen wir sie und Georg eigentlich mal wieder? Geht es ihnen nach wie vor gut?"

Margarethe setzte sich auf einen Stein und strich sich die Haare aus dem Gesicht. „Wow, war das klasse, eine absolute Megaerfahrung, aber super anstrengend für mich als Laie. Zu deiner Frage: Den beiden geht es prima. Die sind nach wie vor verliebt und ich glaube, das bleibt auch so."

„Sie wollen Ostern kommen, richtig?"

„Ja. Zumindest habe ich nichts Gegenteiliges gehört."

„Weiß Georg eigentlich von den neuen Entwicklungen? Ich meine, denen mit Mark?"

Margarethe schüttelte den Kopf. „Also von mir nicht, doch ich glaube, Mark hat ihn eingeweiht. Die beiden mögen sich ja. Ich kann mir kaum vorstellen, dass Mark meinem Bruder den geplanten Trip nach Spanien verschwiegen hat. Das passt nicht zu ihm."

Sie sah jetzt Ingo an. „Können wir uns noch mal an deinen leckeren Tapas stärken? Dieses Mal vielleicht auch mit einem Glas Wein, okay?"

Ingo hakte Margarethe unter. „Ja klar, komm, und Ina nehmen wir mit."

Die hakte sich auf der anderen Seite ein. „Ich danke dir so sehr", meinte sie an Margarethe gerichtet. „Weißt du, mit meinem Kanal muss ich mir immer etwas einfallen lassen. Carlos sieht wirklich nach einem großen Erfolg aus und du, ja du, wirst mir auch wieder ein paar Follower mehr bringen."

„Bist du nicht so happy?", wollte Margarethe wissen.

„Was heißt happy, die Zeiten sind nicht leicht und ich weiß auch nicht, wie lange ich Aufträge aus der Redaktion bekomme. Ich möchte, dass der Kanal ein sicheres Standbein bleibt und ..." – sie küsste erst Ingo und dann

Margarethe auf die Wange – „… ich bin einfach froh, wenn ihr mir dabei helft."

„Selbstverständlich", entgegnete Margarethe. „Solange du bei mir immer Orangen und Gemüse kaufst. Ich muss nämlich auch aufpassen."

„Das müssen wir im Moment, glaube ich, alle. Selbst Vicente klagt, dass ihm die Patienten nicht gerade die Praxis einrennen. Wir müssen alle auf das Geld gucken und uns noch mehr anstrengen als sonst immer."

„Zum Glück ist meine Bar gut besucht. Ich komme zurecht, noch", warf Ingo ein.

„Wie läuft denn dein Wandergeschäft?", fragte Margarethe nach, als sie am Tisch angekommen auf einem Stuhl Platz nahm.

„Es ist Winter und da sind kaum Touristen hier. Zum Glück habe ich aber, auch dank Helga, ganz ordentlich mit den Residenten zu tun. Es hat sich bei ihren Freundinnen herumgesprochen, was ich mache, und das hilft mir sehr."

Ina setzte sich und griff nach der Wasserflasche. „Früher bekam ich auch noch von Aaron Empfehlungen", sprach sie weiter. „Apropos Aaron, wo ist er eigentlich? Ich habe ihn bestimmt schon zwei, drei Wochen nicht mehr gesprochen, geschweige denn gesehen."

„Da wirst du dich noch etwas gedulden müssen", klärte Ingo auf. „Der gute Aaron kreuzt irgendwo in der Karibik und möchte den ganzen Winter über wegbleiben."

„Ist er allein unterwegs?", wollte Ina wissen.

„Garantiert nicht", meinte jetzt Margarethe lachend. „Irgendein Babe wird er schon an seiner Seite haben."

„Ich glaube, ehrlich gesagt, mehrere." Ingo grinste. „Denn er arbeitet dort für ein Charterunternehmen, das sich auf Frauen spezialisiert hat. Junge Amerikanerinnen, die segeln lernen möchten. Da wird er in seinem Element sein, in doppeltem Sinn."

Er lächelte. „Ich bin sehr gespannt, wie unser Charmeur zurückkommt. Irgendwann werden auch die größten Wilderer müde und steuern in den sicheren Hafen."

„Wollen wir das nicht alle, einen sicheren Hafen!", sagte Ina.

Nachdenklich blickte Margarethe über die Dünen hinweg auf das Meer. Sie beobachtete die zahllosen Gräser, deren Wedel sich im milden Wind gleichmäßig hin- und herbewegten. Alles war so friedlich, so schön. Aber die Stille und Unberührtheit machte auch nachdenklich. Der sichere Hafen, seit Marks Brief spürte sie eine tiefe innere Sehnsucht danach. Sie wollte einfach ankommen. Nur eine Phase, gewachsen aus der Erinnerung? Genau das musste sie herausfinden.

„So ist es. Wir wollen alle einen sicheren Hafen", wiederholte Ingo. „Und genau dazu möchte ich etwas sagen. Ich habe Ina meine Überraschung schon erzählt. Aber jetzt sollst auch du, Margarethe, alles wissen."

„Du eröffnest ein neues Geschäft?", unterbrach Margarethe ihn.

Ingo schüttelte den Kopf.

„Nee, nee, Arbeit habe ich genug. Du darfst weiter raten."

„Du stellst uns Mr. Unbekannt vor!", warf sie ein.

Ingo nickte und war sichtbar überrascht von Margarethes Treffsicherheit. „Woher weißt du das? Hast du mit Ina gesprochen?"

„Nein, Beobachtung!", log sie, korrigierte sich aber sofort wieder. „Nein, nein, Ina hat mir wirklich schon davon erzählt und ich finde das großartig. Du zeigst uns nach all den Jahren deinen Mr. Right. Und er zieht tatsächlich hierher?"

Ingo formte mit beiden Zeigefingern und den Daumen ein Herz, legte die Hände an seine Brust und nickte, selbst ganz ergriffen.

Margarethe fiel ihrem guten Freund liebevoll um den Hals. „Ingo, Schatz, das ist so schön für uns alle, eine wirklich riesengroße Überraschung. Ich weiß zwar, dass du regelmäßig Besuch aus Deutschland hast, aber ich habe keine Ahnung, wer der Glückliche ist. Du hast ja immer abgewunken, wenn jemand nach deinem Herzbuben gefragt hat."

„Ja, das war auch wichtig, denn er ist in einer Branche tätig, in der es nicht gut ankommt, wenn man schwul ist."

„Das kann man wohl sagen", sagte Ina. „Wow, das ist wirklich ein Knüller. Ich kann mir gut die Headline in den Boulevardblättern vorstellen!" Sie zeichnete mit der Hand Buchstaben in die Luft.

„Also kein Fotograf?", hakte Margarethe nach.

„Ach Kindchen, nein, in meiner Branche ist das kein Problem. Da ist es ja quasi Pflicht."

Vergnügt kichernd legte er sich spielerisch die Hände vor das Gesicht. Dann sah er kess zwischen Margarethe und Ina hin und her. „Wir Gays haben eben ein Gespür für Farben und Schönheit, darum sind wir in dem Job auch gut aufgehoben."

„Und in welchem Job ist dein, sagen wir, Liebster nicht gut aufgehoben?", fragte Margarethe.

„Er ist in einer Branche, in der man überhaupt nichts davon wissen will: Fußball. Da gibt es nur die richtig echten Kerle und keiner wagt es, sich zu outen." Er schüttelte den Kopf. „Du glaubst gar nicht, wie viele Alibifrauen es für die Jungs gibt. Die schmücken sich mit den schönsten Models, damit niemand auf die Idee kommt, sie könnten sich für Männer interessieren. Ich kenne nicht einen schwulen Fußballer, der sich zu seiner aktiven Zeit geäußert hat."

„Du liebst einen Fußballer!", stellte Margarethe überrascht fest. „Das ist wirklich ein Knaller und sehr gut, dass ihr eure Liebe den Fans nicht auf dem Tablett serviert. Ich glaube auch, das käme nicht gut an."

„Richtig, deshalb ist mein Schatz quasi immer inkognito hier gewesen. Aber er ist schon lange kein aktiver Spieler mehr, hat ins Management gewechselt. Ich habe ja nicht einen jugendlichen Lustboy an meiner Seite, sondern einen richtigen Kerl in meinem Alter."

„Und man kennt ihn?"

„Jeder kennt ihn, aber kaum einer weiß, dass er schon längst nicht mehr mit seiner Alibifrau zusammen ist, sondern seit zehn Jahren mit mir."

„Seit zehn Jahren?" Margarethe war beeindruckt. „Ich dachte, es kommen immer unterschiedliche Partner. Ich wusste nicht, dass es immer derselbe ist."

„Das wusste niemand, außer uns beiden natürlich", stellte Ingo klar. „Wir haben manche falsche Fährte gelegt und uns zu dieser Geheimniskrämerei entschieden, weil wir einfach vorsichtig sein mussten. Ich wollte Kai, so heißt er übrigens, natürlich nicht gefährden."

„Und jetzt will er alles öffentlich machen?"

„Ja genau, Kai wird hier mit mir leben und den Rest können dann die Boulevardjournalisten interpretieren. Kai ist finanziell unabhängig und es ist ihm gleich, ob ihn danach noch jemand ins Fernsehen bittet oder nicht. Er hat keine Lust mehr, verstecken zu spielen, und ich bin sehr froh darüber, wie ihr euch denken könnt." Er wischte sich eine Haarsträhne aus der Stirn. „Weißt du, ich habe ja den ganzen Tag viel zu tun und dank der Bar kenne ich keine einsamen Abende wie viele andere Menschen. Aber ich kenne das schmerzende Gefühl, sich nicht irgendwo anlehnen zu können, wenn einem danach ist. Ich bin jetzt in einem Alter, in dem man ungern allein ist, sondern Zugehörigkeit spüren möchte. Ich brauche das jetzt."

Ina strich Ingo über den Arm, küsste ihn liebevoll auf die Wange. „Du machst es richtig, mein Lieber. Ich gratuliere dir zu diesem Happy End. Ich weiß es ja schon seit ein paar Tagen und habe mich von Anfang an für dich gefreut."

„Ich auch", schloss sich Margarethe an. „Es ist der richtige Schritt. Weißt du, die schmerzende Einsamkeit kenne ich auch seit einiger Zeit. Es klingt vielleicht doof, aber am schlimmsten empfinde ich das Alleinleben, wenn ich sonntags mal am Strand entlanggehe. Ich wollte schon als junges Mädchen einmal Hand in Hand mit meinem

Partner am Meer entlanglaufen. Aber bis heute hat sich dieser Jugendtraum nicht erfüllt. Früher war ich so gut wie nie am Strand und jetzt, mit über fünfzig, bin ich zwar oft am Meer, aber eben immer allein. Wenn ich dann die Paare sehe, die händchenhaltend am Strand über den Sand laufen, sogar noch engagiert Gespräche führen, tja, dann fühle ich mich oft wie das einsamste Mädchen auf der Welt." Sie seufzte. „Doch bevor ich jetzt all euer Mitleid auf mich ziehe, kann ich gleich Entwarnung geben: Das legt sich auch wieder! Es sind nur Momente, aber die haben es in sich, denn sie erinnern mich daran, dass mir etwas fehlt im Leben."

Sie sah Ingo an. „Ich erzähle das jetzt nur, um dir zu signalisieren, dass ich dich verstehe und mich sehr freue, deinen Freund hoffentlich bald kennenlernen zu können."

„Er hat bereits sein altes Leben abgewickelt und kommt schon morgen zu mir, hier auf mein idyllisches Refugium." Er sah zu Boden, wischte sich mit der Hand über die Augen. „Sorry, dass ich heule, aber es ist so schön. Ich freue mich so sehr."

Dann sah er hoch. „Schluss jetzt mit der Heulerei. Wir machen uns noch einen wunderbaren Festtagstropfen auf, stoßen auf mein und unser aller Glück an und dann mache ich mich an das Schneiden einer neuen Folge meiner Süßen. Denn wenn Kai erst einmal hier mit mir zu Abend isst, habe ich ja keine Zeit mehr dazu. Dann muss ich meinen Schatz ja nach Strich und Faden verwöhnen", säuselte er und tänzelte an ihnen vorbei in seine Küche.

Nach wenigen Minuten kam er mit einem Tablett heraus, auf dem drei Weingläser und eine Karaffe standen.

„Hier, das habe ich für uns vorbereitet. Eine leckere Gemüsepaella köchelt auch schon. Und mit meiner kleinen Miniparty feiere ich jetzt mit euch ins Glück."

Sekunden später klirrten sanft die Gläser, und als Margarethe einen Schluck von dem ausgesprochen edel schmeckenden Wein nahm und sich das Aroma des Tropfens auf der Zunge zergehen ließ, dachte sie, wie schon so oft in den letzten Tagen, wieder mal an sich. Ingo hatte recht. Eigentlich hatte sie auch keine Lust mehr, allein zu sein, zumal es bei ihr wirklich um die so oft beschworenen einsamen Abende ging. Gut, sie verbrachte sie meistens am PC mit ihrer Buchhaltung oder gab Bestellungen auf. Langeweile hatte sie nicht. Aber war das das Leben, das sie wollte? Und würde sie es nicht eines Tages bereuen, wenn sie ihr Leben einfach so weiterplätschern ließe? Denn jetzt war die Gelegenheit, ein anderes Leben zu führen. Sie musste nur aus ihren Routinen ausbrechen und zulassen, dass auch etwas anderes möglich ist. Und sie musste vertrauen, aber genau daran haperte es.

KAPITEL 5

Wie gewonnen, so zerronnen – wenn einfach alles aus dem Ruder läuft

Noch eine Stunde, dachte Margarethe, nachdem sie ungeduldig auf die Uhr gesehen hatte. Noch eine Stunde, dann käme Mark an. Sie hatte schon mächtig herumgewirbelt, das Gästezimmer hergerichtet, den Esstisch gedeckt und war jetzt dabei, eine Parrillada de Verdura zu brutzeln, in Olivenöl gebratenes Gemüse, üppig abgeschmeckt mit Knoblauch und einer grünen Soße aus Kräutern, natürlich frisch aus ihrem Garten. Sie hatte auch noch eine Spinat-Tortilla vorbereitet, jede Menge Weißbrot aufgeschnitten und eine selbst gemachte Aioli dazugestellt. Als Nachtisch gab es eine Orangencreme, garniert mit Orangenlikör. Sie wollte es üppig, aber typisch, und genauso, wie sie es liebte. Mark sollte einen Eindruck davon bekommen, wie sie, die frühere Nonne, heute lebte, und das absolut authentisch. Sie war den guten Dingen des Lebens zugewandt, so gut, dass sie sich heute dazu auch ein wohlschmeckendes Glas Wein oder eines ihrer heimischen bayerischen Biere gönnte.

Margarethe hatte sich hübsch gemacht, mit Make-up, einem apricotfarbenen Lippenstift und einem grünen Stretchkleid, das ihre Kurven betonte. Ungeduldig sah sie aus dem Fenster, von dem aus sie den Parkplatz im Auge hatte, und lenkte sich mit dem Blick auf ihre prächtigen Pflanzen ab. Direkt neben der Eingangstür wuchsen zwei große Lorbeerbäume und daneben gedieh ein weit ausladender Olivenbaum. Hätte ihr jemand früher einmal gesagt, dass sie inmitten solcher Prachtpflanzen leben würde, sie hätte ihn für einen Fantasten gehalten. Jetzt wohnte sie umgeben von Obstbäumen, Gemüsefeldern und mit etwas Kopfrecken sogar noch mit Meerblick. Eigentlich war sie die Glücksmarie. Wenn da nicht ihr Gefühlschaos wäre. Sie setzte sich in einen Korbstuhl und sah gedankenverloren durch das Fenster in den Himmel. Er war heute milchig-blau, mit weitflächigen Schleierwolken, die sie im Winter so liebte, weil sie dem Himmel etwas Fernes, ja Heiliges gaben.

Mit geschlossenen Augen atmete sie tief durch und versuchte, ihre Gedanken zu sortieren. Das würde der erste Schritt sein und anschließend müsste sie das Gefühlswirrwarr entzerren, das sich in ihrem Inneren ausgebreitet hatte.

Mark und sie hatten in den letzten Tagen viel Kontakt gehabt. Das hatte sich schleichend entwickelt. Aus den anfänglich vereinzelt geschriebenen WhatsApp-Nachrichten hatte sich im Laufe weniger Tage ein regelmäßiger Austausch entwickelt, den Margarethe als eine beginnende, zarte Freundschaft einordnen wollte, weil sie glaubte, damit keinen Schaden für ihr Herz befürchten zu müssen.

Tagsüber ließ sie Mark in Ruhe den Camino wandern. Sie war überzeugt, dass er die Zeit brauchte, um sein Leben in neue Bahnen zu führen, denn er schien ja willens zu sein, künftig anders leben zu wollen. Wie und ob allein oder mit ihr fand keinen Platz in ihren Nachrichten, sie klammerten es beide bis zum Wiedersehen aus. Aber wenigstens in einem Punkt war sie sich ganz sicher: Sie würde nie wieder so ein verstecktes Leben führen wie damals. Die Nonne, die sich heimlich mit dem Ortspfarrer trifft, die hatte es mal gegeben, aber das war unwiederbringlich vorbei und auch nicht mit Variationen wiederholbar. Denn der Lebensabschnitt hatte sich absolut nicht bewährt, und Margarethe war fest entschlossen, so ein Leben unter dem Radar nie wieder zu führen, weder mit Mark noch mit sonst jemandem. Auch ein Grund, das Thema einer möglichen gemeinsamen Zukunft in den Nachrichten außen vorzulassen, war, dass sie sich momentan nicht in der Lage fühlte, entschlossen „Ja" zu ihm sagen. Es gab zu viele Unbekannte in dieser Angelegenheit und eine davon war ihr Herz. Im Moment wollte sie es nicht einmal fragen. Sie kam mit der Vorstellung, Besuch von einem alten Freund zu bekommen, bestens zurecht.

Margarethe kontrollierte noch das Essen in der Pfanne, stellte den Herd ab und setzte sich hinaus auf die sonnige Terrasse. Sie genoss die sanften späten Sonnenstrahlen auf der Haut, legte den Kopf zurück und war für den Moment ganz auf Ruhe ausgerichtet. Aber natürlich war sie gespannt, wie Mark sich bei seiner Rückkehr verhalten würde. Gut, in dem umfangreichen WhatsApp-Austausch hatte er sich schon sehr geoutet. Er hatte sich für sein

Verhalten von damals entschuldigt, es mit Angst vor der Zukunft, dem tiefen Gefühl des Verrats Gott gegenüber und seiner Liebe zu seinem Amt erklärt, die zwar nicht größer als die Liebe zu ihr gewesen wäre, aber zumindest nicht einfach beiseitegeschoben werden konnte.

Doch in den Jahren nach der von Margarethe als übel und quälend bezeichneten Trennung habe er einen großen Preis für sein Verhalten gezahlt. Er habe versucht, sich Margarethe richtig aus dem Herzen zu reißen und Tag für Tag an sich appelliert, den eingeschlagenen Weg weiterzugehen. Er habe angefangen, zu trinken, dem Alkohol wieder entsagt und mit größter Disziplin versucht, weiter sein Amt auszuüben, aber zunehmend stärker gemerkt, dass das nicht ging.

„Du warst immer an meiner Seite, 365 Tage im Jahr, 24 Stunden am Tag!", hatte er kürzlich geschrieben und Margarethe war bei diesem Satz ein richtiger Schauer über den Körper gelaufen, so sehr, dass sie auf ihrer Haut ein Kribbeln hatte spüren können.

Doch sie war mit Anfang fünfzig kein junges Mädchen mehr, das alles glaubte, was man ihm erzählte. Sie hatte solche ähnlichen Sätze schon einmal gehört und wollte jetzt, bevor sie überhaupt ernsthaft daran dachte, Mark wieder in ihr Leben und ihr Herz zu holen, mehr sehen als hören. Ein paar hingehauchte Sätze waren nicht mehr genug. Sie brauchte Taten, bevor sie ihre Türen zur Finca und zu ihrem Herzen ganz weit öffnete, wenn das überhaupt noch mal ging, und bis dahin wollte sie einfach gelassen bleiben. Schließlich gab es ja, und das hatte sie keinesfalls vergessen, auch noch Finn, mit dem sie ebenfalls einen lebhaften Austausch via WhatsApp führte, zumindest geführt hatte, denn seit einigen Tagen war er auf Geschäftsreise und schien zeitlich sehr ausgefüllt zu sein.

Sie blickte erneut zur Uhr, unruhig und mit unerwartet heftig klopfendem Herzen. „Sicherheiten gibt es nicht", hatte ihr Ina heute früh noch gesagt und an sie appelliert, Mark eine Chance zu geben. Margarethe wusste, dass ihre Freundin recht hatte, natürlich. Niemand konnte Garantien geben, dass eine Beziehung gelang. Aber sie wollte einfach mit Herz und Kopf ihr Leben planen und möglichst viele Unbekannte ausklammern. Sie hatte so viel Arbeit in den Aufbau eines neuen Lebens gesteckt. Das durfte alles nicht leichtsinnig umgerissen und vielleicht umsonst gewesen sein.

Sie blinzelte in die Sonne, stand auf und ging ein paar Schritte durch ihren Orangenbaumhain. Es duftete an manchen Stellen verführerisch und Margarethe blieb stehen, zog einen Zweig zu sich heran und schnupperte fasziniert an den weißen Blüten. Ein paar Meter weiter prüfte sie eine der orangefarbenen Früchte und entschied sich, noch ein paar Tage mit der Ernte dieser Sorte zu warten. Sie sah auf die gegenüberliegende Halle, in der zahllose Kisten vollgepackt mit Orangen auf den Abtransport warteten. Sie würden über Großhändler bald unterwegs sein. Valencianische Orangen waren gefragt, nicht nur bei Margarethe am Stand, sondern in Geschäften und Supermärkten überall in Europa.

Jeden Tag wurde in den Wintermonaten geerntet, die Erntehelfer kamen aus der ganzen Welt und zogen durch Spanien, um sich ihren Lebensunterhalt zu verdienen.

Margarethe hatte einheimische Pflücker, die sie seit Jahren beschäftigte und auf die sie sich verlassen konnte. Sie kamen alle aus der näheren Umgebung und waren zur Hauptsaison bis zu zehn Stunden täglich im Einsatz. Aber für heute war ihr Einsatz beendet und Margarethe hatte jetzt den Kopf frei für dieses ganz andere Kapitel in ihrem Leben.

Sie pflückte sich eine Orange vom Baum, pellte im Gehen die Schale mit der Hand ab und steckte sich eine Spalte der süßen Frucht in den Mund. „Hmh", surrte sie leise und genoss den Wohlgeschmack auf ihrer Zunge. Es war ein wirklicher Genuss.

Margarethe blickte auf die Uhr und ging schnell zum Haus zurück. Mark könnte jeden Moment hier sein und sie wollte nicht, dass er sie suchen müsste.

Während sie das bereits fertige Gemüse erneut erhitzte, die Zucchinischeiben im brutzelnden Olivenöl wendete, hörte sie einen Wagen in die Einfahrt rollen. Gespannt blickte sie aus dem Küchenfenster und sah ihn, Mark, vielleicht ihr Lebensmensch, vielleicht ihr Freund, vielleicht nicht mehr als eine Erinnerung. Sie drehte schnell den Herd ab, ging hinaus und über den gepflasterten Weg zum Parkplatz.

Mark stieg gerade aus und strahlte über das ganze Gesicht, als er sie erblickte. Und dann setzten sich seine Beine in Bewegung und mit wenigen Sätzen war er bei ihr, nahm sie in die Arme und drückte sie so fest, dass sie kaum noch Luft bekam.

„Ich habe dich … dich endlich in meinen Armen", flüsterte er ihr ins Ohr und Margarethe hörte sein Herz genauso wild und schnell pochen wie ihres und schmiegte sich an ihn.

„Ich liebe dich, wie verrückt, von ganzem Herzen, nur dich, dich, dich", flüsterte er weiter und hielt sie weiterhin umschlungen. „Du bist alles, was ich zum Leben brauche."

Margarethe hätte am liebsten geantwortet „Und dein Amt? Deine Gemeinde? Dein Ansehen?", aber sie hielt sich damit zurück. Es passte nicht in diese wunderbare Stimmung, in der es um Nähe und Innigkeit ging und nicht um Aufrechnen und Sticheleien. Und während sich in ihrem Kopf so viele Gedanken drehten, um Freundschaft und Distanz, um Aufpassen und Herzfesthalten, spürte sie seine Lippen auf ihren und ein echtes Feuerwerk in ihrem Körper. Sie schob ihre Hände auf seinen Rücken, zog ihn an sich und ihre Lippen und Zungen fanden sich so wild und stürmisch, dass sie alles um sich herum vergaß. Mark war da, bei ihr und in diesem Moment gab es keine Zweifel und Bedenken, keine Vergangenheit und keine Zukunft. Es gab nur das Hier und Jetzt, und als Margarethe merkte, dass er sie auf seinen starken Armen ins Haus trug, flüsterte sie nur noch getrieben von der Begierde „Das erste Zimmer links". Sie sah ihre Bettwäsche aus den Augenwinkeln, spürte erst seine heißen Handflächen auf ihrer Brust, dann seine Lippen, die Zunge und ein lautes Stöhnen begleitete den Rhythmus ihrer Körper.

Der Sex war unerwartet, aber so grandios, dass Margarethe zeitweise meinte, das Bewusstsein zu verlieren. Die lange vermisste Lust überkam sie so ungestüm und haltlos, dass sie keine Vorstellung hatte, wo sie war, und sogar glaubte zu schweben.

Schließlich sackte Mark erschöpft stöhnend auf ihr zusammen, bevor er sich zur Seite drehte und ihr liebevoll über die Wange strich. „Ich fühle mich wie im Winter vor fünfzehn Jahren", sagte er sanft. „Die ganze Zeit danach, es hat sie nicht gegeben. Ich habe sie nur geträumt, aber es war ein Albtraum, denn es waren schlimme Jahre, auf die ich gerne verzichtet hätte."

Margarethe lag auf dem Rücken und versuchte, langsam wieder zur Ruhe zu kommen. Ihr Puls raste und sie brauchte eine Zeit, um ruhiger zu atmen „Ich glaube, wir brauchen beide eine Stärkung", sagte sie dann leise, hauchte Mark einen Kuss auf die Wangen und stand vorsichtig aus dem Bett auf. Ihre für das Treffen so sorgfältig ausgesuchte Kleidung lag um das Bett herum verstreut, das schicke grüne Kleid, die farblich abgestimmte petrolfarbene Unterwäsche. Sie war jetzt splitterfasernackt und schämte sich, sich so ungeschützt vor Mark zu zeigen. Sie hatte zugelegt, nichts war mehr taufrisch und sie hätte es schöner gefunden, sich erst einmal reizvoll verpackt zu erkunden. Doch dafür war es jetzt zu spät. Unsicher sah sie sich in ihrem Zimmer um und entdeckte ihren Strickmantel, in den sie schnell schlüpfte, um nicht noch länger alles von sich preiszugeben. Dann griff sie nach den Kleidungsstücken am Boden und lief zum Bad.

„Du bist wunderschön", hörte sie Marks dunkle Stimme hinter sich, drehte sich um und sah ihm tief in die Augen. „Das hast du damals auch immer gesagt, auch in diesem Tonfall", meinte sie.

„Das habe ich früher so empfunden, genauso wie heute."

Sie lächelte, drückte sich die Kleidung etwas fester vor den Körper und ging weiter ins Bad. Als sie die Tür hinter sich schloss und die Dusche aufdrehte, fühlte sie sich zwar selig, aber auch irritiert. So hatte sie sich die Begegnung jedenfalls zu keiner Zeit vorgestellt. Doch jetzt war es zu spät, darüber nachzugrübeln. Sie hatten beide großen Appetit und sie würde gleich dort weitermachen, wo sie vor einer guten Stunde aufgehört hatte: beim Vorbereiten des Abendessens.

Nach der Dusche schlüpfte sie in ihre Kleidung und eilte in die Küche, um den Herd wieder aufzudrehen. „Bitte komm rasch, es gibt jetzt etwas Leckeres zu essen", rief sie Mark zu und hörte schon Sekunden später das Rauschen des Wassers, während sie das Gemüse liebevoll auf einem Teller drapierte.

Als Mark zum Essen kam, duftete er nach ihrem Duschgel und sah einfach nur hinreißend aus. Gar nicht Pfarrer-like trug er eine hellblaue Jeans und ein schwarzes Poloshirt mit langem Arm. Er hatte eine insgesamt gute Figur, obwohl ein kleiner pummeliger Bauch ihm etwas Gemütliches gab. Ein Mann, dem man vertraute, schoss es Margarethe durch den Kopf. Er vermittelte Stärke, Zugewandtheit und eben Vertrauen. Alles ideal für einen Priester, der allerdings jetzt bei seiner Gemeinde sein sollte und nicht am Esstisch seiner Geliebten.

Margarethe holte den besten Wein aus dem Weinkühlschrank, dazu Wasser. Als sie die Gemüseköstlichkeiten brachte, bekam Mark große Augen.

„Wie das duftet", lobte er bereits die Tapas, bevor er überhaupt am Tisch saß, und erzählte, dass er seit Stunden unterwegs sei und sich so sehr auf ein gemütliches Essen gefreut habe.

Während sie aßen, knüpften sie an ihr Gespräch bei seinem ersten Besuch an und tauschten sich vertieft über alte Bekannte in der Heimat aus. Dabei verging die Zeit wie im Flug.

Die Nähe, der Wein, die ganze Mischung passte so gut, dass beide schließlich eng aneinander gekuschelt auf ihrem Sofa saßen und langsam, aber selig wegzuschlummern drohten.

„Wie sieht es eigentlich mit deiner Finca aus? Brauchst du Hilfe?", fragte Mark, nachdem sich beide mit einem starken Kaffee wieder aufgemuntert hatten.

„Möchtest du helfen?" Margarethe brachte die Tassen in die Küche.

„Warum nicht?"

„Weil du einen Job hast. Die Gemeinde hat doch jetzt schon eine Zeit lang auf dich verzichten müssen. Ich glaube, das reicht."

„Du weißt, ich möchte mein Amt aufgeben. Da bin ich natürlich auf Jobsuche."

Margarethe setzte sich wieder zu ihm. „Möchtest du aufgeben?", sagte sie etwas spitz, mit der Betonung auf möchtest und sah ihn mit blitzenden Augen an. „Oder gibst du auf?" Und kaum ausgesprochen, ärgerte sie sich darüber, weil sie sich so provozierend geäußert hatte.

„Das Problem ist, dass man als Ex-Priester nicht viele Jobmöglichkeiten hat."

„Findest du? Ich denke, du bist gar nicht so schlecht einsetzbar. Mit einer Zusatzqualifikation im Coaching oder im Lehramt oder auch in vielen Beratungsbereichen in Firmen sind Theologen eigentlich gefragt."

„Da hat sich aber jemand schlau gemacht!" Mark nickte anerkennend.

„Ja, und zwar vor zwanzig Jahren schon", sagte sie, jetzt erneut mit einem spitzen Tonfall.

Mark blieb trotzdem gelassen. „Anfangs hatte ich auch den Eindruck, dass ich auf dem Jobmarkt keine Chance habe, aber mittlerweile bin ich trotz allem ganz zuversichtlich. Es gibt gute Signale. Obwohl ich zugeben muss, dass ich mir auch Sorgen mache. Schließlich bin ich seit meinem zwanzigsten Lebensjahr im sicheren Schoß der Kirche und das macht nicht unbedingt fit für die böse Welt da draußen."

„Das verstehe ich. Als ich das Kloster verlassen habe, hatte ich wochenlang schlaflose Nächte, weil ich Angst vor dem hatte, was mich erwartet. Es ist eben alles neu." Margarethe zupfte an einem Sofakissen und legte es sich auf die Beine. „Und – denk dran – ich hatte ja schon einige Jahre Berufserfahrung, war also nicht neu unterwegs."

„Genau, das ist ein Riesenunterschied." Mark nickte ihr lächelnd zu. „Ich fühle mich wie damals nach dem Abitur: jung und unerfahren. Mit Mitte fünfzig ist das ein bisschen befremdlich."

„Zumal dich in deinem jetzigen Leben ständig ein Fankreis umgibt und du dich Woche für Woche fühlst, als seist du der Star auf einem Festival."

„Festival? Das klingt witzig. Meinst du damit den Gottesdienst?"

„Genau, du rockst die Bühne und deine Fans jubeln dir zu!"

„Allerdings etwas verhalten." Er schmunzelte. „Aber im weitesten Sinne kann man es so sehen."

Margarethe legte das Kissen zurück.

„Aber Spaß beiseite, ich freue mich natürlich, dass du für dich jetzt auch eine Zukunft jenseits der Kirche siehst."

„Ja, ich bin zuversichtlich, mich freischwimmen zu können."

„Und? Wann willst du das umsetzen?"

„Bald!"

„Das habe ich exakt sieben Jahre lang gehört", sagte sie erneut etwas spitz und bereute dieses Mal nicht, so deutlich geworden zu sein.

Mark gab sofort klein bei: „Ich weiß, dass ich dir Unrecht getan habe. Damals konnte ich mir ein Leben ohne mein Amt nicht wirklich vorstellen."

„Aber ein Leben ohne mich schon!"

„Auch nicht, und das weißt du, ich wollte beides behalten, mein Amt und die Frau, die ich liebe." Er griff nach dem Weinglas auf dem Tischchen neben dem Sofa, nippte daran und seufzte. „Du musst nichts sagen. Ich weiß selber, dass das gehörig danebengegangen ist."

„Wie ich mich fühle, hat dich nicht interessiert."

„Das stimmt nicht!"

„Doch!" Margarethe sprang vom Sofa auf. „Weißt du eigentlich, wie dreckig es mir damals gegangen ist?" Sie fühlte sich übermannt von ihrer eigenen Angst und Unsicherheit und spürte erneut Wut in sich aufsteigen.

„Ja, ich weiß es genau."

„Und woher?"

„Aus allererster Hand!" Er blickte etwas verschämt zu Boden, bevor er gestand. „Von Georg!"

„Von Georg? Er hat dich auf dem Laufenden gehalten?" Margarethe überlegte kurz, ob sie ihren Bruder deswegen zur Rede stellen sollte.

„Ja, sei ihm bitte nicht böse, ich habe ihn ständig mit Fragen gelöchert und er hat mir vermutlich nicht alles, aber einiges erzählt."

„Und trotzdem hat es dich davon abgehalten, dich doch noch für mich zu entscheiden."

„Nein, das heißt, ja, es stimmt. Ich kann kaum in Worte fassen, wie sehr mich das bedrückt hat und wie sehr ich es bereue."

Margarethe ging unruhig auf und ab. „Weißt du eigentlich, wie sehr ich das ‚Ich' aus deinem Mund hasse? Ich wollte dich mit Haut und Haaren, ohne Amt, ohne Geld, einfach nur dich. Ich habe von Kindern geträumt, einem Familienleben und dir war das alles – verzeih – scheißegal. Ich bin einfach nur grenzenlos enttäuscht und – ganz ehrlich – glaube dir nichts mehr. Du wirst in deiner Kirche bleiben, bis Gott dir die Kerze auspustet."

„Margarethe, ich finde, du übertreibst jetzt."

„Natürlich, und ich finde, dass der Herr Pfarrer übertreibt. Ich wüsste wirklich nicht, wie ich dir jemals wieder vertrauen könnte. Sieben Jahre hast du mich damals hingehalten, vergiss das bitte nicht."

Mark sah zur Uhr. „Ich möchte mich nicht drücken, ehrlich nicht, aber ich muss an meinen Flug denken und mich auf den Weg machen."

„Welchen Flug? Jetzt? Als ob du jetzt noch fliegst!" Margarethe war außer sich und fühlte sich gerade komplett verkaspert.

Mark nahm einen Schluck Wasser und stand auf. „Ich packe jetzt meine Sachen zusammen und wir beide sprechen ein anderes Mal in Ruhe weiter."

„In Ruhe, natürlich, ein anderes Mal, und ich weiß nicht in wie viel Jahren." Margarethe schnappte innerlich nach Luft, hätte ihn am liebsten gepackt und kräftig zurechtgerüttelt.

Er ging auf sie zu und wollte sie in den Arm nehmen. Aber sie wandte sich ab. Wütend schüttelte sie mit dem Kopf und drehte sich aufgebracht weg, um aus dem Fenster zu schauen. Tränen liefen ihr über die Wangen und sie weinte bitterlich. Sie hatte diesen Konflikt nicht gewollt, wirklich nicht. Doch ihre Enttäuschung war so groß, dass sie sie jetzt, in dieser emotional angespannten Situation, nicht unter Kontrolle bekam. Wie gern hätte sie sich an Marks Brust geworfen, ihn an sich gedrückt, aber sie konnte es nicht. In ihr war alles blockiert. Sie konnte und wollte nicht zulassen, dass er ihr noch mehr wehtat. Ihr Herz wehrte sich gegen jede weitere Annäherung. Es hatte einfach Angst vor neuen Schmerzen.

Sie hörte Marks Schritte. Er ging zurück ins Schlafzimmer, dann fiel die Haustür ins Schloss. Das Auto sprang an, die Reifen knirschten. Das war's.

Margarethe ließ sich in einen Sessel fallen, war geschockt über das völlig aus dem Ruder gelaufene Ende ihrer Begegnung. Sie hätte sich alles vorstellen können, aber einen so lautstarken Abschied niemals.

Nach ein paar Minuten nahm sie ihr Handy und schrieb Ina an. „Kann ich noch kommen?", fragte sie per Whats-App und freute sich riesig, als umgehend ein „Ich bin da" aufploppte. Sie zog sich Jeans, Shirt und Jacke an, band sich das lange Haar zum Zopf, nahm Tasche und Autoschlüssel und stürmte förmlich aus dem Haus. Sie wollte jetzt hier nicht allein bleiben. Die Teller von Mark standen noch auf dem Tisch und durch die offene Schlafzimmertür hatte sie noch die Spuren der Lust gesehen. Zu viel Erinnerung für den Moment und die Trauer über den ungewollten Abschied lag wie ein schwerer Stein auf ihrem Herzen. Sie wollte zu Ina, die ihr zuhören würde, ihr Rat geben könnte und einfach nur da wäre.

Margarethe, froh, bloß wenig Wein getrunken zu haben, lenkte den Wagen trotz ihres Kummers sicher über die kurvige Landstraße, war aber erleichtert, als sie vor die Finca fuhr.

Ina kam sofort heraus und nahm sie schweigend in den Arm. „Mark?", fragte sie treffsicher.

Margarethe nickte.

„Jetzt komm erst mal herein und erzähl", meinte sie einfühlsam. Sie setzten sich in eine kleine Sitzecke neben ein eingetopftes Feigenbäumchen, wo Ina schon zwei Gläser Orangensaft und Wasser auf den Tisch gestellt hatte.

„Wo ist denn Carlos?", fragte Margarethe verdutzt, weil der Vierbeiner gar nicht zur Begrüßung angedüst gekommen war.

„Er ist mit Bernd unterwegs, ich glaube, bei einem Freund. Das wird mit Sicherheit spät heute für die beiden. Und Helga sitzt im Büro und hat heute ein richtiges Mammutprogramm. Aber jetzt bist du dran."

Margarethe erzählte, was passiert war. Die Fahrt hatte ihr gutgetan, denn sie hatte dadurch etwas Abstand gewonnen und konnte viel weniger emotional berichten. Als sie alles losgeworden war und zur Stärkung einen Schluck Saft genommen hatte, atmete sie tief durch.

„Eigentlich ist es gar nicht so schlecht, dass ihr mit einem Paukenschlag auseinandergegangen seid", meinte Ina. „So etwas reinigt die Luft und jetzt könnt ihr euch Gedanken machen, was ihr wirklich wollt." Sie lächelte. „Und der Flughafen ist gerade mal eine Autostunde entfernt …", meinte sie vielsagend.

Margarethe tat die ruhige Einschätzung gut und half ihr, etwas nüchterner mit dem Erlebten umzugehen. Allerdings war ihr trotz ihrer eigenen Aufgewühltheit aufgefallen, dass Ina ungewöhnlich angegriffen wirkte. Ihre Augenlider zuckten und sie knetete zwischendurch nervös ihre Finger. Margarethe stellte das Glas ab, nahm Inas Hand in die ihre und meinte mit fester Stimme: „So meine Liebe, und jetzt bist du dran. Was ist eigentlich hier los?"

Ina seufzte. „Ach, du siehst es, ich hoffe nur, dass es nicht jeder sieht."

Sie lehnte sich in dem Sessel zurück. „Weißt du, es ist bei mir gerade irgendwie der Wurm drin. Seitdem Eric da ist, drehe ich mich im Kreis und mache mir wie verrückt Sorgen um Leonie."

„Meinst du nicht, dass du übertreibst?"

Ina sah zu Boden. „Mag schon sein, aber da ist noch etwas, was ich eigentlich für mich behalten wollte."

„Geheimnisse gibt's nicht. Also – heraus damit."

Sie druckste und machte sich nur zögerlich Luft. „Also, ich habe von einer von Helgas Freundinnen gehört, dass er sehr umtriebig ist."

„Was meinst du damit?"

„Er hat ständig wechselnde Freundinnen und schießt die Mädels ziemlich brutal ab." Ina sah Margarethe mit blitzenden Augen an. „Weißt du, ich möchte meiner Kleinen einfach den ganzen Schmerz ersparen. Sieh doch mal ihr Leben an. Erst musste sie die Trennung der Großeltern verarbeiten. Es war nicht leicht für sie, als Omi Helga plötzlich nach Spanien verschwand. Sie hatte ja keine Ahnung, was dahintersteckte. Dass mein Vater sie ständig betrogen hatte und sie irgendwann die Demütigungen nicht mehr ertragen konnte und in unserem Anwalt Bernd einen neuen Lebenspartner gefunden hatte."

„Aber sie war doch oft hier bei deinen Eltern?"

„Ja, zum Glück hat sie sich von all dem nicht sonderlich beeindrucken lassen und ist einfach zu Omi Helga und dem Zusatzopi Bernd geflogen. Das war schon stark. Aber dann kam meine Trennung noch dazu, der Umzug in ein neues Haus, und, und, und. Und dann bin ich noch nach Spanien abgehauen."

„Und sie ist nachgekommen. Komm, komm, Ina, überschütte dich nicht mit Asche. Leonie geht es gut hier. Sie hat einen tollen Job in Valencia, seit Kurzem eine hübsche Wohnung und lebt in der Nähe der Mutter und Großeltern. Sie fühlt sich superwohl hier und hat jetzt noch einen sympathischen, beruflich sehr erfolgreichen Freund, der sich, was seinen angeblichen Frauenkonsum anbelangt, auch ändern kann. Das hört sich doch alles nahezu perfekt an."

„Ja, man merkt, dass du keine Kinder hast." Ina seufzte. „Ich möchte Leonie schützen. Sie glaubt jetzt an die große Liebe und – zack – wird sie von Eric abgeschossen und ist am Boden. Das kann man ihr doch ersparen."

Margarethe nahm ihre Hand. „Warst du das nicht, die gesagt hat, es gibt in der Liebe keine Garantien? Sie muss ihre Erfahrungen machen, nur dann bekommt sie ein Gefühl für die Liebe und die Menschen, denen sie ihr Herz schenkt." Sie streichelte ihr die Wange. „Das Liebesleid kannst du deiner Tochter nun wirklich nicht abnehmen." Sie lächelte Ina an und strich ihr eine Strähne aus dem Gesicht. „Weil ich keine Kinder habe, was übrigens unfreiwillig war, kann ich trotzdem einschätzen, dass man seinen Kindern nicht alles abnehmen kann. Ich möchte wetten, du hättest auch nicht auf Helga gehört. Oder hat sie dir die Partner ausgesucht?"

Ina schüttelte den Kopf. „Natürlich nicht", sagte sie kleinlaut. „Aber bei meinen Freunden war es anders. Bei Eric liegt die Gefahr ja auf der Hand."

„Und was ist, wenn er sie liebt? Er ist knapp über dreißig, hat sich ausgetobt und kann sich vorstellen, dass Leonie die Richtige ist."

„Ja, klar geht das. Aber es könnte ebenso sein, dass Leonie für ihn nur die Richtige im Bett ist."

Margarethe schüttelte sanft den Kopf. „Und woher weißt du, dass Leonie ausgerechnet jetzt die große Liebe sucht? Vielleicht möchte sie auch bloß ein Abenteuer und schießt den brav gewordenen Eric eiskalt ab und bricht ihm das Herz? Und bestimmt sind beide reif genug, sich später trotzdem friedlich am Familientisch gegenüberzusitzen. Und – wer weiß – vielleicht halten sich auch nur hartnäckig wieder falsche Gerüchte und der arme Eric ist in Wirklichkeit ein ganz unerfahrener Mann, der gar keine Abenteuer hatte. In der deutschen Community rund ums Mittelmeer ist alles möglich, das weißt du auch. Es wird sehr, sehr viel geredet."

Ina stand jetzt auf und lief unruhig vor der Sitzecke auf und ab. „Ich weiß, dass du mit allem recht hast. Es stimmt, sie muss ihre Erfahrungen allein machen." Dann sah sie Margarethe mit feuchten Augen an. „Aber weißt du auch, wie weh das tut? Ich muss zusehen, wenn sie vielleicht bald richtig unglücklich sein wird."

„Oder glücklich. Wie du schon sagtest: Es gibt keine Sicherheit."

„Aber ein Bauchgefühl, das alles beeinflusst. Und für ein gutes Bauchgefühl braucht man Lebenserfahrung."

„Und wie du bei mir siehst, selbst im stolzen Alter von fünfzig plus bin ich nicht gefeit und versuche jetzt seit Tagen, meine innere Stimme wahrzunehmen, ohne Erfolg. Sie meldet sich nicht mit Verlässlichem, sondern erzählt mir ständig etwas anderes."

Ina setzte sich wieder zu Margarethe und rutschte jetzt ganz eng an sie heran. „Verzeih, dass ich so viel gequasselt habe, und du hast recht, ich muss aufhören, mir ständig Gedanken zu machen."

„Genau, und zum Glück gilt das für uns beide. Leben statt grübeln, das ist ab jetzt unsere Lebensweisheit. Abgemacht?" Sie streckte Ina die Hand entgegen und die schlug sofort ein.

„Abgemacht!", sagte sie lächelnd.

„Na, was heckt ihr beide denn aus?" Helga stand überraschend vor ihnen und Margarethe war beeindruckt, wie jugendlich sie aussah. Sie trug eine cremefarbene Hose mit passendem leichtem Pulli, der weit geschnitten war und ihr gebräuntes Dekolleté zeigte. Das blonde Haar fiel ihr locker auf die Schultern.

Sie setzte sich zu ihnen. „Ich habe von Ina gehört, dass du wieder Kontakt mit Mark hast. Das ist doch eine tolle Gelegenheit für dich, eine seit Jahren offene Wunde zu schließen. Das ist wichtig für dein weiteres Leben."

Sie tätschelte ihr die Wange. „Hast du denn schon eine Idee, wohin die Reise geht? Ina hat mir erzählt, dass ihr euch getroffen habt, ich meine, Mark und du."

„Geklärt haben wir leider gar nichts", antwortete Margarethe bereitwillig. „Aber es gibt eine Zäsur. Mark ist erst einmal abgereist und jetzt muss ich sehen, wie ich damit umgehe."

Helga lächelte. „Distanz schafft Klarheit. Oft ist es gut, Abstand zu haben."

Margarethe nickte. „Zumindest beruhigt sie und deshalb fahre ich jetzt nach Gandia, bummele durch die

Fußgängerzone und belohne mich mit einem neuen Teil. Die Geschäfte sind bis 22 Uhr geöffnet." Sie lächelte Ina zu. „Ich habe auf deinem Instagram-Kanal gesehen, dass Brombeere ein neuer Frühlingshit ist und da die Farbe auch Carlos gefällt, kaufe ich mir jetzt ein Kleid in diesem Ton."

Helga und Ina sahen sich an. „Können wir auch mit?", fragten sie wie aus einem Mund.

„Na dann los", sagte Margarethe. „Dann genießen wir das Leben zu dritt und ich spendiere uns anschließend ein Abendessen." In Windeseile saßen alle drei im Auto und quatschten wild durcheinander, in welchen Geschäften sie sich zuerst umsehen wollten.

Pling! Eine WhatsApp war eingegangen. Bevor Margarethe das Auto startete, las sie: „Ich bin beim Rennen dabei, rechne aber nicht mit einem Sieg. Komme Montag und Dienstag zu dir. Nach meinen vielen Reisen habe ich noch mal Urlaub bekommen. Dein Finn!"

Ein Lächeln umspielte ihre Lippen, als sie den Wagen durch die Ausfahrt steuerte. Vielleicht gab es für ihre Gefühlsmisere eine ganz andere Lösung.

***

Als Margarethe auf das große Eisentor zuging, bekam sie Herzklopfen, denn heute zum Wochenstart hatte sie ein ganz besonderes Date. Sie blieb stehen und öffnete ein Foto auf ihrem Handy. Ihr Neuer war groß, drahtig und hatte wunderbar weiches, blondes Haar, dazu dunkelbraune Kulleraugen, mit denen er sie zutraulich anblickte. „Ja, das klappt mit uns", murmelte sie vor sich hin, bevor sie sich nach der Eingangsklingel umsah. Sie drückte auf den Knopf und hörte erst ein lautes Ring und dann schlug wie auf ein Kommando ein wildes Hundegebell an.

„Ja bitte?", hörte sie durch die Gegensprechanlage eine freundliche Frauenstimme.

„Ich bin Margarethe und komme wegen Ulli", sagte sie laut, um das Hundegebell zu übertönen.

„Einen Moment bitte noch, ich bin gleich bei dir", vertröstete sie die Frauenstimme.

Margarethe störte die Wartezeit nicht, im Gegenteil. Es tat ihr gut, sich noch ein paar Minuten darauf einzustellen, was sie gleich erwartete: ein neuer Lebensabschnitt mit einem Gefährten an der Seite, mit dem sie ganz viel Freude haben würde. Keine fünf Minuten später entdeckte sie ihren Ulli, einen hüfthohen Mischlingshund, der auf das Tor zu trottete.

„Ulli, warte", ermahnte ihn die Frau, die schnellen Schrittes hinter ihm herlief und Margarethe jetzt fröhlich zuwinkte. Sie war höchstens dreißig Jahre alt, hatte tiefschwarze dunkle Locken und ein feines, schön geschnittenes Gesicht. Sie trug einen dunkelblauen Overall und Gummistiefel und schien gerade die Zwinger gereinigt zu haben. „Sorry, aber ich wollte Ihnen den ganzen Tumult hier ersparen", rief sie gegen das langsam abebbende Hundegebell an. „Unsere Schützlinge sind zum großen Teil sehr wild und eben auch sehr erfreut, wenn jemand kommt."

„Ulli ist aber ganz ruhig", sagte Margarethe und versuchte, ihn jetzt durch die Stäbe hindurch anzulocken und zu kraulen.

„Ich bin Susanna, schön, dass du da bist", stellte sie sich vor. „Warte, ich mache ihm noch die Leine an. Bist du bereit? Dann öffne ich das Tor und ihr beide könnt euch beschnuppern." Sie zog eine Karte heraus, legte sie auf das Schloss und die Tür klickte auf. „Vorsicht, denn er ist zwar ruhig, aber trotz allem auch ungestüm. Es kann sein, dass er dich anspringt."

„Das macht nichts", meinte Margarethe sofort. „Ich bin nicht zimperlich und auch entsprechend gekleidet."

Und dann war es so weit. Susanna zog die Tür einen Spalt auf, damit Margarethe hindurchgehen konnte, und schloss gleich hinter ihr wieder ab. Ulli kam vorsichtig schnuppernd auf sie zu, wollte aber sofort wieder zurück, als Margarethe sich anstellte, ihn zu streicheln.

„Er ist ängstlich", warnte sie Susanna. „Wir kennen seine Geschichte nicht genau, aber er ist auf jeden Fall misshandelt worden, vermutlich häufig getreten, und braucht auch noch zwei, drei Besuche vom Tierarzt, um wieder ganz gesund zu sein. Aber dann kannst du ihn zu dir nehmen, vorausgesetzt, du hast Geduld."

Margarethe ging in die Hocke und zog ein Hundeplätzchen aus der Jackentasche. „Na, mein Lieber, komm doch mal zu mir. Ich tue dir nichts. Im Gegenteil, ich verwöhne dich und wenn du magst, bis an dein Lebensende."

Susanna lächelte. „Ich wünschte, er könnte dich verstehen, dann wäre er jetzt der glücklichste Hund auf der Welt."

„Warum hast du gerade ihn als Startbild auf die Webseite gestellt?", fragte Margarethe. „Ich hätte ihn sonst gar nicht entdeckt."

„Wir wollten, dass er gesehen wird. Ulli ist schwer vermittelbar, groß, ungestüm, man braucht Platz. Und er kann nicht allein sein. Das macht ihn verrückt. Es bringt also nichts, ihn allein auf einem Gelände als Wachhund herumlaufen zu lassen. Er braucht eine liebe Bezugsperson, viel Zuwendung. Deshalb haben wir für ihn ein eigenes Gesuch ins Netz gestellt."

„Mich habt ihr damit sofort angesprochen", erzählte Margarethe. „Und für mich passt er perfekt. Platz habe ich und allein lassen muss ich ihn auch nicht. Er kann überall mit und an die Menschen gewöhne ich ihn langsam. Wenn er merkt, dass ihm nichts passiert, wird er seine Angst verlieren. Genauso gewöhne ich ihn an das Autofahren."

„Brauchst du nicht", beruhigte sie Susanna. „Das habe ich schon getestet und das klappt perfekt. Er liebt es, aus dem Fenster zu gucken, und es wird ihm auch nicht übel. Er ist der ideale Beifahrer und bei der Größe kannst du deinen Wagen auch ruhig mal im Winter unverschlossen lassen." Susanna lachte. „Da fasst niemand durch einen Fensterspalt."

„Das glaube ich", stimmte Margarethe zu. „Wer hat ihm denn den Namen Ulli gegeben?"

„Den hatte er schon, zumindest meinte das die Dame, die ihn vor dem Peiniger gerettet und hierher gebracht hatte. Und er hört auch darauf."

Sie nannte seinen Namen und das schüchterne Tier sah sich sofort um, ging allerdings gleich in eine geduckte Haltung. „Leider verbindet er nichts Gutes damit. Vermutlich wurde er ständig bestraft."

„Das ist ja so traurig, das zu sehen", meinte Margarethe kopfschüttelnd. „Wieso sind Menschen bloß so grausam."

„Das fragen wir uns auch immer. Aber jetzt komm erst mal mit und freunde dich etwas mit unserem großen Kerl an. Ich bringe dich zu unserem Kennenlerngehege, da könnt ihr euch annähern. Das klappt in der Regel ganz gut. Er braucht einfach Zeit, Vertrauen zu schöpfen."

„Hat er denn jetzt Schmerzen? Muss ich etwas berücksichtigen?"

Susanna seufzte. „Schmerzen? Wohl nicht. Diese Tiere brauchen in erster Linie Zeit, Vertrauen aufzubauen. Der Rest stellt sich von selbst ein. Lass ihn kommen und zeige ihm, dass man von Menschen auch Gutes erwarten kann. Dann hast du einen verlässlichen Freund an deiner Seite, der dich nie mehr im Stich lassen wird."

Margarethe war von der Aussicht so gerührt, dass sie feuchte Augen bekam und sich ganz schnell eine Träne von der Wange wischte.

„Ich freue mich auf diese Aufgabe", sagte sie leise. „Ich weiß, dass Helfen glücklich macht."

Susanna machte eine Trinkbewegung. „Magst du einen Kaffee?", fragte sie und als Margarethe nickte, kam sie wenig später mit einem Becher zurück, aus dem es wohlig duftete.

Margarethe nahm ihr den Kaffeebecher ab, ging mit Ulli auf die eingezäunte Wiese und setzte sich auf eine der Bänke. Dann nippte sie an dem Muntermacher, während Ulli sich einige Meter von ihr entfernt hinstellte und sie beobachtete. Sie ließ ihn in Ruhe, konnte aber aus den Augenwinkeln erkennen, dass er immer ein kleines

Stückchen näherkam und sie dabei im Blick behielt. Als sie ein paar Kaustangen aus der Tasche holte und auf den Boden legte, spitzte er schon neugierig seine Ohren, traute sich aber nicht, sich etwas davon zu nehmen. Die Angst vor Schmerzen war offenbar größer als der Appetit auf ein Leckerli.

Margarethe nahm sich noch viel Zeit für Ulli. Sie hockte sich zu ihm ins Gras, warf kleine Bällchen, die dort für die Hunde bereitlagen, redete lieb auf ihn ein und streckte immer wieder die Hand aus, damit er daran schnuppern konnte, was er jedoch tunlichst vermied. Als sie gehen musste, weil sie von ihren Mitarbeitern erwartet wurde, sprach sie noch einmal leise mit ihm und versuchte dabei, ihm direkt in die Augen zu sehen.

„Ich gehe jetzt und lasse dich allein, ein allerletztes Mal. Du kannst die schönen Sachen dort im Gras jetzt ganz in Ruhe essen und ich kaufe dir zwei weiche Kuschelkissen für zu Hause."

Als sie das dem Gehege verließ und sich umwandte, war Ulli schon am Kauen. Margarethe ging zu Susanna ins Büro und unterschrieb entschlossen den Abgabevertrag. „Wann kann ich ihn holen?", fragte sie direkt.

„Gib uns noch ein paar Tage, bis der Tierarzt das Okay gibt. Dann rufe ich dich an."

Margarethe war einverstanden, aber als sie ging, fiel es ihr bereits richtig schwer, ihr neues Familienmitglied zurücklassen zu müssen.

***

Nach Ende des Markttages stand Margarethe in der Tierhandlung und musste sich hüten, nicht in einen Kaufrausch zu verfallen. Sie hatte so einen Spaß daran, für ihren Vierbeiner einzukaufen, dass sie viel zu viele Sachen in den Einkaufswagen legte. Zwei superweiche Decken, ein schickes Halsband, ein Geschirr mit Leine, mehrere Näpfe und eine Auswahl hoffentlich leckeren Hundefutters. Für Margarethe war es ein ganz besonderer Tag. Sie hatte in ihrer Kindheit einen ähnlich aussehenden Hund gehabt, Ben, und immer davon geträumt, wieder Hundebesitzerin zu werden. Aber die Vernunft hatte ihr die Pläne verhagelt. Im Job und im Kloster ging es nicht und auf der Finca in ihren Augen auch nicht, weil sie immer geglaubt hatte, zu wenig Zeit für ein Tier zu haben. Doch das war Quatsch gewesen. Sie nahm sich künftig die Zeit.

„Du kannst gut einen Begleiter gebrauchen", hatte ihr schon Georg häufig vorgeschlagen. Margarethe hatte immer abgewunken und „dann habe ich ja noch mehr Arbeit", gesagt. „Aber auch mehr Freude", hatte Georg jedes Mal ergänzt. Doch sie hatte sich weniger um sich, als vielmehr um den Hund gefürchtet. Denn sie wollte, wie in ihrer Kindheit, einen Begleiter und keinen Wachhund. Warum sie so plötzlich ihre Meinung geändert hatte und begeistert im Netz nach einem Hund Ausschau gehalten hatte, konnte sie sich selbst kaum erklären. Vielleicht hatte ihre Seele in dem ganzen Durcheinander nach etwas gesucht, das ihr guttat, und was tat so gut wie ein Lebewesen, das liebte und geliebt werden konnte.

Natürlich hatte sie nicht damit gerechnet, so schnell fündig zu werden, als sie einfach mal zum Spaß auf die Website des örtlichen Tierheims geguckt hatte. Noch weniger hatte sie ahnen können, dass sie ausgerechnet ein Hund ansah, der so ausschaute wie ihr Ben.

Margarethe hatte seitdem die Hundeaugen nicht mehr aus dem Kopf bekommen und es sich zunehmend schön vorgestellt, mit einem vierbeinigen Gefährten durch die Felder zu laufen oder abends auf der Terrasse zu sitzen und ihm beim Schnüffeln zuzusehen. Noch mehr freute sie sich darauf, auf dem Sofa zu lesen und einen Hunderücken an ihrem Schenkel zu spüren. Und seit heute Vormittag wusste sie, dass ihr Wunsch ganz schnell in Erfüllung ging, und konnte es kaum mehr abwarten.

Auf dem Heimweg von ihrem ungewöhnlichen Ausflug fuhr sie entspannt durch die schöne Bergwelt. Auf dem Beifahrersitz lag eine der Hundedecken und Margarethe strich über das flauschige Kunstfell. „Du wirst es richtig gut bei mir haben, Ulli", sagte sie leise und überlegte sich, wie sie das Vertrauen der verletzten Hundeseele am besten gewinnen würde. Heute Abend könnte sie sich ein bisschen im Internet nach Tipps von Hundeexperten umsehen. Sie wollte keine Fehler machen und das Herz des kleinen Zöglings auf die richtige Art gewinnen.

Aber etwas anderes machte sie auch froh. Schon seitdem sie es angedacht hatte, einen Hund aufzunehmen, hatte sie sich viel besser gefühlt. Die Gedanken an ihren neuen Mitbewohner gaben ihr richtigen Auftrieb und das quälende Abwägen, ob und wenn ja, welcher Mann in ihr Leben passen würde, geriet zunehmend in den Hintergrund.

Mit Ulli hatte sie zwei Fliegen mit einer Klappe geschlagen. Sie würde sich nicht mehr einsam fühlen und könnte Abstand gewinnen. Ulli war ein Volltreffer.

KAPITEL 6

*Die Lösung kommt von außen
oder Manchmal muss man einfach sein
Ding machen*

„Georg, du? Das gibt es doch nicht! Was machst du denn hier?" Margarethe hatte sich gerade ein paar Tapas auf den Tisch gestellt und war auf einen ruhigen, aber fleißigen Abend eingestellt. Der Laptop war bereits aufgeklappt und zwei randvoll mit Belegen vollgepackte Ordner lagen daneben. Sie war so in Gedanken vertieft gewesen, dass sie ihren Bruder nicht hatte kommen hören. Entsprechend überrascht war sie, als er jetzt vor der Tür stand. Doch nach einer kurzen Schrecksekunde fiel sie ihm erfreut um den Hals. Denn er kam ihr gerade mehr als gelegen. Georg hatte ihr mit seiner landwirtschaftlichen Expertise beim Aufbau der Finca sehr geholfen und genau diese konnte sie jetzt, bei einem ersten größeren Umsatzrückgang, gut gebrauchen. Sie hatte sich nur nicht getraut, ihn damit zu belasten, weil sie von Vera wusste, dass er auch zu Hause in Bamberg genug zu tun hatte.

„Oh Georg", murmelte sie. „Ich bin so froh, dass du da bist. Das ist eine ganz tolle Überraschung. Komm herein und setz dich gleich, was möchtest du trinken?"

„Einen Kaffee, Maggi, den kann ich nach der Reise gut gebrauchen. Die Bahn hatte Verspätung und ich hätte fast den Flieger verpasst. Stress pur, sage ich dir, und du weißt, dass ich das gar nicht mag."

Sie drückte ihm einen Kuss auf die Wange. „Dann sorge ich mal dafür, dass du dich beruhigst und gleich wieder fit bist. Setz dich!"

Sie nahm ihm die Reisetasche ab, stellte sie in die Küche, kam mit einem Tablett mit kleinen Tapas und zwei großen Kaffeebechern wieder heraus.

„Auf uns und auf die Heimat." Lachend stellte sie ihm den Kaffee hin. Dann setzte sie sich neben ihn und lehnte ihren Kopf an seine Schulter. „Es ist immer so schön, wenn mein großer Bruder da ist." Sie legte ihm eine Hand auf die Wange. „Weißt du, manchmal fühle ich mich ohne dich schon etwas einsam."

Er küsste sie auf die Stirn. „Ich weiß, und darum bin ich auch hier."

„Mark!", rief sie plötzlich und richtete sich auf. „Ihr habt Kontakt und du weißt alles. Deshalb bist du gekommen. Ich hätte mir denken können, dass ihr zusammen klüngelt."

„Klüngelt ist falsch, wir mögen uns, und darum weiß ich auch, was passiert ist. Er hat mir erzählt, wie du über ein Revival von euch beiden denkst."

Sie griff nach einem Stückchen Coca, einem kleinen Teigfladen, belegt mit Käse, Tomaten und etwas Rührei. „Interessant! Was denn?"

„Du traust ihm nicht zu, eine Entscheidung zu treffen. Also eine Entscheidung für dich und gegen die Kirche."

„Allerdings, er erzählt ja auch genau dasselbe wie früher." Sie sah Georg an. „Du kannst dir nicht vorstellen, wie oft ich das in den Jahren mit ihm gehört habe. Dieses ‚Ja, bald' oder ‚So etwas braucht Zeit' oder ‚Man muss in Ruhe planen'". Sie stöhnte genervt auf. „Ich will das nicht mehr. Ich bin definitiv zu alt für das Theater."

Sie nahm erneut einen Bissen, bevor sie fortfuhr: „Dazu kommt, dass ich im Moment weniger denke, dafür mehr fühle. Man wird mit den Jahren sensibler. Als er mir wieder erzählte, er würde bald sein Amt aufgeben, war das ein Déjà-vu und ich habe nur Enttäuschung und Resignation gespürt."

Georg nickte. „Ich kann dich gut verstehen und das habe ich Mark auch gesagt. Aber er kommt mir entschlossener vor denn je. Doch wirklich einschätzen kann ich das nicht. Ganz ehrlich, das ist eure Angelegenheit, Schwesterchen. Weißt du, warum ich wirklich da bin? Ob du es glaubst oder nicht, Mark hat mir erzählt, dass du geschäftlich unzufrieden bist, und deshalb bin ich hier. Wenn du morgen früh nach Simat fährst, knöpfe ich mir deine Ordner vor, okay? Und bis dahin genießen wir nach dem Wachmacher ein Bier oder auch zwei und reden einfach mal darüber, wie schön das Leben ist."

Margarethe hob ihre Tasse und zwinkerte ihm zu. „Genau das machen wir und du erzählst mir mal von deinem Liebesrausch mit Vera."

Er lachte. „Als ob du das nicht schon alles wüsstest, ich weiß doch, dass ihr beide bestens vernetzt seid."

„Aber komm mal her", sagte Margarethe mit einem verschmitzten Lächeln. „Ich habe etwas für dich!" Sie griff nach ihrem Handy und rief ein Foto auf. „Ich bin nicht mehr allein, denn ich habe einen neuen Freund."

Georg hielt die Luft an, bevor er das Foto sah. „Den?", fragte er erfreut. „Wo ist er denn?"

„Das ist Ulli und er lebt noch im Heim, aber bald kann ich ihn holen. Die haben geschrieben."

„Zeig mir noch mal das Foto", Georg nahm ihr das Handy ab. „Der sieht ja aus wie Ben." Georg lachte. „Mensch Maggi, das ist ja klasse und die absolut richtige Entscheidung. Du weißt ja, dass ich dir das schon so oft vorgeschlagen hatte, aber du hattest ja angeblich keine Zeit für einen Hund."

„Ja, ich weiß, das war totaler Quatsch." Sie holte sich ihr Handy zurück und sah ganz verliebt ihren Vierbeiner an. „Ich freue mich total. Schade, dass du ihn nicht mit mir abholen kannst."

„Ja wirklich, aber es ist eine tolle Vorstellung, dass mich ein Hund begrüßt, wenn ich das nächste Mal komme." Er nahm sie in die Arme. „Ach Maggilein, es wird alles gut. Ich freue mich auf deinen Ulli."

***

Die Sonnenstrahlen kitzelten auf ihrer Nase und als Margarethe die Augen öffnete, schaute sie in einen tiefblauen Winterhimmel. Sie liebte diese Tage, an denen sie morgens die Sonne weckte. Margarethe hatte kaum geschlafen, so lange hatten sie gestern zusammengehockt und geredet, und sie würde heute ziemlich übermüdet nach Simat fahren.

Während sie am Marktstand wäre, nähme Georg sich die Bücher vor und anschließend wollte er auf den Feldern nachsehen und nach den Setzlingen schauen. Sie blickte zur Uhr. Es war noch früh und sie würde ein paar ruhige Minuten in ihrem Lieblingssessel genießen.

Margarethe schob die Bettdecke zurück, schlüpfte in den flotten Strickmantel, den sie sich bei dem Shoppingbummel mit Ina und Helga gegönnt hatte. In der Küche drückte sie auf den Knopf der Kaffeemaschine und beobachtete ganz ruhig, wie das schwarze Getränk duftend in die Tasse lief. Dann machte sie es sich damit in ihrem Sessel bequem.

Gestern war der Tag so hektisch gewesen, dass sie nicht mal einen Blick in ihr Bamberger Heimatblatt geworfen hatte. Sie hatte das Abo seit Jahren und liebte es, immer auf dem Laufenden zu sein. Heute würde sie es nachholen, ganz in Ruhe, mit einem Getränk in der Hand. Georg wollte etwas länger liegen bleiben und Margarethe den ruhigeren Start in den Tag genießen.

Entspannt nahm sie ihr iPad, lud sich die aktuelle Ausgabe der Tageszeitung herunter und begann ganz in Ruhe zu schmökern. Doch was war das? Margarethe traute ihren Augen nicht. Sie zoomte das Bild größer. Konnte das möglich sein? Ihr Herz schlug plötzlich so schnell, dass sie nach Luft schnappen musste. Das Bild zeigte Mark und die Überschrift über dem Artikel nahm ihr fast die Besinnung.

Pfarrer Mark Schmidt verlässt seine Gemeinde – nach mehr als zwei Jahrzehnten.

Peng! Eine Nachricht wie ein Paukenschlag. Margarethe hatte Mühe, das iPad in der Hand zu halten, so sehr zitterte sie.

Mark, ihr Mark, hatte wirklich sein Amt aufgegeben, nur wenige Tage, nachdem er aus Spanien zurückgekommen war.

„Anfangs hatte ich auch den Eindruck, dass ich auf dem Jobmarkt keine Chance habe, aber mittlerweile bin ich ganz zuversichtlich. Es gibt gute Signale!", hörte sie ihn sagen. Und sie hatte ihn dafür angeschnauzt, ach mehr, fast schon angeschrien. Statt ihm zuzuhören, welche Signale das waren, hatte sie lieber ihr Leid herausgezischt. So, als müsste es immer nur um sie gehen.

Sie schämte sich und schloss vor Betroffenheit die Augen. Was sollte sie denn jetzt bloß tun? Sie musste ihn anrufen, sich entschuldigen, ihm versichern, wie sehr ihr alles leidtäte.

Aber in ihrem Kopf war viel zu viel los im Moment. Sie würde keinen klaren Gedanken fassen können und vermutlich nur Unsinn stammeln.

Sie legte das iPad auf eine Anrichte, lief ins Schlafzimmer, schlüpfte in Jeans, Pulli und eine Jacke. Dann ging sie zur Tür, zog ein Paar Gartenschuhe an, die seit einigen Tagen schon draußen standen, und stapfte einfach los.

Die grün bewaldeten Hügel waren bereits in warmes Sonnenlicht getaucht, es roch herrlich nach frischen Gräsern und in der Ferne wieherten Pferde. Sie sog die klare Luft ein, spürte, dass sich ihre Lungen damit füllten und ihr Kopf prompt besser funktionierte. Nach wenigen Minuten erreichte sie ein kleines Aussichtsplateau, von dem aus sie auf ein Gehöft sehen konnte. Weiter unten im Tal lag das Häusermeer von Gandia und dahinter in der Ferne das Mittelmeer. Sie setzte sich auf einen Holzstamm und genoss den Ausblick. Wie oft hatte sie hier in den letzten Jahren schon Zuflucht gesucht? Es war der Platz, an dem sie zur Ruhe kam, sich erholte, Kräfte sammelte. Ob es heute auch klappen würde? Sie hatte Zweifel.

Mark hatte sein Amt nicht schon vor einigen Wochen aufgegeben, zumindest stand es so in dem Artikel. Wenn sie es richtig rekonstruierte, hatte er sich erst auf den Weg nach Spanien gemacht und dann von der Kirche verabschiedet. Er war ganz bewusst vor seiner Wanderung zu ihr gekommen, um ihr eine Bedenkzeit zu geben. Und als er zurückgekommen war, hatte er sich eine Antwort erhofft. Er hat eine bekommen, aber es war mit Sicherheit nicht die, die er erwartet hatte. Eine beleidigte, übergriffige Frau, die ihr eigenes Schicksal beweinte. Damit hatte er nicht rechnen können. Doch er hatte sich dann trotzdem für ein neues Leben und gegen die Kirche entschieden. Er musste sich so sicher sein. Aber ging es überhaupt um sie? Oder wollte er für sich Klarheit und hatte deshalb gekündigt, und war sie nur ein Ankerplatz im neuen Leben, sozusagen, die erste Anlaufstation?

Sie atmete tief durch. Sie musste zurück. In der ganzen Aufregung hatte sie ihr Handy nicht mitgenommen. Wenn Georg bald aufwachte, würde er sich Sorgen machen. Ihr Handy lag mit dem iPad auf der Anrichte. Was sollte er denken?

Sie stand auf und machte sich eilig auf den Rückweg. Der Boden war noch feucht und sie war froh, die soliden Gartenschuhe an den Füßen zu haben. Sie schaffte den Rückweg in einer gefühlten Rekordzeit und als sie durch den Orangenhain auf ihren Finca-Hof zulief, war sie froh, Georg nicht entdecken zu können. Im Haus war alles still. Offenbar schlief er noch und sie hätte sich die Unruhe sparen können. Aber die Bewegung, die frische Luft, alles hatte ihr gutgetan und sie war jetzt so weit, das Durcheinander zu klären. Sie ging zur Anrichte und nahm ihr Handy und das iPad. Sie horchte noch, ob von Georg was zu hören war, doch es war nach wie vor mucksmäuschenstill. Entschlossen drückte sie Marks Handynummer und – landete im Nichts.

„Kein Anschluss unter dieser Nummer", sagte die Automatenstimme.

Hatte Sie sich verwählt? Sie drückte erneut auf die Nummer und wieder ertönte dieselbe Stimme. Margarethe ging schockiert auf die Terrasse, rutschte auf die Bank, lehnte sich mit dem Rücken an die Hauswand und fühlte sich so hilflos wie schon lange nicht mehr. Wie sollte es denn jetzt weitergehen?

„Sag mal, warum weckst du mich denn nicht?", hörte sie Georgs Stimme. Er stand in der Tür, barfuß und in Shorts und Sweatshirt und sah sie irritiert an. „Mensch,

Maggilein, lass mich doch nicht bis in die Puppen schlafen. Ich habe schließlich Programm heute. Ich kann mich nicht erinnern, in letzter Zeit so lange im Bett gelegen zu haben." Er gähnte und klopfte ihr schlaftrunken auf die Schulter. „Guten Morgen meine Liebe, aber mach das nie wieder. So viel Schlaf bekommt mir nicht. Ich bin Landwirt und so einer muss mit dem Sonnenaufgang aus den Federn." Er griff an Margarethe vorbei nach ihrer Tasse und bemerkte beim ersten Schluck, dass sie schon lange hier gestanden haben musste und der Kaffee alt und kalt war. „Brrr, was trinkst du denn da? Ich mache mir lieber mal einen frischen. Möchtest du auch?", fragte er und sah dabei Margarethe an. „Wie siehst du denn aus?", meinte er plötzlich ganz besorgt. „Was ist passiert?"

Margarethe hielt ihm als Antwort ihr iPad mit dem Artikel hin. „Lies mal bitte, Mark hat die Kirche verlassen."

„Er hat was …?" Georg überflog kopfschüttelnd den Beitrag. „Tatsache, das ist ja eine Nachricht, meine Güte. Die Gemeinde wird entsetzt sein."

„Hast du davon gewusst?", fragte Margarethe.

„Dass er seine Pläne so schnell wahr macht, nein, davon erfahre ich jetzt zum ersten Mal."

Er legte das iPad zurück auf den Tisch und ging nachdenklich ins Haus. „Ich ziehe mir schnell etwas an, sonst erfriere ich hier. Der spanische Winter kann ganz schön frostig sein, zumindest am Morgen. Aber dann sprechen wir", meinte er sichtbar geschockt. „Ich brauche jetzt wirklich einen Kaffee und du bestimmt auch", hörte Margarethe ihn noch sagen und rief ihm ein mattes „Ja, bitte" zu.

Als Georg nach seiner Blitzdusche mit zwei Tassen in den Händen aus der Küche kam, saß Margarethe im Wohnzimmer am Esstisch. „Weißt du, dass seine Handynummer nicht mehr existiert?", fragte sie leise. „Er ist nicht mehr erreichbar. Hast du seine neue?"

Georg schüttelte den Kopf und setzte sich neben sie. „Ich habe nur die, die du auch hast und das schon seit Jahren."

„Ja, das ist die dienstliche. Du kennst doch Mark, der ist immer für den einfachen Weg und hat sich nie ein privates Handy zugelegt." Margarethe sah ihren Bruder Hilfe suchend von der Seite an. „Was soll ich denn jetzt machen? Ich meine, wie erreiche ich ihn denn? Und warum schickt er mir seine neue Nummer nicht?" Sie schlug die Hände vor Gesicht. „Weißt du, so langsam verstehe ich nichts mehr."

„Lass mich mal etwas versuchen", meinte Georg und holte sein Handy aus der Tasche. „Ich rufe mal Vera an. Der Artikel ist von gestern. Vielleicht kann sie sich in der Gemeinde mal schlaumachen, wo Mark geblieben ist. Sie kennt einige Leute."

Margarethe schmiegte sich an ihren Bruder. „Ach Georg, ich hoffe so sehr, dass sie etwas herausfindet."

**

„Meinst du, ich kriege den Betrieb schnell wieder flott?", fragte Margarethe, als Georg die Ordner zuklappte und zusammenlegte.

„Garantiert", versicherte er ihr. „Du hast immer noch eine sehr solide Grundlage. Im Moment sind die Zeiten schwierig. Die Leute sparen beim Einkauf. Das heißt, dass du spitzer kalkulieren musst." Und dann zwinkerte er ihr zu. „Aber dein Unternehmen steht nach wie vor gut da. Das ist nur eine Delle und die ist bald wieder ausgeglichen."

Georg hatte sich nach dem unerwartet turbulenten Morgen noch fleißig an die Bücher gesetzt und konnte Margarethe nach ihrer Rückkehr aus Simat auf einige Schwachpunkte in ihrer Betriebsführung aufmerksam machen. Sie hatte zu hohe Personalkosten und zu teure Materialien eingekauft und musste auch ihre Preise künftig etwas anpassen.

Jetzt nahm er die Ordner und brachte sie zurück ins Büro, um sich dann mit ihr ein spätes Mittagessen zuzubereiten. Sie zauberten gemeinsam ein deftiges Kartoffelgericht aus der Heimat und Margarethe genoss den vertrauten fränkischen Geschmack. „Du bist wirklich ein Superkoch. Wenn du auf Landwirtschaft keine Lust mehr hast, kommst du zu mir und wir eröffnen hier auf der Finca ein Restaurant mit deutschen Spezialitäten. Das wird bestimmt ein Renner", erzählte sie lachend.

Georg wirkte wenig überzeugt. „Nee, Schwesterlein, ich koche gern, aber nicht regelmäßig. Es reicht mir, wenn ich dich und meine Vera verwöhne." Er stand auf und nahm die Teller vom Tisch. „So, jetzt mache ich noch den Abwasch und dann geht's in die Natur. Wir wollen uns ja nicht nur mit der Verwaltung beschäftigen, sondern ich möchte noch die Setzlinge prüfen."

Pling! Vera hatte sich gemeldet und Georg rief das sofort Margarethe zu. „Vera hat Neuigkeiten", tönte er. „Allerdings keine sehr hilfreichen. Sie hat von einem Gemeindemitglied erfahren, dass Mark Bamberg bereits verlassen hat, um künftig als Lehrer zu arbeiten."

„Er hat … hat was? Das … gibt es doch nicht", stammelte Margarethe, sah ungläubig auf Georgs Handydisplay und las erneut die Nachricht.

„Er arbeitet als Lehrer?" Sie blickte ihren Bruder fragend an. „Wusstest du das auch nicht?"

Georg schüttelte den Kopf. „Maggi, wie kommst du denn darauf. Ich mag Mark gern, aber ich bin doch nicht rund um die Uhr mit ihm zusammen. Er hat mich absolut nicht in seine Pläne eingeweiht. Ich glaube, dass du mehr weißt als wir alle. Er hat doch die meiste Zeit mit dir verbracht."

„Na ja, ein paar Stunden, das wars." Margarethe sah ihn an. „Und was soll ich jetzt tun?"

„Durchatmen, Schwesterlein, du hast so lange mit der ungelösten Situation gelebt, da kommt es auf einige Tage auch nicht an."

Er sah auf die Uhr. „Ich gehe noch mal kurz auf das Feld und dann packe ich meine Sachen. Du weißt ja, wann die Abendmaschine geht. Morgen erwartet mich reichlich Arbeit auf dem Hof und genauso wie in deinem Betrieb muss auch ich im Moment sehr aufmerksam sein, um das Unternehmen in sichere Gewässer zu steuern." Er beugte sich zu ihr herüber und küsste sie auf die Wange. „Bleib mal locker, unser Mark geht nicht unter und er vergisst dich auch nicht. Ich wette darum, dass er sich in den nächsten Tagen bei dir meldet."

Margarethe lächelte gequält. Aber Georg hatte recht. Sie sollte aufhören, sich in einem Loch zu sehen. Sie hatte reichlich Verantwortung, für eine Firma und Mitarbeiter, und sie musste sich auf den Alltag konzentrieren, und das zählte.

Als Georg später vom Hof fuhr, winkte sie ihm wehmütig nach. Sie mochte es immer weniger, allein zu sein, ja mehr noch, sie begann es zu hassen. Sie sah auf die Uhr und machte, was sie in letzter Zeit immer machte: Sie wandte sich an Ina. Sie tippte die übliche Frage „Hast du Zeit?" ins Handy und schickte sie ab. Sekunden später blinkte die Antwort auf. Kurz und knapp „Ja!"

Margarethe hielt jetzt nichts mehr zu Hause. Sie verzichtete darauf, sich schick zu machen. Sie wollte nur einfach nicht allein sein, griff nach dem Schlüssel, setzte sich ins Auto und düste die hügelige Bergstraße hinunter.

Als sie auf Inas Finca ankam, war es schon dämmerig. Sie sah aber Vicentes Auto vor der Tür und freute sich, den sympathischen Arzt wiederzusehen.

Kaum hatte sie geklingelt, öffnete ihr Helga die Tür. „Komm herein, es ist gut, dass du da bist!"

Margarethe sah sofort, dass etwas nicht stimmte. „Was ist passiert?", fragte sie unruhig.

Helga seufzte. „Eigentlich etwas, über das man sich immer freuen sollte. Aber meine Tochter sieht das alles ganz anders. Bitte sprich du mit ihr. Sie ist in der Küche und kann eine Freundin wie dich gut gebrauchen."

Margarethe sah Helga erstaunt an. „Oje, das hört sich nicht gut an. Was ist denn los?"

Helga strich ihr über den Rücken. „Gehe zu ihr. Sie wird dir alles erzählen. Wir sitzen im Wohnzimmer, komm gern auch zu uns. Also bis später."

Margarethe konnte das alles nicht einordnen. Was war denn bloß los? Ihre Situation war mehr als durcheinander und bei Ina schien auch etwas aus dem Ruder zu laufen. Sie schüttelte den Kopf. Das Leben war wirklich für viele Überraschungen gut, aber mussten sie gleichzeitig kommen?

Sie ging in die Küche und überraschte Ina beim Kuchenbacken. Sie rührte gerade Zutaten zusammen und Margarethe erkannte sofort das Muster: Ina begann immer etwas Praktisches, wenn sie nachdenken wollte, das hatte sie ihr selbst einmal anvertraut.

Als Ina sie sah, lächelte sie sie gequält an. „Ich freue mich, dass du da bist", meinte sie und zeigte auf die kleine Korbbank, die neben dem Fenster stand. „Setz dich bitte zu mir, es gibt Neuigkeiten."

Margarethe hatte keine Vorstellung, was sie erwarten würde.

„Und?", fragte sie sofort, während sie sich setzte. „Was brennt dir auf der Seele?"

„Leonie ist schwanger", sagte Ina unvermittelt. „Von Eric!"

„Oh", entfuhr es Margarethe. „Das ging jetzt aber fix."

„Allerdings!"

„Und wie fühlt sich Leonie?"

„Sehr gut, sie hat mir gerade mit dem Kindsvater die frohe Nachricht übermittelt. Vicente, Helga, Bernd, alle sind ja ach so happy."

„Und du?"

Ina setzte sich neben Margarethe auf die Bank, zog die Beine an, umfasste mit beiden Armen ihre Unterschenkel und legte ihr Kinn auf die Knie. Nachdenklich blickte sie aus dem geöffneten Fenster hinaus über das Tal. Es waren nur die Lichter einiger weniger Häuser zu sehen, darüber die prächtig funkelnden Sterne.

„Ich sehe, was jetzt alles auf meine Kleine zukommt", sagte sie leise. „Und das bedrückt mich. Ein Kind ist wunderbar, keine Frage, aber man führt als Mama ein völlig anderes Leben und ich hätte meiner Leonie noch ein paar unbeschwerte Jahre gewünscht." Sie sah Margarethe an. „Und vergiss nicht, es betrifft mich als Oma auch. Doch ich werde da sein für mein Enkelkind, das ist keine Frage."

„Das hast du hoffentlich Leonie auch gesagt."

Ina seufzte. „Ja natürlich, aber ich habe geschummelt und erzählt, dass ich etwas vorbereiten muss, denn ich war wirklich gerade ziemlich aus dem Häuschen. Leonie ist doch selber noch ein Kind."

„Nun ja, das ist eine Frage des Blickwinkels. Für dich ist sie auch mit dreißig Jahren noch klein, für mich, als Außenstehende, ist sie eine junge Frau, die durchaus Mutter werden kann", widersprach ihr Margarethe.

„Von einem Mann, den sie gerade mal ein paar Wochen kennt? Das ist doch purer Leichtsinn."

„Aber Ina, man kann nicht alles planen, das weißt du. Gehe zu ihr und zeig ihr, dass du dich freust. Das ist das, was sie jetzt braucht."

„Ich freue mich doch auch, wirklich, wenn nur nicht die vielen Ängste wären."

„Wie verhält sich denn Eric?"

„Glückstrunken, aber wer weiß, wie lange."

„Ina, ich habe dich immer als stark und positiv wahrgenommen, bleib so, auch wenn es um deine Tochter geht. Im Moment gehst du ziemlich kribbelig an die Zukunft. Damit hilfst du deiner Tochter nun wirklich nicht. Du solltest auch Eric endlich vertrauen. Vergiss, was du über seine angeblich umtriebige Vergangenheit weißt. Das ist nur Gift, mit dem du dich und die glückliche Familie nicht belasten solltest."

Ina nickte. „Ich weiß ja, dass du recht hast, und versuche ja, mich runterzukühlen. Deshalb wurschtele ich doch hier herum und mache Kuchen. Das lenkt mich wenigstens ab."

„Das dürfte auch klappen. Aber es ist nicht gerade warm im Moment. Du hast ein Fenster aufgerissen. Ich habe einen dicken Pulli an, während du hier mit einer Bluse hockst. Pass auf, dass du dich nicht erkältest."

„Ich bin innerlich so aufgeheizt, dass ich nicht mal friere", sagte sie jetzt und musste langsam über sich selbst lachen.

„Hat sie denn den Opa in Deutschland auch schon informiert?"

„Du denkst ja an alles." Ina schmunzelte. „Das will sie morgen machen und dann kommt er bestimmt hierher und wir sind alle wieder zusammen." Sie sah Margarethe an. „Und was das heißt, weißt du auch: wieder Zoff mit Vicente, weil er in einen Eifersuchtstaumel rutscht. Na bravo, das passt ja alles." Sie streckte den linken Arm in die Luft und zischte: „Hurra, das Leben ist schön!"

„Papperlapapp, Süße, das fügt sich alles. Langfristig seid ihr eine richtig supergute Patchworkfamilie. Freu dich, Liebes." Margarethe holte ihr Handy aus der Tasche. „Ich muss dir übrigens jemanden vorstellen", sagte sie zu Ina und hielt ihr das Display hin. „Das ist Ulli, mein neuer Mitbewohner, Freund, Seelentröster, Wanderkumpan und was du dir alles noch vorstellen kannst."

Ina nahm ihr das Handy aus der Hand und zog das Foto groß. „Meine Gute, Maggi, ist der süß. Das ist wirklich dein Hund? Wo ist er denn jetzt? Warum hast du ihn nicht mitgebracht? Carlos verträgt sich doch mit jedem." Sie gab ihr das Handy zurück. „Du wirst sehen, das ist die beste Anschaffung der letzten Jahre. Ich bin mit Carlos auch so happy. Wo hast du ihn denn her?"

„Aus dem Tierheim und er ist in Wirklichkeit noch niedlicher als auf dem Bild." Margarethe steckte ihr Telefon wieder ein und erzählte Ina, was sie bereits alles für Ulli angeschafft hatte. Danach berichtete sie in knappen Worten von der Neuigkeit, dass Mark die Gemeinde verlassen hatte und sie ihn nicht erreichen konnte.

„Du wolltest Zeit, dann lass sie ihm jetzt auch. Er wird sich schon melden", beruhigte sie Ina.

„Ihr beiden, ich muss euch kurz stören."

Bernd stand plötzlich in der Küche vor ihnen und sah sie etwas ratlos an. Er trug eine graue Jeans und ein blaues

Sweatshirt. Margarethe fand, dass er mit seiner schlanken Figur und dem grauen Dreitagebart fantastisch aussah und machte ihm auch sofort ein dickes Kompliment.

Er genoss sichtbar das Lob und bedankte sich erfreut dafür. Er hatte ein halb gefülltes Glas Rotwein in der einen Hand und ein Käsehäppchen in der anderen. „Verzeiht, dass ich hier in euer Gespräch platze, aber ich muss mal etwas fragen. Ingo hat angerufen und möchte sich am Wochenende mit uns treffen. Er hat Helga gesagt, dass wir seinen künftigen Mann kennenlernen. Du weißt ja, dass ich Fußballfan bin, deshalb kann ich nicht glauben, wer das sein soll. Helga meinte, es wäre Kai Wagner, der bekannte Fußballmanager. Kann das denn sein? Der ist doch nicht schwul. Das wäre aber eine totale Überraschung."

Margarethe sah Ina an und beide mussten lachen. „Überraschungen sind gerade angesagt", meinte Ina.

Margarethe fügte an: „Besonders hier bei uns. Man kann sich gar nicht so schnell wundern, wie die Neuigkeiten auf uns einprasseln."

Bernd schüttelte den Kopf. „Echt jetzt, der Bundesliga-Top-Manager sitzt bald bei uns im Garten. Ich werde Uropa und bekomme Promibesuch." Er drehte sich um. „Puuh, ich glaube, ich brauche noch ein Glas."

***

Schnurrbart, Kappe, eine goldfarbene Sonnenbrille. Der Mann, der Margarethe auf ihrem Hof gegenüberstand, fiel ihr sofort auf. Er trug einen dicken Pulli mit Schalkragen, dazu eine Jeans und Sneaker und war in ihrem Alter. „Was kann ich für Sie tun?", fragte Margarethe höflich.

„Ich habe gehört, dass es hier die besten Orangen der Region gibt!"

Margarethe lachte. „Ja klar, und Sie möchten gleich eine Kiste kaufen?"

„Genau!"

„Na, dann kommen Sie mal mit. Ich bin sowieso dabei, gerade einzuladen." Sie holte eine Sackkarre, ging damit ins Kühlhaus und kam mit vier Kisten darauf wieder zurück. „Eine für Sie? Wo haben Sie denn Ihren Wagen."

„Lassen Sie, ich mache das schon", meinte er freundlich und nahm Margarethe die Sackkarre ab.

„Oh ein Gentleman", sagte sie beeindruckt und machte ihm bereitwillig Platz. „Bitte schön, Sie dürfen gern."

Als er die Karre zum Auto schob, merkte sie erst jetzt, dass sie Ingos Wagen ansteuerten. „Das ist doch ...", sagte sie irritiert.

„Ja, es ist Ingos Wagen", löste der Fremde die Unsicherheit auf.

„Und wer sind Sie? Arbeiten Sie für Ingo?" In dem Moment sah sie sich ihr Gegenüber von der Seite an. Ihr fiel eine Interviewsendung ein. Das Profil, es könnte passen. „Kai? Bist du Kai?", fragte sie direkt und der Mann, der ihr so nett helfen wollte, stellte die Karre ab und streckte ihr die Hand entgegen.

„Nee, nee, vielleicht ist das bei euch im Norden so, aber hier drücken und herzen wir uns. Schön, dass du da bist." Margarethe drückte Kai fest. „Es ist schon komisch, so ein bekanntes Gesicht plötzlich im eigenen Haus zu sehen." Sie lachte ihn fröhlich an. „Ich habe wenig Kontakt mit Promis. Deshalb muss ich den Umgang erst lernen."

„Du hast den perfekten Umgang", entgegnete Kai. „Ich bin einfach nur froh, wenn ich euer Freund sein kann, ohne dass mich jemand filmt und ich am nächsten Tag ein Foto von mir in der Zeitung sehe. ‚Kai Wagner ist orangensüchtig' oder ‚Kai Wagner hat ein Verhältnis mit einer Finca-Chefin' oder, oder, oder."

„Stimmt, ich rufe auch gleich meine Freundin Ina an, die ist Journalistin und liefert dich aus."

„Nee, du siehst so sympathisch und ehrlich aus, du tust so etwas nicht."

„Stimmt! Du hast eine sichere Menschenkenntnis."

„Ingo hat heute viel zu tun und mich gebeten, zu dir zu fahren und Orangen und Gemüse zu kaufen, er hat zu wenig Ware. Du wüsstest schon, was er immer braucht."

„Ja klar, die Lieferungen machen zwar Mitarbeiter, aber bei Ingo kenne ich den Warenkorb genau." Sie nahm das iPad aus der Umhängetasche und sah die registrierten Vorräte durch. „Passt, ich habe alles da. Warte einen Moment, ich stelle dir etwas zusammen."

„Darf ich mitkommen? Dann kann ich dir beim Tragen helfen."

„Aber klar, solche Kunden sind mir die liebsten." Sie hakte Kai unter und nahm ihn mit in ihr Kühlhaus. Innerhalb weniger Minuten waren zwei Kisten vollgepackt mit saftig-frischem Gemüse und Kai kutschierte sie mit der Sackkarre zu Ingos Wagen. Er erzählte dabei, dass er gern unterwegs war und künftig alle Gelegenheiten nutzen wollte, Ingos Freunde kennenzulernen.

„Das ist ein großartiger Plan", bestätigte ihn Margarethe.

„Finde ich auch, viel schöner als so etwas Offizielles. Ingo wollte eigentlich ein riesengroßes Begrüßungsfest feiern, aber das möchte ich nicht. Ich freue mich, dass ich mein neues Leben am Mittelmeer unkonventionell leben kann."

Er lehnte sich an den Wagen und Margarethe sich an die Sackkarre.

„Darf ich dich etwas fragen?", tastete sich Margarethe vorsichtig heran.

„Ja klar, alles."

„Hast du eigentlich Angst vor dem Outing?"

Die Frage schien ihn direkt zu treffen, denn einen Augenblick lang schwieg er.

„Angst? Nein, nicht mehr, aber ich weiß auch, dass es besser ist, es nicht an die große Glocke zu hängen. Eine Zeit lang kann ich meinen Aufenthalt und mein Schwulsein hier noch verheimlichen, und dann, ja, dann werde ich damit leben müssen, dass alle wissen, wen ich wirklich liebe: einen Mann." Er seufzte. „Aber weißt du, mit der Zeit wird es einem egal, was die Leute über dich denken. Es gab Momente, da habe ich mir sogar richtig gewünscht, alles würde auffliegen. Das ständige Versteckspiel hat mir zugesetzt. Ich will jetzt nicht mehr. Ich will nur noch frei leben und mit meinem Partner glücklich sein können."

Margarethe sah ihn verständnisvoll an. „Ich hatte einmal einen Partner, der auch ein Doppelleben führen musste. Es zermürbt, wenn man immer gegen seine Neigung, sein Ich, sein Verlangen, nenne es, wie du magst, agieren muss. Das Leben unter dem Radar, das macht auf die Dauer krank."

Kai nickte. „Oh ja. Da kann ich mitreden. Ich hatte einige Beschwerden, die ich darauf zurückführe. Letztes Jahr kam ein schwerer Infekt dazu und danach habe ich die Entscheidung getroffen. Ich haue ab, für immer, und lebe ein anderes, ein echtes Leben."

„Hast du Zeit? Möchtest du einen Kaffee?", fragte Margarethe. „Ich habe eine Maschine, die einen traumhaften Espresso macht, vertraue mir."

Kai nickte. „So gern!" Er sah sich um. „Es ist schön bei dir, da möchte jeder Kaffee trinken."

Margarethe nahm ihn mit ins Haus und bemerkte, dass ihm die Einrichtung gefiel.

„Es ist wunderbar hell und luftig hier. Ich liebe das Mediterrane", schwärmte er auch prompt und während sie den Esstisch eindeckte und den Kaffee aus der Küche holte, erzählte er weiter aus seinem Leben. „Ich bin jetzt Mitte fünfzig und weiß, seitdem ich zwanzig bin, dass ich schwul bin. Aber ich habe mich nie getraut, dazuzustehen. Anfangs, weil es mir selber fremd war, später, weil alle Berater dagegen waren und sie Angst um meine Karriere hatten. Wer will schon einen schwulen Fußballer?"

Margarethe setzte sich ihm gegenüber an den Tisch und nahm einen Schluck aus der Tasse.

„Ich kenne mich nicht gut aus, aber da es nur wenige gibt, die sich geoutet haben, vermute ich, dass es in der Branche nicht gut ankommt."

„Exakt so ist es."

„Wie hast du denn gelebt? Hattest du denn immer heimlich Partner?"

Margarethe ging kurz in die Küche und holte zwei Schälchen mit Nüssen. „Magst du? Alles eigene Ernte und garantiert bio."

Er nickte. „Ich liebe Nüsse. Aber zurück zu deiner Frage. Ich hatte nur wenig Affären, wie denn auch, ich hätte mich ja absolut erpressbar gemacht. Doch es gab zwei belanglose Partnerschaften und dann kam Ingo. Wir sind wirklich ein altes Ehepaar."

„Ihr seid verheiratet?"

Kai zog eine Kette aus dem Pulloverausschnitt und hielt Margarethe den daran hängenden schlichten Goldring hin. „Ja, und hier ist der Beweis."

„Ein Ring, tatsächlich. Traurig, dass du ihn nicht am Finger tragen kannst."

„Nein, das wäre schon gegangen, offiziell bin ich ja schon einmal verheiratet gewesen. Eine Scheinehe für die Medien mit einer lieben Alibifrau. Irgendwann haben wir uns scheiden lassen und seitdem gelte ich als der, der nie wieder die Richtige gefunden hat. Das ist ganz praktisch."

„Und danach hast du Ingo geheiratet?"

Kai nickte. „Genau, wir sind schon lange verheiratet, aber das weiß natürlich kaum jemand. Ingo und ich haben in Las Vegas geheiratet. Ingo hatte Shootingjobs da und ich konnte mal inkognito verschwinden. Da haben wir uns getraut. Es ist viele Jahre her."

Er steckte die Kette zurück und zog den Schalkragen wieder zurecht.

„Es muss hart sein, seine Liebe nie öffentlich leben zu können, ich habe jedenfalls nicht lange durchgehalten. Man schämt sich immer und weiß eigentlich gar nicht wofür."

Kai nickte. „Die meiste Zeit unserer Ehe haben wir nicht miteinander, sondern mit Sehnsucht nacheinander verbracht. Das musste ein Ende haben. Ich bin nicht mehr der Jüngste und möchte meine Liebe genießen."

Er sah in die Natur und zeigte auf zwei Finken, die fröhlich in einem Baum herumhüpften. „Mit dieser traumhaften Pflanzen- und Tierwelt, hier in genau diesem Landstrich." Er blickte über Margarethes Anlage. „Ein Leben im Land der Orangen, das geht nicht besser."

Margarethe stimmte ihm zu. „Ja, das ist richtig. Es ist einfach wunderschön an diesem Fleckchen Erde. Wenn man hier lebt, vergisst man es manchmal. Aber in ruhigen Momenten wie diesen geht mir immer noch vor Begeisterung das Herz auf, besonders jetzt im Winter, wenn überall im Land die Orangen an den Bäumen leuchten."

Sie wurde plötzlich ganz ernst. „Entschuldige meine Offenheit, aber hast du keine Angst vor negativen Kommentaren? Angst, dass dein Verhalten deiner Karriere schadet?"

„Nicht mehr. Früher habe ich alles getan, um meine Karriere nicht zu gefährden. Heute sehe ich das anders. Meine Karriere ist nicht mehr die Nummer 1 in meinem Leben. Ich möchte mit meinem Partner morgens aufwachen, seine Sorgen kennen und meine aussprechen können. Ich möchte Zugehörigkeit erleben, Tag für Tag, und nicht mehr abends einsam in irgendwelchen Restaurants sitzen, weil die Wohnung leer ist und die Stille quält. Ich möchte erwartet werden, wenn ich nach Hause komme, und von meinem Tag erzählen, und ich möchte ihn erwarten und Fragen stellen können. Und ich möchte, dass jemand bei mir ist, wenn ich mich nicht gut fühle, und für mich sorgt, wenn ich es nicht mehr allein kann. All das macht für mich das Leben aus und deshalb habe ich diesen Schritt gemacht und bin nach Spanien gezogen, zu meinem Ingo."

Margarethe war gerührt und schwieg bewusst einen Moment, um Kai zur Ruhe kommen zu lassen.

„Weißt du", sprach er jetzt weiter, „ich glaube, ich hätte es viel früher tun sollen. Es gibt Tage, da bereue ich, so lange gewartet zu haben."

Margarethe naschte von den Nüssen. „Du hast recht, das sind die Dinge, die zählen. Dumm nur, dass wir das manchmal vergessen und uns um Sachen kümmern, die zweitrangig sind und uns letztlich gar nicht guttun." Sie sah ihn von der Seite an. „Wenn wir älter werden, bereuen wir viel, stimmt's?"

Kai nickte zustimmend. „Ich habe genug bereut. Ab jetzt will ich mir jeden Abend sagen: Gut gemacht Kai!"

Margarethe nahm vertraut seine Hand. „Ich wünsche dir von Herzen, dass es genauso kommt." Sie lächelte. „Wann sehen wir uns denn einmal in größerer Runde? Ingo hat so oft von dir erzählt, dich aber bis jetzt noch nicht vorgezeigt. Wir sind doch alle neugierig."

„Wie gesagt, die große Willkommensparty ist nichts für mich", wiederholte Kai. „Ich bin ja gerade erst angekommen, gewöhne mich jetzt langsam ein und dann haben wir – du weißt es – ein offenes Haus. Du wirst mehr Einladungen bekommen, als dir lieb ist, oder einfach nur so bei uns auf der Terrasse sitzen und den Sonnenuntergang genießen, mit einem Glas Wein und köstlichen Tapas. Denn mein Ingo kann ja prima kochen."

„Exzellent, mein Lieber, nicht prima. Und gib zu, dass du ihn nur deshalb geheiratet hast."

„Das kann ich leider nicht leugnen", ulkte er.

„Dann seid ihr beide demnächst bei mir eingeladen und ich bitte ein paar Freunde dazu. Bei Ingos riesengroßem Bekanntenkreis kommst du sonst nicht voran."

„Abgemacht", meinte Kai lachend. „Dann starte ich mal in die Partysaison."

KAPITEL 7

Ein guter Bluff bringt auch ans Ziel

S ag mal, hast du nicht Zeit, morgen mit uns noch einmal ein paar Videos für den Kanal zu machen", fragte Ina und schlug einen bezirzenden Ton an.

Margarethe bemerkte ihn wohl, war aber von der Nachfrage wenig begeistert. Sie war gerade dabei, eine Probe von Schädlingen zu nehmen, die sie an einigen Orangenbäumen entdeckt hatte, und musste sich erst einmal darauf konzentrieren. Zudem war sie innerlich sowieso ausgelastet. Die Sache mit Mark bedrückte sie und mit Finn hatte sie ebenfalls eine offene Baustelle. Sie wusste nicht, wie es sein würde, wenn er Montag plötzlich vor ihr stünde, zumal er sich in den letzten Tagen nur noch sehr knapp gemeldet hatte. Sie seufzte tief. Alles Private war ihr im Moment zu viel. Sie wollte nichts entscheiden und hatte sich deshalb in die Arbeit gestürzt. Allerdings freute sie sich auf Montag, denn Susanna aus dem Tierheim hatte sich gemeldet. Ulli war fix und fertig durchgecheckt, munter und gesund und konnte abgeholt werden. Sie würde Montag María den Marktstand überlassen, um Zeit für die Eingewöhnung zu haben. Wenn Finn käme, würde das schon klappen. Sie konnte gar nicht in Worte fassen, wie sehr sie sich auf den Vierbeiner freute, aber sie wollte ihn nicht gleich überall vorführen, sondern er sollte Zeit haben, sich erst einmal in seinem neuen Leben zurechtzufinden. Während sie sich weiter die verdächtigen Blätter ansah, hockte sie sich auf eine der Steinumrandungen, klemmte das Handy zwischen Schulter und Ohr ein und versuchte, sich bei Ina freundlich herauszureden. „Hmh, ich weiß nicht", wich sie aus. „Ich habe viel zu tun im Moment, und wenn du mein gestresstes Gesicht im Video hast, bist du auch nicht begeistert. Ich glaube, Carlos ist derzeit der bessere Darsteller."

Ina insistierte: „Ach komm schon, lasse uns nicht im Stich. Und sorge dich nicht so viel. Das geht alles gut aus. Mark braucht bestimmt auch etwas Ruhe und wird sich dann recht schnell bei dir melden. Überleg doch mal, was das für ihn bedeutet? Ein Umzug vom ruhigen Pfarrhaus in irgendeinen Schulalltag. Er muss sich sicher erst an sein neues Leben gewöhnen."

Margarethe starrte gedankenverloren auf die Blätter, die sie von verschiedenen Bäumen eingesammelt hatte und jetzt vor sich ausbreitete. „Ich weiß nicht. Als er hier war, sah er ganz gefestigt aus. Von Unsicherheit und Lebensdrama hatte ich jedenfalls nichts zu sehen bekommen. Ich denke rückblickend, er weiß genau, was er tut." Sie drehte die Blätter mit ihren Fingern hin und her und sah gedankenverloren in die Ferne. „Ich weiß langsam gar nichts mehr. Der eine schwört mir ewige Liebe und taucht dann ab ins Nichts. Und Finn möchte angeblich hier ein Rennen fahren und mich dabei wiedersehen. Wir sehen uns vermutlich bei Ingo in der Bar. Aber er meldet sich neuerdings so selten, dass ich keine Ahnung habe, ob er wegen des sportlichen Events kommt oder wegen mir. Mal sehen, was er sagt, wenn ihn Ulli dann über den Haufen rennt."

„Ach, der Tierheimhund ist dann schon da. Das ist ja klasse. Ich freue mich für dich."

„Ja, ich freue mich auch, riesig sogar, eigentlich mehr als über einen Mann." Sie nahm jetzt das Handy in die Hand, weil das Gespräch länger dauerte als erwartet. „Es ist alles etwas schwierig. Vielleicht geht es mir als Single doch am besten."

„Ach Margarethe, zu Finn kann ich mich nicht äußern. Ich weiß zu wenig. Aber zu Mark schon. Ich muss ihn in Schutz nehmen. Was soll Mark denn machen? Meinst du, er heiratet jetzt gleich die nächste?"

„Wer weiß, im Moment traue ich ihm alles zu."

„Lüg nicht", meinte Ina ganz ruhig. „Ich weiß doch, dass du ihn nach wie vor großartig findest und im Augenblick nur noch nicht alles sehen willst, was dir an ihm gefällt. Also lenk dich vom Grübeln ab und komm zu uns."

Margarethe klaubte die Blätter vom Boden, steckte sie in eine Tüte, die sie aus der Jackentasche gezogen hatte, und stand auf. „Du hast ja recht. Wann soll ich denn kommen?"

„Morgen um zehn Uhr. Das passt doch bestimmt. Und Ingo macht uns einen leckeren Kaffee!"

„Warte mal", fuhr Margarethe dazwischen. „Wie geht es dir denn eigentlich mit deiner bunten Patchworkfamilie?"

Sie hörte Ina seufzen. „Ganz ehrlich, ich habe mich mal ein bisschen herausgenommen und dabei auch an deinen Rat gedacht. Es stimmt ja, Leonie muss ihre Erfahrungen allein machen. Ich kann ihr als Mutter nicht alles abnehmen. Jetzt hat sie ziemlich schnell Nägel mit Köpfen gemacht und damit wird sie auch zurechtkommen. Sie hat ja eine Familie, die hinter ihr steht. Und wer weiß, vielleicht hat Eric tatsächlich seine große Liebe gefunden und die beiden werden zusammen alt."

„Und wenn nicht?"

„Dann will es das Schicksal so!"

„Bravo, liebe Ina. Ich höre, du hast wieder Boden unter den Füßen", lobte Margarethe sie und fand sich selbst lustig. Bei anderen wusste sie häufig, was gut war, aber wenn es wie jetzt mal um sie selbst ging, fühlte sie sich komplett ratlos.

„Lieb, dass du das sagst", bedankte sich Ina. „Doch es ist auch wirklich so. Ich stehe wieder auf festen Beinen, weil ich mich innerlich besser sortiert habe. Aber noch eine Frage zum Schluss. Wie findest du denn unseren Promi Kai? Zu Ingo hat er gesagt, dass er es so schön bei dir fand."

„Das freut mich. Er ist ein ganz sympathischer Mann, Ina. Ingo kann sich wirklich freuen. Die beiden sind ein Dream-Team und werden es bestimmt auch bleiben."

„Das erleichtert mich. Morgen lerne ich ihn kennen. Ich freue mich schon riesig. Ingo hat mir alles Mögliche von ihm erzählt, doch ganz ehrlich, so richtig bekomme ich das nicht mehr auf die Reihe. Am besten ist es, ich lasse mich überraschen. Und du bist ja auch dabei. Wir machen uns einen schönen Tag, endlich mal wieder, ohne Grübeleien und sogar Tränen."

„Na, ob ich das hinbekomme?", zweifelte Margarethe.

„Mit Sicherheit, deine liebe Freundin weiß das."

„Und was macht sie so sicher?"

„Sie hat einen direkten Draht zum Himmel", flötete Ina drauflos.

„Ach du, der liebe Gott hat mir schon manche Streiche gespielt."

„Macht er aber nicht mehr. Er meinte, es reicht."

Margarethe lächelte amüsiert. Wenn es doch so einfach wäre, dachte sie, und sah sich mit dem Handy am Ohr noch ein paar Stämme kritisch an, pulte mit dem Zeigefinger etwas Rinde ab und roch daran. „Kommt deine Visagistin auch wieder?", erkundigte sie sich dabei. „Oder soll ich mich allein auf die Fotos vorbereiten? Ich meine, Haare kämmen und Make-up auflegen?" Sie steckte ein paar Rindenstückchen in eine weitere Tüte und verschloss sie sorgfältig.

„Ja, bitte gib dir das volle Programm. Schöne Haare und Make-up und einen deiner hübschen Hosenanzüge, die dir so supergut stehen. Luisa kann leider nicht, da müssen wir beide uns allein in Form bringen. Das geht natürlich schneller, wenn du dich schon aufgebrezelt hast."

Margarethe war unsicher. „Aber du kontrollierst mich noch einmal, okay? Nicht, dass sich die Fans über mich als Schminkmonster lustig machen." Eigentlich hatte sie nach wie vor keine rechte Lust, aber auf der anderen Seite würde ihr ein Tapetenwechsel guttun. Hier am Sonntag zu Hause zu sitzen und zu grübeln, war nun wirklich keine Lösung.

***

Margarethe war früh auf den Beinen. Sie hatte viel Zeit für ihre Frisur eingeplant, die Haare hochgesteckt und sich neckisch zwei Haarsträhnen ins Gesicht gezogen. Danach legte sie ein dezentes, schmeichelndes Make-up auf und entschied sich für einen kirschroten Lippenstift.

Dazu hatte sie sich schon am Abend einen etwas dickeren Anzug ausgesucht, der einen ähnlichen Rotton hatte wie der Lippenstift und einen passenden Schal. Es konnte kühl sein am Meer. Sie schlüpfte in Hose und Blazer und drehte sich zufrieden vor dem Spiegel. Ihr Outfit würde vermutlich nicht in Inas Konzept passen, aber sie brachte sich mit einem schicken Äußeren gleich in die richtige Stimmung für ein Fotoshooting. „Du hast die Grandezza einer Dame", hatte ihr Ina bei den letzten Aufnahmen gesagt und der Satz war ihr nicht mehr aus dem Kopf gegangen, so gut hatte er ihr gefallen. Ina war Profi, die musste es ja beurteilen können, dachte sie voller Stolz und bemühte sich vor dem großen Wohnzimmerspiegel gleich wieder, die aufrechte Haltung zu üben. Bei den Schuhen machte sie sich weniger Gedanken und entschied sich für ein paar superbequeme Sneaker. Immerhin würde sie bestimmt wieder viel im Sand spazieren und da hatten High Heels nun wirklich nichts verloren. Und wenn die Schuhe nicht zur Kleidung passten, liebte sie es, lässig barfuß zu laufen.

Als sie nach den Autoschlüsseln griff, fühlte sie sich seit Langem mal wieder wohl. Mark würde sich schon melden, hatte Ina gesagt und sie stimmte ihr zu. Er musste seinen Weg jetzt weitergehen und brauchte dafür seine Kraft. Aber dann würde er wiederkommen, oder auch nicht. Sie hatte jedenfalls keine Lust mehr, darüber nachzudenken, wie sich jemand anderes verhalten würde. Er konnte machen, was er wollte und sie auch. Es verbanden sie fünfzehn Jahre Trennung und ein heißes Wiedersehen. Zu wenig, um an dem Thema festzukleben. Sie würde heute einen schönen Tag verbringen, mit ihren Freunden und dem so sympathischen Superpromi, den sie bereits gestern in ihr Herz geschlossen hatte. Und Finn? Er hatte sie schon berührt und etwas in ihr zum Schwingen gebracht. Sie freute sich auch darauf, ihn wiederzusehen. Obwohl der räumliche Abstand sie durchaus ernüchtert hatte. Er war erst frisch geschieden und vermutlich nicht richtig frei und sie war es ebenfalls nicht, weil sie noch in dem Durcheinander mit Mark steckte. Eigentlich keine gute Voraussetzung für eine neue Liebe. Aber sie wollte auch darüber nicht mehr nachdenken und hielt es längst für das Erstrebenswerteste, wenn sie innerlich endlich wieder frei wäre, frei von Gedanken an Männer aus der Gegenwart und der Vergangenheit, frei für Gedanken an sich selbst. Und heute würde sie das üben, sich erneut als Model versuchen und Spaß haben und den Männerballast nicht mehr auf ihrer Seele zulassen.

Die Fahrt über Gandia bis zu Ingos so herrlich idyllisch gelegenem Anwesen verlief an diesem Sonntagmorgen völlig entspannt. Es gab kaum Fahrzeuge auf den Straßen und Margarethe schaffte die Tour in Rekordzeit. Als sie den Wegweiser zu Ingos Rastro sah, freute sie sich richtig auf das kommende Shooting und auch auf die Stunden am Meer. Das ganze Anwesen lag am Rande eines Naturschutzgebietes, in Sichtweite einer malerischen Dünenlandschaft, durchzogen von Flüssen und einem wildvogelreichen Biotop. Den schmalen Weg zur Einfahrt säumten üppig gewachsenen Gräser, zart blühende Blumen zauberten Farbe in die Dünen. Heute, in dieser außergewöhnlichen Sonntagsstimmung, fiel ihr der Zauber der Landschaft ganz besonders auf und Margarethe fühlte sich in die wenigen Urlaube versetzt, die sie mit ihren Eltern und Georg an der Nordsee verbracht hatte. Sie öffnete das Fenster und atmete die würzige Meeresluft ein. Es war Februar und die Temperatur war mit siebzehn Grad angenehm mild.

Als Margarethe durch die Einfahrt fuhr, sah sie schon Inas Wagen stehen und parkte gleich direkt daneben. Ina hatte sie gebeten, sich nicht lange auf dem Anwesen aufzuhalten, sondern sofort zum hölzernen Aussichtsturm zu kommen, weil Ingo dort schon sein ganzes Equipment aufgebaut hatte. Gute Idee, diese Location zu nehmen, hatte Margarethe gedacht. Der Holzturm war ein kleines Wahrzeichen in der Region und in Gedanken sah sie sich schon für ein Video von hoch oben über das Meer sehen. Ein tolles Motiv, fand Margarethe. Es war auch heute ziemlich windstill und so könnte ihre liebevoll gerichtete Frisur zumindest den Anfang des Shootings überstehen.

Margarethe blickte sich erneut um, doch alles schien wie ausgestorben. Sie hielt Ausschau, ob sie wenigstens noch Kai sehen würde, aber der war vermutlich auch schon mit Ingo und Margarethe am Aussichtsturm oder unternahm eine seiner angekündigten Besuchstouren. Sie packte ihre Make-up-Tasche in einen Rucksack, machte sich auf den Weg und genoss die ersten Schritte. Denn direkt von Ingos Grundstück aus führte ein Bohlenweg durch die malerischen Dünen. Es war ein wundervolles Panorama. Zu ihrer rechten Seite breitete sich das dunkelblaue Mittelmeer im Sonnenlicht aus und zu ihrer linken die herrlichen Gräser und Farne dieser geschützten Dünenlandschaft. Sie überquerte einen kleinen Fluss, der ins Meer mündete, sah einige Wasservögel, die entspannt ihre Runden drehten, und blieb einmal stehen, weil sie eine Wasserschildkröte entdeckt hatte, die sich am Ufer in der Sonne aalte. Die Luft roch wunderbar würzig nach Meer. Margarethe atmete mehrmals tief ein und spürte, dass sie damit ihren Lungen einen kostbaren Dienst erwies. Nach wenigen Minuten konnte sie bereits den Aussichtsturm sehen und lief vor lauter Vorfreude, Ina, Carlos und Ingo und vielleicht auch Kai zu treffen, gleich etwas schneller. Das Gelände war so früh am Vormittag noch menschenleer. Nur am weiten Strand sah sie zwei Spaziergänger. Sie hatten beide ihre Jeans hochgekrempelt, trugen die Schuhe in den Händen und liefen durch die auslaufenden Wellen.

Margarethe spürte einen Stich in ihrem Herzen. Sie war noch nie mit einem Partner am Meer entlanggelaufen und hatte es sich doch immer so gewünscht. Nicht grübeln, sondern leben, ermahnte sie sich aber selbst sofort und schüttelte den wehmütigen Gedanken schnell wieder ab und lief die letzten Meter weiter zügig über die Bohlen und durch den Sand. Aber was war das? Es war niemand da? Sie hatte doch Inas Auto gesehen und die Garage, in der Ingo seine Autos parkte, war verschlossen gewesen. Das untrügliche Zeichen, dass Ingo zu Hause und nicht unterwegs war. Und jetzt? Ina hatte extra gesagt, dass sie und Ingo auch zu Fuß zum Aussichtsturm gingen. Und warum waren sie nicht da?

Margarethe drehte sich im Kreis und hielt weiter Ausschau nach den beiden. Ob sie sich im hölzernen Aufgang aufhielten und Ina dort die Kleidungsstücke auswählte beziehungsweise Ingo seine Technik vorbereitete? Margarethe wollte gerade einen Blick in den Treppenaufgang und den dunklen Vorraum werfen, als sie einen spitzen Schrei ausstieß. Denn plötzlich stand jemand vor ihr, den sie als Allerletztes hier erwartet hatte: Mark.

Er trug Jeans und Sweatshirt und seine grauen Haare fielen ihm etwas wild in die Stirn. Aber er strahlte sie mit seinen tiefblauen Augen so warm und liebevoll an, dass es Margarethe einfach nur wohlig ums Herz wurde.

„Was machst du denn hier?", fragte sie ungläubig und begann sich ein wenig zu ärgern, weil er immer zu den unmöglichsten Momenten auftauchte. Erst stand er völlig unerwartet auf ihrer Finca und jetzt überraschte er sie in den Dünen. Aber sie hatte erlebt, dass er zwar plötzlich auftauchte, doch auch genauso schnell wieder verschwand. Deshalb bemühte sie sich, ruhig zu bleiben. „Mark, wie kommst du hierher?".

„Wo sollte ich denn sonst sein, als bei der Frau, die ich liebe?", fragte er so selbstverständlich, als wäre nichts zwischen ihnen passiert, so, als wäre er nicht einfach abgehauen und tagelang auf Tauchstation gegangen. Er breitete seine Arme weit aus. „Ich mache nur, was du von mir erwartest. Du wolltest eine Entscheidung und klare Verhältnisse. Jetzt hast du das, was du dir gewünscht hast." Er lächelte immer noch und wirkte völlig entspannt, im Gegensatz zu Margarethe, denn innerlich bebte sie.

„Liebling, ich bin frei für dich und wenn du willst, komm in meine Arme, in die du seit vielen Jahren gehörst."

Er lächelte sie liebevoll an. „Und wenn du es möchtest, dann für immer."

Margarethe war völlig verstört. Sie schluckte und versuchte, mit ein paar ruhigen Atemzügen zu begreifen, was gerade passierte. Tauchte hier gleich eine versteckte Kamera auf? War alles ein Fake? Sie blickte sich fast schon scheu um, aus Unsicherheit, weil sie sich alles und nichts vorstellen konnte. Und dann, während sie mit flatternden Augenlidern noch die Umgebung absuchte, sortierten sich die Gedanken und sie spürte Ruhe in sich und dann, ja dann, hatte sie keine Zweifel mehr. Es gab keine Fragen, die ihr durch den Kopf gingen. Es gab nichts mehr außer Liebe, Sehnsucht und ein sich langsam in ihrem Körper ausbreitendes Verlangen. Sie warf sich förmlich in Marks Arme, und als er sie fest umarmte, übermannten sie die Gefühle und sie schluchzte bitterlich vor Glück und Überraschung.

Mark schob sie sanft von sich, sah ihr ins Gesicht und küsste ihr die Tränen von den Wangen, bevor sich ihre Lippen fanden und sie sich in ihren Küssen verloren.

Margarethe vergaß unter den heißen Zärtlichkeiten jedes Zeitgefühl. Sie dachte nicht an Menschen, die sie so sehen könnten, nicht an Ina und Ingo, die hier irgendwo arbeiten müssten, sie dachte nur an sie beide, ihre Liebe, ihre Nähe, ihre Gefühle, die jetzt für die Ewigkeit waren.

Als sie endlich voneinander lassen konnten, ließen sie sich glückstrunken in den Sand plumpsen, hielten einander fest und versuchten, langsam wieder Ruhe zu finden. „Ich bin so aufgewühlt, dass ich kaum noch Luft bekomme", meinte Margarethe und Mark zog sie näher an sich und umschlang sie mit seinen beiden Armen, so als wollte er zeigen, dass er sie nie wieder loslassen würde.

„Du, ich glaube, der Sand ist zu kalt, wir sollten uns lieber auf die Bank dort drüben setzen", meinte Margarethe schließlich, stand auf und zog ihren Mark hinter sich her. „Sag mal, wieso bist du eigentlich hier? Ich bin doch mit Ina verabredet, aber je länger ich nachdenke, erscheint mir das alles wie ein abgekartetes Spiel." Sie sah ihn von der Seite an. „Kannst du mir sagen, wie diese völlig unerwartete Begegnung zustande gekommen ist?"

Mark legte ihr seinen Zeigefinger auf den Mund. „Psst, später, das eilt jetzt nicht."

Sanft schob sie seine Hand weg. „Doch, tut es. Also, Ina? Ingo? Du steckst doch mit denen unter einer Decke."

Sie stand auf und drehte sich einmal um die eigene Achse. „Egal, wohin ich sehe, hier filmt überhaupt niemand." Sie zeigte auf Ingos entfernt liegendes Anwesen. „Wahrscheinlich sitzen meine ach so guten Freunde mit Kaffee und Kuchen am Fenster und amüsieren sich köstlich, dass ich in ihre Falle gelaufen bin. Ach was, ihre Falle, es ist ja eure." Sie setzte sich wieder zu Mark. „Aber eins muss man euch lassen. Ihr habt gute Ideen."

„Es war Inas", sagte er leise. „Sie meinte, du würdest es mögen, wenn ich hier auf dich warte."

Mark nahm ihre Hand und musterte Margarethe von oben bis unten. „Du bist etwas overdressed für den Beach", meinte er lachend. „Ich wollte mit dir am Strand entlanggehen. Meinst du, das klappt mit deinem edlen Outfit?"

Margarethe war selig. So schnell konnte es gehen und Träume wurden wahr, dachte sie glückstrunken und ging sofort in die Hocke, um die schicken Sneaker auszuziehen und die Hosenbeine hochzukrempeln. „Fertig", flötete sie und streckte ihm ihre Hand entgegen. „Wollen wir?", und als Mark nickte, liefen sie wie Teenager zum Wasser. Margarethe genoss es, mit ihren Füßen im Mittelmeer zu planschen. „Lass uns am Strand entlang nach Xeraco gehen", schlug sie vor. „Da gibt es auch eine kleine Bar für einen Kaffee. Aber auf dem Weg dahin klär mich bitte auf, wo meine Freunde sind."

Mark griff nach ihrer Hand und bummelte neben hier her durch den Sand. „Deine Freunde sind echte Freunde", meinte er. „Weißt du eigentlich, dass mich Ina ausfindig gemacht hatte?"

Margarethe blieb stehen. „Was meinst du damit?"

Mark fasste sie um die Schulter und schob sie weiter. „Also, sie ist eben Journalistin und das hat man gemerkt. Du hattest ihr ja von dem Zeitungsartikel erzählt und von Vera hatte sie erfahren, dass ich als Lehrer arbeiten werde. Tja, und dann hat deine Freundin eins und eins zusammengezählt. Sie wusste, ich würde nicht allein in Deutschland bleiben, weil du hier lebst und eine tolle Existenz hast und es keinen Sinn ergeben würde, die aufzugeben. Sie wusste auch, dass ich kein Spanisch spreche, und da kam sie auf die Idee, die deutsche Schule in Valencia anzurufen, weil sie mich dort vermutete."

Margarethe blieb erneut stehen. „Wie? Und da arbeitest du?"

Er nickte. „Ja, als ich das erste Mal bei dir war, hatte ich gerade den Vertrag unterschrieben, und dann wollte ich die Wanderung machen, um einen Übergang von meinem alten zum neuen Leben zu haben. Ich brauchte etwas Zeit und das Alleinsein hat mir gutgetan."

„Und anschließend bist du nach Hause gefahren und hast gekündigt?"

„Ja, aber ich hatte vorher schon alles geregelt. Das Bistum und die Gemeinde wussten es, wir wollten damit nur noch nicht an die Öffentlichkeit gehen. Ich habe einen sortierten Schreibtisch hinterlassen und konnte quasi sofort aus dem Dienst, weil ein Stellvertreter gerade eingearbeitet worden war. Er konnte nahtlos die Gemeinde übernehmen. Es war einfach eine richtig gute Gelegenheit und ich habe sie genutzt."

Margarethe fühlte sich unwohl. „Warum hast du mir denn nichts davon erzählt? Dann hätte ich mir meinen zynischen Wutausbruch sparen können."

„Ich wollte dir das erzählen und hatte nur auf den passenden Moment gewartet. Aber ich wollte dich auch nicht unter Druck setzen. Es hätte ja sein können, dass du an einer Beziehung mit mir kein Interesse mehr hast, und dann hätte ich dort gestanden und gebeichtet, dass ich bereits einen neuen Job ganz in deiner Nähe angenommen hätte. Das wäre dir gegenüber unfair gewesen."

„Verstehe!" Margarethe nickte. „Du konntest dir ja auch nicht sicher sein."

„Genau! Bist du dir denn jetzt sicher?", fragte er vorsichtig.

Margarethe ging auf die Zehenspitzen und küsste ihn auf die Lippen. Mit geschlossenen Augen schob sie ihre Zunge sanft, aber fordernd an seine, und während sich ihre Zungen fanden, schmiegte sie sich so eng wie möglich an seine muskulöse Brust. Dann löste sie sich von ihm und sah ihn lächelnd an. „Was fühlst du? Genug, um dir sicher zu sein?"

Mark nickte, strich ihr liebevoll und zärtlich über den Kopf. „Ja, ja, ja", meinte er leise und flüsterte ihr ein „Ich liebe dich" ins Ohr. „Und du, was denkst du? Bist du dir sicher?"

Margarethe wand sich aus seiner Umarmung und stellte sich mit dem Gesicht zum Wasser. Sie breitete ihre Arme weit aus und rief so laut sie konnte „Jaaaaaa" über das Meer. „Ja, ja, ja, und jeder kann es hören. Ich bin sicher, ganz sicher, und endlich weiß ich, dass es für immer ist."

Dann schüttelte sie ihr Haar, denn die vielen Haarklammern hatten sich zwischenzeitlich gelöst und die Strähnen hingen ihr wild und ungestüm um das Gesicht. So zerzaust sah sie ihn an und spürte, dass ihre Augen funkelten. „Ich will nur dich, Mark Schmidt, und das schon seit vielen Jahren."

„Und ich nur dich, und das schon immer." Er blickte in den winterblauen Himmel. „Aber ich dachte, es gäbe jemanden, der mich dringender brauchte. Doch das war ein Irrtum."

„Gott wird uns beide lieben, ganz sicher", versicherte sie ihm und wie zum Dank legte ihr Mark wieder den Arm um die Schulter und zog sie an sich.

„Sieh mal, ist das ein Zeichen?" Er zeigte mit dem Finger an den Horizont. „Die Sonnenstrahlen, sie wirken dort so golden, so unwirklich, viel strahlender als sonst."

„Meine Güte, da bekomme ich eine Gänsehaut", bestätigte Margarethe andächtig. „Es ist ein Zeichen, dass wir seinen Segen haben."

Mark nickte und nebeneinander standen sie noch eine Weile ergriffen am Meer, eins mit sich und dem ganzen Universum.

„Ich könnte jetzt deinen angekündigten Kaffee gebrauchen", unterbrach Mark die Stimmung und griff nach Margarethes Hand. „Komm, lass uns gehen. Ich habe auch mächtig Appetit und brauche etwas für den Gaumen."

Händchenhaltend bummelten sie am Meer entlang, nicht mehr überschwänglich und locker, sondern ganz ruhig und in sich ruhend. Sie waren beieinander und wussten beide, dass das auch so bleiben würde.

„Sag mal, wann geht es eigentlich los an deiner Schule?", fragte Margarethe, als sie schließlich in der angekündigten Bar saßen und ihr Frühstück bekamen, einen Toast mit Tomatenmus, Käse, ganz viel Olivenöl.

„In vier Wochen, ich habe also noch Zeit", meinte Mark und strich sich die duftende Tomatencreme auf das geröstete Brot.

„Und hast du schon eine Wohnung in Valencia?"

Mark biss ganz entspannt in den Toast und schüttelte dabei den Kopf. „Nein, nein", sagte er schließlich. „Brauche ich aber auch nicht, denn meine Verlobte wohnt in der Nähe von Barx."

„Deine Verlobte …", antwortete sie ganz entspannt, während sie genussvoll von dem Kaffee trank. „So, so, und du wohnst bei ihr?"

„Ja, genau. Das ist so üblich. Oder kennst du das anders?", frotzelte er und genoss sichtbar sein Essen. „Hier pendeln doch viele nach Valencia." Er wischte sich mit der Serviette über den Mund. „Also, dieses Tomatenmus mit dem Olivenöl, daran kann ich mich gewöhnen."

„Deine Verlobte macht das auch ganz gut", meinte Margarethe ebenfalls gespielt lässig.

Er griff nach dem Olivenölfläschchen und beträufelte das Brot erneut mit dem goldig schimmernden Öl. „Das ist aber auch eine verdammt leckere Kombination, die ihr euch hier überlegt habt", schwärmte Mark. „Dann erwartet mich ja eine perfekte Zeit auf deiner wunderschönen Bio-Finca."

„Aber wir werden dort nicht allein leben", sagte Margarethe.

Mark verschluckte sich fast an dem Brot, so überrascht war er von der Aussage. „Ach so, und wer ist noch dort? Georg und Vera und deine ganzen Freundinnen?"

„Nein, ein gut gewachsener junger Mann, groß, stattlich, noch etwas still, aber langfristig bestimmt auch kampfbereit."

Mark kräuselte die Stirn. „Kenne ich ihn?", fragte er irritiert.

Sie schüttelte den Kopf und genoss es, ihn aufs Glatteis zu führen. „Noch nicht, aber wenn du magst, kannst du ihn schon morgen kennenlernen."

„Nun spann mich nicht auf die Folter", bohrte Mark nach und schien wirklich keinen Schimmer zu haben, um wen es sich handelte.

„Ach, eins habe ich vergessen, dir zu sagen", warf Margarethe jetzt scheinbar gelassen ein. „Mein Mitbewohner hat vier Beine."

Mark legte das Besteck zur Seite und grinste sie an. „Heißt das, du hast einen Hund?" Als Margarethe nickte, sprang er begeistert auf. „Oh Maggilein, ich freue mich riesig darauf. Wir hatten doch früher schon oft darüber gesprochen, dass ich mir eines Tages einen Hund anschaffen wollte. Hast du ihn für mich gekauft?"

Sie schüttelte den Kopf. „Nein, wie auch. Ich wusste bis vor einer halben Stunde ja nicht einmal, dass du wirklich wieder an meiner Seite sein wirst. Aber, wenn du einfühlsam mit ihm umgehst, und das kannst du ja, kannst du dir Anteile an Ulli erwerben, und wenn du ganz lieb zu mir bist, sage ich auch unser Ulli."

Mark amüsierte sich köstlich, setzte sich wieder und tätschelte ihre Hand. „Ich sehe schon, es wird lustig mit dir."

„Oh ja. Und wann gedenkst du deine Verlobte zu deiner Ehefrau zu machen?", fuhr Margarethe dazwischen und versuchte, Mark damit erneut aus der Reserve zu locken.

Doch Mark ließ sich nicht mehr aus der Ruhe bringen. Er nippte an der Kaffeetasse und sagte genauso gleichmütig, wie Margarethe gefragt hatte: „Zu Ostern, und dann ist die ganze Familie zu Gast. Wie findest du das?"

„Wie bitte?", prustete sie los und nahm sich schnell eine Serviette, um sich den Mund abzuwischen. Sie war von der Aussage so baff, dass sie sich vor Schreck verschluckte und heftig husten musste.

„Ach, was ist das denn", spöttelte Mark. „Ist die Eheschließung sooo überraschend?"

Margarethe knuffte ihn in die Seite. „Allerdings", meinte sie immer noch hustend. „Aber ich bin dabei."

„Es ist gut, wenn wir zu zweit sind bei der Hochzeit", sagte Mark lachend.

„Finde ich auch", bestätigte Margarethe. „Aber Ostern kannst du vergessen. Die Behörden brauchen hier Zeit. Wenn der Herbst für dich auch okay ist, können wir darüber reden."

Er legte das Brot zurück auf den Teller, nahm ihre Hand und sah sie dann strahlend an.

„Margarethe aus Bamberg, möchtest du meine Frau werden? Ich werde dich lieben, bis dass der Tod uns scheidet."

Margarethe strahlte ihn ebenfalls an. „Ja, ich will", sagte sie mit fester Stimme und dann beugten sich beide so weit über den Tisch, bis sich ihre Lippen berührten.

„Ich habe mir immer vorgestellt, dass du im Pfarrhaus um meine Hand anhalten wirst, aber das war vermutlich eine Kurve zu viel", sagte sie mit blinzelnden Augen. „Und hier, in einer kleinen Bar mit Meerblick ist es natürlich schöner. Aber so viel Fantasie hatte ich damals noch nicht." Sie zwinkerte ihm zu. „Gib zu, dass du gar nicht wusstest, wo Gandia liegt, stimmt's?"

„Ich glaube, du hast recht. Ich war, als wir uns kennenlernten, noch nie in Spanien gewesen. Ich kannte nur Italien von zwei Urlauben mit der Familie." Er sah sie bewundernd an. „Und jetzt bist du eine halbe Spanierin und zeigst mir deine wunderschöne zweite Heimat. Wusstest du eigentlich, dass ich einen grünen Daumen habe? Also ich möchte dir schon auf der Finca helfen und das nicht nur mit Buchhaltung oder anderem Papierkram."

„Ach so, und was willst du machen?"

„Ich kann dir bei der Orangenernte helfen, da wird doch jede Hand gebraucht", meinte Mark. „Oder ich kann Bäume pflanzen, das habe ich schon mal im Garten meiner Eltern gemacht, mit fünfzehn Jahren. Ich war so stolz, als das Bäumchen endlich feststand."

„Das sind doch schöne Angebote, aber ich kann mir dich sehr gut am Marktstand vorstellen, wenn du keinen Unterricht gibst. Du kannst so toll mit Menschen umgehen. Ich freue mich darauf, zu erleben, wenn du meine Kundinnen um den Finger wickelst."

„Ich bin dabei, egal, was du für mich aussuchst." Er zwinkerte ihr zu. „Nach dem Unterricht habe ich noch reichlich Zeit. Ich bin ja gewöhnt, rund um die Uhr im Einsatz zu sein."

„Bingo, das passt perfekt auf eine Finca." Sie schmunzelte wissend. „Du wirst dich noch wundern, wie anstrengend so ein Tag im Paradies ist."

„Ich lasse mich überraschen, und jetzt überraschen wir Ina, Ingo und Kai und erzählen, dass wir heiraten werden."

„Ich möchte nicht stören", hörte Margarethe plötzlich eine vertraute Stimme und zuckte zusammen. Vor ihnen stand Finn, zünftig gekleidet im Radfahrerdress. Er trug seinen Helm in der Hand und begrüßte erst Margarethe mit einem Kuss auf die Wange und dann Mark mit einem Händedruck.

Fassungslos starrte sie ihn an.

„Ich bin Freitag angekommen und bereite mich mit Kollegen auf das Rennen vor", sagte er freundlich. „Es geht gleich los."

Margarethe schnappte nach Luft. Das war jetzt entschieden zu viel für sie. Wie kam Finn denn hierher?

„Ich hatte dir doch mal von der Bar erzählt", erklärte Finn. „Das ist die Location, die einem Tourensieger gehört und deshalb ein bekannter Treffpunkt der Radsportfreunde", sagte er fröhlich zu Mark gewandt.

Mark bat ihn, sich zu setzen, und Finn nahm dankbar an.

„Woher kennt ihr euch denn?", wollte Mark jetzt wissen und schaute abwechselnd zwischen ihr und Finn hin und her.

„Das ist eine lustige Geschichte", meinte Finn. „Die kann dir Margarethe nachher in Ruhe erzählen. Ich nehme nur einen Kaffee und dann muss ich wieder rüber. Die anderen wollen gleich los."

„Wisst ihr was, ich gehe mir mal kurz die Beine vertreten." Mark stand auf. „Wenn du mir versprichst, Margarethe so lange Gesellschaft zu leisten, schaue ich noch kurz nach den Wellen, okay?"

Wie einfühlsam Mark war. Margarethe lächelte ihm zu. Er ließ ihnen die Gelegenheit, allein zu sprechen.

Finn nickte. „Klar, ich bleibe hier und warte auf dich."

Als Mark Richtung Strand gegangen war, wurde Margarethe ernst. „Woher kommst du denn jetzt? Ich dachte, du fährst heute die große Tour?"

„Tue ich ja auch gleich, wir haben uns hier gerade gesammelt."

„Finn … also das mit Mark …"

Jetzt wurde Finn ernst. „Ich sitze schon länger dort drüben mit meinen Kumpels und habe euch beide beobachtet und, ganz offen, bin ich sehr neidisch auf dieses Glück."

„Ich hatte bis vor ein paar Stunden keine Ahnung, dass ich ihn heute treffe. Ich habe mich auf dich morgen gefreut, mich allerdings gewundert, weil du dich mehr als knapp gemeldet hast."

„Ich habe mich auch auf dich gefreut, aber das stelle ich zurück, wenn ich sehe, wie glücklich du bist."

„Was meinst du damit?" Margarethe hatte sich gefangen und sah ihn fragend an.

„Man sieht euch an, dass ihr euch liebt."

„Finn, das ist nicht so, wie du es vermutest!", warf Margarethe ein. „Mark ist meine Jugendliebe und stand plötzlich bei mir vor der Tür, nach fünfzehn Jahren, war aber auch genauso schnell wieder weg. Als wir beide uns getroffen haben, spielte er keine Rolle."

„Aber es ist wichtig, dass er eine spielt. Du wirst geglaubt haben, er wäre unwichtig, Margarethe, das nehme ich dir sofort ab. Doch jetzt bist du dort, wo du hingehörst. Glaub mir, ihr seid ein eingespieltes Team, es fliegen die Blicke hin und her und man hat keinen Zweifel, dass ihr zusammengehört." Er lächelte sanft. „Ich wünsche mir, auch einmal so eine Liebe zu finden. Seitdem ich euch beobachtet habe, weiß ich, wonach ich suchen muss: nach meinem zweiten Ich, nach der zweiten Hälfte von Yin und Yang." Er nahm ihre Hand. „Du hast mir sehr geholfen, Margarethe. Ich bin frisch geschieden und vermutlich noch gar nicht frei für große Gefühle. Aber als du aus dem Auto gestiegen bist, da fand ich dich sofort klasse. Und das ist bis heute so geblieben. Du bist eine Traumfrau und es ist schade, dass du das Yin von Mark bist."

Margarethe lächelte. Finn hatte alles mit diesem Satz gesagt. „Du hast recht, so ist es und so fühle ich es auch. Aber bitte glaub mir, dass ich dir nicht wehtun wollte."

„Das hast du nicht, im Gegenteil. Es war schön, dich getroffen zu haben."

Er kippte den Kaffee mit einem Zug hinunter. „Ich muss jetzt auch wieder los. Ich will pünktlich am Startpunkt sein."

„Klar, lass deine Fahrradfreunde nicht warten", sagte sie und lächelte ihm zu.

Er stand auf und verabschiedete sich mit einem innigen Kuss auf die Wange. „Genieß die Liebe. Du hast so lange auf sie gewartet", sagt er leise und dann drehte er sich schnell um und ging zurück zu seinen Freunden.

Margarethe sah erst jetzt, dass er einen kleinen Umschlag auf den Stuhl gelegt hatte. Neugierig öffnete sie ihn und zog ein Miniaturfahrrad heraus, rot lackiert. Am Lenker hing ein Zettelchen. „Das wahre Leben beginnt mit dem ersten Tritt ins Pedal!"

Margarethe umschloss das kleine Rad fest und atmete tief. Das Leben schenkte schöne Momente, die man nie mehr vergaß, dachte sie und steckte das Erinnerungsstück in ihre Tasche. Ein paar Minuten genoss sie es, allein zu sein, auch um Finn innerlich adieu zu sagen.

„Die Meeresluft ist einfach nur berauschend." Sanft strich Mark ihr über die Schulter.

Margarethe nickte ihm lächelnd zu. Es brauchte keine weiteren Worte zu Finn.

„Demnächst müssen wir unbedingt mal all deine sympathischen Freunde zu uns nach Hause einladen."

„Zu uns nach Hause, so, so", ulkte Margarethe. „Du bist ja wirklich von der ganz schnellen Truppe. Dann komm, lass uns gehen."

***

Als sie zurück zu Ingos Finca gingen, lehnte sich Margarethe immer wieder an Marks Schulter und er hielt sie so fest, dass sie Mühe hatte, weiterzugehen.

„Übrigens müssen wir uns etwas beeilen", drückte Mark jetzt aufs Tempo. „Es ist nämlich eine Überraschung für dich geplant."

„Noch eine? Oh, nee, es reicht mit Überraschungen. Aber lass mich raten. Ina und Ingo haben auch dabei ihre Finger im Spiel."

„Genau, sie haben uns zur Paella eingeladen und gebeten, pünktlich zu sein."

„Paella, ich denke, sie haben ein Shooting! Das stimmt also auch nicht!"

Margarethe blieb stehen und ballte drohend die Faust. „Die beiden werden mich kennenlernen. Ich schwöre Rache, weil sie mich so hinters Licht geführt haben."

„Genau, aber bitte später. Die Paella ist gleich fertig. Vicente kommt auch. Ich habe ihn übrigens gestern bereits kennengelernt. Er ist ein total netter Mann."

„Wo hast du denn Vicente kennengelernt?"

„Bei Ina, ich habe dort übernachtet und Vicente war ebenfalls da."

Margarethe seufzte. „Das heißt, in dieses abgekartete Spiel waren alle verwickelt? Auch Helga und Bernd."

„Ja, das kann man schon so sehen."

„Und Eric und Leonie, kommen die auch?"

„Ich glaube ja, und der Fußballspieler, beziehungsweise der ehemalige, ist ebenfalls da. Aber den habe ich noch nicht kennengelernt."

„Kai, ja klar, der war gestern bei mir und er ist richtig sympathisch, denn mit Mogeleien kennt er sich auch bestens aus. Doch das ganze ausgekochte Spiel hat uns zusammengeführt, endlich, und das zählt."

„Schön, dass du das so siehst. Aber ich freue mich auf ihn. Ich bin ja ein großer Fußballfan und Kai war mal ein bekannter Spieler und ist heute ein ebenso bekannter Manager. Also, ich bin wirklich aufgeregt, ihn kennenzulernen."

„Na dann los, lass uns mal etwas zulegen."

Händchenhaltend und fröhlich schnatternd lief Margarethe neben Mark über den Holzbohlenweg zurück zum Anwesen. Der Strand hatte sich langsam gefüllt. Margarethe sah viele Paare und es erfüllte sie mit einem tiefen innerlichen Glück, jetzt auch nicht mehr allein zu sein.

Ina schien auf sie beide gewartet zu haben, denn kaum kamen Margarethe und Mark in die Nähe des Rastros, lief sie, begleitet von Carlos, aus dem Haus. „Sieh mich bitte an. Bist du böse? Ich habe Angst, dass du sauer bist", rief sie ihr schon von Weitem entgegen.

Margarethe ließ die Freundin etwas schmoren und blickte bewusst ernst. Sie sah gezielt an ihr vorbei und verzog dabei keine Miene, streichelte dafür liebevoll Carlos.

„Maggi, ich wollte dir doch nur helfen", beteuerte Ina erneut und wirkte etwas hilflos.

Margarethe konnte sich jetzt nicht mehr zusammenreißen und nahm Ina fest in den Arm. „Oh du Kupplerin, du hast einen tollen Job gemacht. Ich weiß gar nicht, wie ich dir dafür danken soll."

„Ehrlich? Oh, mir fällt ein Stein vom Herzen. Ich hatte so mächtig Muffensausen, dass meine Idee nach hinten losgehen könnte. Aber als ich euch gerade händchenhaltend sah, fiel mir bereits der erste Stein vom Herzen und jetzt der zweite."

Sie strich Margarethe liebevoll über den Rücken. „Dann genieße nun dein Glück", flüsterte sie ihr ins Ohr. „Ihr habt so lange aufeinander gewartet. Nutzt die gemeinsame Zeit so intensiv wie möglich und erlebt nur das Beste."

Margarethe griff nach Marks Hand und lehnte sich sanft an ihn. „Liebe Ina, du hast für mich den besten Mann der Welt herbeigezaubert."

„Gezaubert?" Ina lachte. „Von wegen, das war mehr als Hokuspokus, ich hatte einfach den richtigen Riecher und konnte eins und eins zusammenzählen."

„Offenbar, denn mit dem Anruf bei der Deutschen Schule in Valencia hast du sofort ins Schwarze getroffen", lobte Margarethe Inas Spürsinn.

„Das stimmt, obwohl ich ein bisschen flunkern musste, damit sie mir auch eine Auskunft geben. Aber es hat geklappt und das zählt."

„Und von wem hast du eigentlich meine Nummer bekommen? Die alte Handynummer habe ich ja nicht mehr", fragte Mark.

Ina lächelte. „Na, du hast doch jetzt eine zauberhafte Familie, die sich um dich sorgt." Sie zwinkerte ihm zu. „Das war ein Gemeinschaftsprojekt. Aber jetzt kommt ihr beiden. Ingo bereitet gerade eine wunderbare Paella zu."

Ina führte sie an dem weitläufigen Rastro vorbei zu Ingos großer Terrasse. Auf einem kleinen Vorsatz stand eine riesige Paella-Pfanne mit circa eineinhalb Meter Durchmesser, an der Ingo engagiert hantierte, assistiert von Kai.

Als er sie kommen sah, band er sich die Schürze ab und kam auf Margarethe und Mark zu. „Oh ist das schön, ihr beiden Turteltäubchen. Da geht mir ja das Herz auf, wenn ich euch endlich zusammen sehe." Er hielt sich die linke Hand vor den Mund und gab sich überrascht. „Und Mark, du bist also der Ex-Pfarrer. Ich habe schon immer gewusst, dass die lecker Kerlchen in der Kirche haben. Komm erst mal in meine Arme. Ich konnte dich ja heute früh nicht begrüßen, weil ich noch ein Telefonat hatte. Also, ich freue mich sehr, dass du da bist." Er drückte Mark fest, legte ihm dann den Arm um die Schulter und meinte leise. „Und pass schön auf meine Süße hier auf. Sie ist ein richtiges Goldstückchen."

„Da kannst du dir ganz sicher sein. Sie ist das Wichtigste, was es für mich auf der Welt gibt."

Ingo nickte zufrieden und ging zurück zu seiner Mega-Pfanne, in der bereits Knoblauch, Zwiebeln und jede Menge Gemüse brutzelten. „Hast du noch einen Wunsch, Mark?", fragte er seinen Gast und zeigte auf ein Beistelltischchen, auf dem kleine Porzellanschälchen mit den unterschiedlichsten Zutaten standen. Kai hatte in der Outdoorküche das Gemüse geschnitten, legte das Messer zur Seite und wusch sich jetzt die Hände, bevor er auf Margarethe und Mark zukam, um sie mit guten Wünschen und liebevollen Küsschen zu begrüßen.

„Suche dir aus, was du gern magst", flötete Ingo. „Alles andere geht in den Salat."

Mark zeigte sofort auf die roten Paprika, Ingo nahm das Schüsselchen und gab den Inhalt in die Pfanne.

„Voilà, und noch etwas?"

Er deutete auf die Champignons. „Und die, das war's dann für mich. Ich habe übrigens noch nie eine so große Pfanne gesehen", staunte Mark und sah neugierig zu, wie Ingo die Pilze in das Öl gab. Er fügte wiederholt Gemüsebrühe hinzu und bereitete jetzt den Reis und den Safran vor.

„Paella ist das typische valencianische Sonntagsgericht. An der Pfanne trifft sich die Familie", klärte er Mark auf. „Man redet, trinkt ein Glas, genießt das Miteinander."

„Ein schöner Brauch!", meinte Mark. „Und schön, dass ich heute dabei sein darf."

Ingo griff nach vier Gläsern und einer Champagnerflasche, die er im Outdoor-Kühlschrank bereits kaltgestellt hatte. „So, jetzt stoßen wir erst einmal auf das frischgebackene Paar an." Gekonnt öffnete er die Flasche und ließ andächtig das sprudelnde goldgelbe Getränk in die Gläser laufen.

„Halt, bitte wartet auf mich!", rief in dem Moment Vicente und stand mit einem Rührkuchen in der Hand auf der Terrasse. „Der ist von Ina, mit Liebe selbst gemacht, als Nachtisch." Er hob den rechten Arm und zeigte eine Korbtasche, in der zwei Flaschen Rotwein lagen. „Und die sind von mir. Damit wir uns heute richtig entspannen können. Aber von dem Feierchampagner möchte ich auch einen Schluck. Es geht doch um meine liebe Margarethe und das unerwartete Happy End."

Ingo holte weitere Gläser von drinnen und gleich eine zweite Flasche. „Dann stimmen wir uns mal auf den schönen Sonntag ein", scherzte er und füllte ein weiteres Glas für Vicente. Anschließend zeigte er auf den Tisch. „Und seht mal, wir haben sogar schon für euch gedeckt. Kai hatte übrigens die Idee mit den kleinen Engelchen auf den Tellern. Sind die nicht süß?"

„Und dabei bestimmt amüsiert aus dem Fenster gesehen und euch darüber lustig gemacht, dass ich Mark in den Dünen treffe."

„Genau, und die Vorstellung, dich endlich mal richtig aus der Fassung gebracht zu haben, hat uns wirklich Freude gemacht", meinte Ina, die neben Vicente stand und ihren Arm um seine Hüfte gelegt hatte.

„Das glaube ich euch sofort", schimpfte Margarethe und sah in die Runde. „Aber ich werde mich dafür rächen, nicht morgen oder übermorgen, aber auf jeden Fall wird es passieren. Zu einem Zeitpunkt, an dem ihr nicht mehr damit rechnet, lasse ich euch in eine Falle laufen und stehe dann auch in der Nähe und lache mich krumm. Nehmt mich beim Wort."

„Aber bis dahin lass uns feiern", warf Kai ein und zwinkerte Ingo zu. „Wir können ja die Hochzeitsplanung übernehmen. Ingolein, du kannst das doch perfekt. So wie die beiden sich ansehen, heiraten sie bestimmt."

Margarethe nickte. „Richtig eingeschätzt!" Sie blickte Mark an.

„Im Herbst ist es so weit" bestätigte er.

„Oh klasse", kiekste Kai. „Wir machen eine Megasause. Gottes Segen haben wir ja sicher."

Margarethe sah ergriffen auf die lange Tafel. „Dann deckt ihr mir aber auch so einen schönen Tisch ein. Der ist ja wirklich prächtig. Und die Engel stehen wofür?"

„Für die Liebe, denn darum geht es doch im Leben", meinte Kai und lächelte sie ganz versonnen an.

Margarethe warf ihm eine Kusshand zu und konnte kaum glauben, wie schön alles vorbereitet war. Erst jetzt fiel ihr auf, dass für viel mehr Gäste eingedeckt war. „Wer kommt denn noch?", fragte sie Ingo.

Der lächelte verschmitzt und legte sich den Zeigefinger auf die Lippen. „Psst, wir haben noch einige Überraschungsgäste." Und kaum hatte Ingo das ausgesprochen, sah Margarethe auch schon einen Kleinwagen vorfahren und Eric und Leonie aussteigen.

Margarethe blickte zu Ina und sah sie fragend an. „Dann ist ja die Familie bald vollzählig."

„Allerdings." Schmunzelnd zeigte Ina mit dem Finger Richtung Parkplatz.

„Das sind ja tatsächlich deine Eltern. Ich dachte, die wollten heute zum Golfen, zumindest haben sie das gesagt."

„Na ja, in letzter Zeit war ja alles durcheinander und jeder hat jeden angeschummelt." Ina zwinkerte ihr zu. „Aber so langsam füllt sich die Tafel."

Pling! Eine WhatsApp trudelte in dem Moment auf Inas Handy ein. „Alle mal kurz zuhören. Alexandra verspätet sich ein Stündchen. Sie hat noch eine Art Notfall, um den sie sich kümmern muss. Wir sollen aber nicht auf sie warten, sondern schon anfangen."

Die nächsten Minuten herrschte ein geschäftiges Treiben auf der Terrasse. Alle begrüßten sich herzlich und Margarethe genoss es, zu sehen, dass sich Mark anscheinend rundherum wohl mit ihren Freunden fühlte. Er begrüßte Helga und Bernd so liebevoll, als hätte er nicht nur eine Nacht in ihrem Haus verbracht, sondern ein ganzes Jahr. Leonie verwickelte ihn in ein langes Gespräch und Eric schien ihn mit seinem beruflichen Werdegang zu faszinieren, denn Mark stellte laufend Fragen und wollte alles ganz genau über seine Laufbahn als Mathematiker wissen.

Margarethe setzt sich zu Ina auf eine kleine Bank. „Ich danke dir so sehr", meinte sie leise. „Ich war so überfordert, dass ich vielleicht nie die richtigen Worte gefunden hätte. Ich brauchte jemanden, der mir durch meinen Gefühlsdschungel hilft und auch zu guter Letzt die Lösung initiiert."

„Gern geschehen!" Ina sah sie an. „Glücklich?"

„Und ob", sagte Margarethe, „und das wird auch so bleiben." Sie richtete sich wieder auf und blickte lächelnd auf das Mittelmeer.

„Wann hat dir Mark denn einen Heiratsantrag gemacht."

„In einer Bar in Strandnähe! Ganz romantisch beim entfernten Klang der Wellen!"

„Was? Wirklich?", staunte Ina. „Und? Hast du ihn angenommen?"

„Natürlich!"

„Meine liebe Maggi mit einem Ring am Finger, ich freue mich so sehr für dich." Sie tätschelte Margarethe die Wange. „Du wirst eine zauberhafte Braut sein."

Bing! Ingo stand in der Mitte der Terrasse und klopfte mit einem Messer ganz vorsichtig an sein Champagnerglas. „Ich bitte um eure Aufmerksamkeit." Er streckte seine Hand aus und winkte Eric zu sich. „Ich habe hier unseren Rückkehrer Eric, der eine riesengroße Überraschung für die Anwesenden hat. Er weiß nicht so richtig, wie er das sagen soll, aber er packt das schon."

Er nahm ihn an die Hand, hielt sein Champagnerglas hoch und bekam plötzlich feuchte Augen. Verstohlen stellte er sein Glas ab, wischte sich die Tränen aus den Augenwinkeln und schluckte, um seine Fassung wiederzugewinnen.

„Verzeiht, aber ich bin nun mal nah am Wasser gebaut", gluckste er schon wieder vergnügt. „Doch jetzt ist unser Eric dran. Also, hört gut zu."

Eric strahlte in die Gruppe. „Ja, liebe Anwesende oder besser liebe Familie. Ich nutze den heutigen Tag, weil er so schön ist, und etwas Schönes zieht ja immer auch weiteres Schönes an. Deshalb, inspiriert von deinem Glück, liebe Margarethe, möchte ich mein Glück ebenfalls in die Welt hinausrufen. Liebe Ina, ich möchte dich um die Hand deiner Tochter bitten. Ich möchte sie heiraten, damit unser Kind die beste Familie der Welt bekommt, und damit meine ich euch alle."

Völlig baff blickte Margarethe zu Ina.

Die schien ebenfalls verdattert zu sein, denn ein paar Sekunden starrte sie nur mit leerem Blick in die Gruppe. Dann fing sie sich wieder und sah ihre Tochter an. „Leonie? Das ist jetzt alles etwas überraschend." Sie nickte ihr zu. „Leo, und? Möchtest du?"

Leonie war mit einem Satz bei ihrer Mutter und fiel ihr um den Hals, küsste sie auf die Wange. Dann löste sie sich und rannte auf Eric los. „Ich will, ja, ich will."

Helga stand plötzlich zwischen Margarethe und Ina. „Na, meine liebe Ina, mach dir keine Sorgen. Leonie ist nicht mehr so klein, wie du denkst. Die weiß, was sie tut, und wird mit ihrem Eric alles bestens hinbekommen. Vertrau auf das Leben, das klappt."

Margarethe fing einen Blick zwischen Ina und Vicente auf und leise beugte sie sich zu Helga. „Ich glaube, wir haben bald noch Hochzeit Nummer drei. Was hältst du davon, wenn wir alle bei dir zusammenkommen? Ich stelle mir das traumhaft vor. Eine richtig große Familienfeier, natürlich auf der kleinen Finca am Mittelmeer."

Wer kennt sie nicht, die berühmte Jugendliebe? Und wer hätte sich nicht schon mal in die Vergangenheit zurück geträumt, in die Arme, in denen wir mit zwanzig plus so glücklich waren. Meine Jugendliebe stand übrigens vor ein paar Jahren bei mir vor der Tür und es war wirklich merkwürdig, den einst so vertrauten Menschen nach drei Jahrzehnten wiederzusehen. Der Gang, eine bestimmte Handbewegung, die Art, wie er das Worte „Danke" aussprach, alles erinnerte mich an damals und die Zeit, die uns verband und in der wir uns alles miteinander vorstellen konnten, sogar ein gemeinsames Leben. Es war berührend.

Wenn beide frei sind, ist es also durchaus lohnend, auf so viel Erinnerung aufzubauen und der Frage nachzugehen, ob sie eine gute Basis für ein neues, aufgefrischtes Glück sein kann. Denn der unschlagbare Vorteil liegt auf der Hand: Man kennt sich! Gut, es gibt ein paar Jahrzehnte, die man an langen Abenden im Lokal, auf dem Sofa oder sonst wo füllen muss, aber das Vertraute ist ein starkes Pfund, das man beim Thema Partnersuche nicht einfach außer Acht lassen sollte.

Wenn du also an deine alte Liebe denkst, sieh ruhig mal nach, wohin es sie verschlagen hat, schreibe einen unverfänglichen Gruß, aber stell rasch klar, ob du frei bist und dir mehr vorstellen kannst oder einfach nur eine vertraute Freundschaft möchtest. Alles ist gut, wenn sich alle dabei wohlfühlen, so wie Margarethe und Mark, die jetzt endlich händchenhaltend in ihr gemeinsames Leben gehen.

Damit du bei einem möglichen Treffen mit deiner Jugendliebe auch richtig gut aussiehst, habe ich dir heute ein paar Schönheitsrezepte rund um das Olivenöl zusammengestellt, denn das ist in Spanien bei meinen „Informantinnen"

Carmen, Juana, Consuelo, Marie und Isabel immer ein The-
ma. Egal, was mich stört, das störrische Haar, die kreppige
Haut oder ein paar Falten zu viel im Gesicht, Olivenöl ist
immer ihr Tipp Nummer 1. Ein paar davon könnt ihr auf
den folgenden Seiten lesen. Und noch eine Bitte zum Schluss:
Lasst mich wissen, wenn es bei euch mit der Liebe geklappt
hat und auch, wenn euch das Öl noch schöner gemacht hat.
Ihr wisst ja, ich interessiere mich für meine Leserinnen, das
Leben und alles, was uns Menschen ausmacht.

Ich freue mich auf viele Antworten – Eure Andrea

Und hier ein paar Tipps rund um das in Spanien wirklich
allgegenwärtige Olivenöl. Es ist ein fester Bestandteil des
spanischen Lebens und jeder hat einen Tipp, wo man „das
beste Öl" bekommen kann. Ich habe natürlich meine Nach-
barinnen, und mittlerweile auch Freundinnen, gefragt, im
Laufe der Jahre diverse Öle probiert, wirklich große Unter-
schiede geschmeckt und gerochen und bin bei einem kleinen
Biobauern „hängengeblieben", bei dem ich mich jetzt regel-
mäßig eindecke.

Das „flüssige Gold" veredelt jedes Gericht, kann aber auch
eine große Rolle bei der Schönheitspflege spielen.

Anbei habe ich einige spanische Tipps zusammengestellt,
natürlich alle ausprobiert und für gut befunden.

Einfach mal versuchen!

MAKE-UP ENTFERNEN

Ein paar Tropfen auf einen Wattebausch geben und fertig. Damit lässt sich die Haut gut von Make-up entfernen und gleichzeitig wird sie gepflegt.

TROCKENE HÄNDE UND BEANSPRUCHTE NÄGEL

Ein paar Tropfen Öl langsam einmassieren und einziehen lassen. Wer sich am Geruch stört, kann etwas natürliches Duftöl daruntermischen.

MÜDE GESICHTSHAUT

Wie wär's mit einer Gesichtsmaske aus Öl und Heilerde? Beides im Verhältnis 1:1 vermischen, mit warmem Wasser anrühren und auf die Haut geben. 20–30 Minuten einweichen lassen und abspülen. Wer mag, kann das Öl auch mit etwas Honig mischen. Erfreut euch an der strahlenden Haut.

KREPPIGE ODER UNREINE HAUT

Versucht mal ein Peeling aus einem Esslöffel Olivenöl und einem Esslöffel grobem Salz, alles zu einer Paste verrühren und die Haut damit sanft massieren. Wem das zu intensiv ist, kann das Salz durch gemahlene Nüsse ersetzen.

TROCKENE HAUT

Olivenöl mit etwas Honig vermischen und den Körper damit einreiben. Leicht einmassieren und sich an dem Ergebnis erfreuen. Für das Gesicht ist es angenehmer, eine Hautcreme mit dem Öl zu versetzen. Aber da hat jeder seine Vorlieben.

BADESPASS

Eine halbe Tasse Öl ins warme Badewasser geben und genießen! Die Wärme verstärkt die Pflegewirkung des Öls.

SPRÖDES HAAR

Entweder ein paar Spritzer Öl in die Haarspitzen einmassieren oder Olivenöl mit etwas Honig mischen und im nassen Haar verteilen, unter einem Handtuch 30 Minuten einwirken lassen und gründlich ausspülen.

Und noch etwas, das mich sehr überzeugt hat:

SCHMERZENDE KNIE UND SCHULTERN- UND RÜCKENSCHMERZEN

Olivenöl wirkt entzündungshemmend, deshalb ist es sehr wirkungsvoll. Einfach mehrmals täglich die schmerzenden Stellen mit Öl einreiben, mit einem Papiertuch abdecken und unter der Kleidung einwirken lassen.

Carmen empfiehlt zur Stärkung der Muskulatur, täglich die Wirbelsäule mit Olivenöl einzureiben.

Da ich viel am Schreibtisch sitze, habe ich das ausprobiert und bin begeistert. Unbedingt versuchen!

Wenn ihr jetzt eure Liebe zum Öl entdecken möchtet, werdet ihr in eine weite Welt mit vielen Feinheiten eintauchen. Es gibt soooo viele Olivensorten mit ganz speziellen Eigenarten und unterschiedlichen Aromen. Das hier aufzudröseln, ginge zu weit. Aber ein einfacher Tipp für den Start: Achtet beim Einkauf auf die Etikettierung „virgen extra".

So, und nun wünsche ich euch viel Freude bei der Pflege mit einem großartigen Olivenöl. Verwöhnt euch!!

Andrea Micus ist überzeugt, das fünfzig das Alter ist, in dem es erst richtig spannend wird. Man kennt das Leben mit allen Aufs und Abs, hat erfolgreich gelernt, Krisen ins Glück zu drehen, und besitzt ausreichend Mut, sich ganz neu auszuprobieren. Sie selbst hat in diesem Alter das Schreiben von Liebesromanen entdeckt, als Ergänzung zu ihren einfühlsamen Biografien und informativen Ratgebern.

Die Autorin ist in dritter Ehe verheiratet, hat zwei wunderbare, mittlerweile erwachsene Kinder, ist leidenschaftliche Neu-Oma und kümmert sich um einen Beagle aus dem Tierschutz. Sie lebt in Deutschland und Spanien, was sie dazu inspiriert hat, die zauberhafte Mittelmeerküste südlich von Valencia zum Schauplatz ihrer Romane zu machen.

Hat Ihnen das Buch gefallen?

Ich freue mich sehr, dass Sie mein Buch bis zu dieser Stelle gelesen haben. Wenn es Ihnen gefallen hat, schreiben Sie mir doch eine Bewertung bei dem Online-Portal, bei dem Sie es bestellt haben, oder eine Rezension bei einem Ihrer Lieblings-Portale.

Ich möchte Ihre Meinung wissen, denn das bringt Sie mir näher und genau das ist mir wichtig.

KAMPENWAND
VERLAG

Die gesamte Finca-Reihe

JULIA K. RODEIT

Frühling
im kleinen
Inselhotel
hinterm Deich

ROMAN

JULIA K. RODEIT

Winter
im kleinen
Inselhotel
hinterm Deich

ROMAN

JULIA K. RODEIT

Sommer
im kleinen
Inselhotel
hinterm Deich

ROMAN

JULIA K. RODEIT

Herbst
im kleinen
Inselhotel
hinterm Deich

ROMAN